btb
Aus Freude am Lesen

btb

Buch

Ortensia und Anemone sind Zwillingsschwestern und dennoch grundverschieden: Sie mögen sich nicht besonders und legen Wert auf die Feststellung, zweieiige Zwillinge zu sein. Ortensia ist der Pechvogel der beiden, das Aschenputtel: magersüchtig, verhärmt, steckt sie voller Komplexe und klammert sich an die verschiedensten Heilslehren. Anemone dagegen ist der Glückspilz: das schöne Mädchen ohne Probleme, das alle lieben. Übermütig, strahlend und selbstverliebt verachtet sie alles Intellektuelle und behandelt ihre Schwester mit der Herablassung der großmütigen Siegerin. Beide Frauen suchen dieselbe Hellseherin auf: die Magierin Manola – eine rätselhafte Gestalt, Adressatin der schonungslos offenen Erzählungen der beiden Frauen, aber auch Zeugin ihrer Existenz und Richterin, die hinter ihrer Kristallkugel über »richtig« oder »falsch« der Lebensgeschichten der beiden so unterschiedlichen Schwestern befinden soll. Am Ende wird klar, daß beide Frauen Facetten einer einzigen faszinierenden und quicklebendigen Geschichte sind.

Autor

Margaret Mazzantini wurde 1961 in Dublin geboren und wuchs in Irland und in der Toskana auf. Ihre Karriere begann sie als Schauspielerin auf der Bühne: 1984 wurde sie als »Beste Schauspielerin des Jahres« ausgezeichnet. Als Schriftstellerin begeisterte sie mit ihrem Debütroman »Die Zinkwanne« ein großes Publikum.

Margaret Mazzantini bei btb

Die Zinkwanne. Roman (72257)

Margaret Mazzantini

Manola

Roman

Aus dem Italienischen
von Ulrich Hartmann

btb

Originaltitel: Manola

Ich danke Antonio Franchini für seine Leidenschaft und seine Geduld. Dank an Enzo Muzii, meinem verläßlichen Freund und unermüdlichen Leser. Dank an Roberta Melli für ihre Unterstützung beim Schreiben dieses Buches. Dank an Nancy Brilli, die auf der Bühne ganz in der Rolle der Anemone aufgegangen ist. Dank an Moira Mazzantini für ihre sensible Aufmerksamkeit und Dank an Carla Fattinnanzi, meine wunderbare Freundin. Schließlich Dank an Sergio Castellitto, aus tausend und mehr Gründen, die nur wir beide kennen.

Umwelthinweis:
Alle bedruckten Materialien dieses Taschenbuches
sind chlorfrei und umweltschonend.

btb Taschenbücher erscheinen im Goldmann Verlag, München,
einem Unternehmen der Verlagsgruppe Random House GmbH.

1. Auflage
Genehmigte Taschenbuchausgabe März 2002

Lizenzausgabe mit freundlicher Genehmigung der
Frankfurter Verlagsanstalt
Umschlaggestaltung: Design Team München
Umschlagfoto: G. Weissing
Satz: IBV Satz- und Datentechnik GmbH, Berlin
KR · Herstellung: Augustin Wiesbeck
Made in Germany
ISBN 3-442-72597-6
www.btb-verlag.de

FÜR MEINE SCHWESTERN

Ortensia

Der Anfang. Das Problem ist der Anfang.

Ich habe Ihnen so viel zu erzählen, Manola. Ich bin so erfüllt davon. Es ist eine schmerzliche Fülle, glauben Sie mir. Ich weiß, es würde genügen, aufs Geratewohl den ersten kleinen Stein ins Rollen zu bringen. Dann würde eine nicht aufzuhaltende Lawine niedergehen, fürchte ich.

Ich habe nichts gegen Sie persönlich, der mottenzerfressene Turban auf Ihrem Kopf gefällt mir sogar sehr gut. Aber ich brauche Ruhe. Ist Ihnen eigentlich klar, wie viele Mißverständnisse sich aus einem Anfang ergeben können, der kurz und bündig ist? Ein falscher erster Schritt wäre verhängnisvoll, der Anfangsfehler würde sich millionen- und abermillionenmal wiederholen, wie ein Chromosomenfehler bei einem Embryo. Das können wir uns nicht leisten. Ich jedenfalls kann mir in meiner Lage keinen weiteren falschen Schritt leisten. Das hat nichts mit Besessenheit zu tun, das ist eine reine Vorsichtsmaßnahme. Und doch spüre ich, daß ich Ihnen vertrauen, daß ich die rollende Lawine meines Lebens in Ihre geheimnisvollen Hände lenken muß, außerdem habe ich keine andere Wahl.

Sie werden auf den ersten Blick gesehen haben, daß ich keine gewöhnliche Ratsuchende bin. Der Zufall hat mich zu Ihnen geführt, und Sie wissen nur allzugut, daß es keinen Zufall gibt. Der Zufall ist ein Griff in das Chaos verdrängter

Wünsche. Ich habe ja unter dem Kinn einen Beutel, in dem mein ganzes Unglück eingeschlossen ist. Bitte helfen Sie mir, mich von diesem unheilvollen, unter meiner Haut schwabbelnden Kropf zu befreien.

Wenn Sie mich ablehnen wollen, dann tun Sie es gleich, ich bin daran gewöhnt, daß man mir die Tür vor der Nase zuschlägt. Wenn Sie mich jedoch akzeptieren, dann krempeln Sie die Ärmel hoch, denn es wird eine sehr harte Arbeit, das sollte von Anfang an klar sein. Sie werden feststellen, daß ich außergewöhnlich bin. Ich gebe Ihnen all meine Stern- und Erdkoordinaten. Seien Sie still, machen Sie es sich bequem und lassen Sie mich reden. Ich bitte Sie lediglich darum, mir weiter zuzuhören, einfach ruhig hinter dieser Glaskugel sitzen zu bleiben, die Hände im Schoß verschränkt.

Ich bin für freie Assoziation. Auf meinen mageren Schultern lasten einige Jährchen Psychoanalyse. Ich habe mich aus ebendiesem Grund für die Freudsche Therapie entschieden – man soll mich nicht unterbrechen. Daher bitte ich Sie, auch wenn ich stumm bleibe, mein Schweigen nicht zu stören. Sie können nicht wissen, wie es für mich ist, wenn mir ein Gedanke vorschwebt und ich es nicht schaffe, ihn festzuhalten. Noch einen Augenblick vorher war er vollkommen, klar umrissen, erstrahlte in den Regenbogenfarben meiner Imagination. Manola, ich frage Sie: Gibt es Ihrer Meinung nach einen Ort, an dem alle verlorenen Gedanken der Menschen gesammelt werden? Und sind die Gedanken, die wie ein Wespenschwarm über dem Haupt der Menschheit schweben und irgendwo Einlaß in ein Hirn suchen, schon seit jeher die gleichen?

Ich habe ein durchlässiges Köpfchen, Manola, mit dem ich die allumfassende Energie über uns aufnehmen kann. Leider jedoch bin ich ein äußerst gefährliches Gefäß, denn ich behalte alles in mir. Ein Sprengkörper bin ich. Sie müssen keine Angst haben, aber ich könnte hier vor Ihnen explodieren, genau in diesem Moment.

Sehen Sie sich meinen Zopf an, er paßt wunderbar zu meinem lyrisch-gewundenen Stil, wie eine Äbtissin zu ihrem Kloster. Ich habe den Zopf nie kürzer geschnitten. Nichts von mir werfe ich weg, Manola. Alles, und sei es noch so verbraucht, bewahrt ein Raunen in sich, das ich nicht missen möchte. Der Zopf ist meine Zündschnur. Oft sehe ich, wie Flämmchen aus meiner gewölbten Stirn treten, während sich der Zopf langsam in die Luft erhebt. Vielleicht wird er mich eines Tages mitnehmen. Dann zerfällt mein Körper zu magnetischem Staub, und ich bin überall.

Anemone sagt, mein Haar wirke wie eine versengte Raphiapalme. Meine Schwester ist so unglaublich poesielos! Sie ist eine Art Paradiesvogel, eine bunte und geschmacklose Nervensäge, und doch hat sie nichts von der luftigen Leichtigkeit der Vögel, bewegt sich vielmehr wie eine Planierraupe über die Erde.

Vielleicht kommt sie ja zu Ihnen, nur um ihren treulosen Schnabel in ein neues Nest zu stecken. Machen Sie sich keine Sorgen, sie wird nur lange genug bleiben, um etwas bei Ihnen zu vergessen, was sie dann nie zurückholt. Ich dagegen werde wiederkommen. Meine Zuverlässigkeit ist nur mit meinem inneren Feuer vergleichbar. Auch wenn ich manchmal denke, daß es besser wäre, ein kleines Streichholz zu sein, etwas, was schnell verbrennt in dieser Welt von Einwegfeuerzeugen.

Anemone

Bin ich zu spät? Ich bin immer zu spät, obwohl ich Zuspätkommer hasse, ich hasse Leute, die achtlos mit meiner Zeit umgehen, als sei sie weniger wertvoll als ihre. Was die Zeit der anderen angeht, kann ich nichts dafür, ich schaffe es einfach nicht, darauf zu achten.

Toller Schuppen, Ihr Wohnwagen hier: Hat der auch warmes Wasser? Als ich Sie habe kommen sehen, Manola, da dachte ich zuerst, Sie wären aus dem Irrenhaus entwichen. Ich hätte Sie aber auf jeden Fall besucht. Ich liebe Schwätzchen, ich liebe den Klang von Worten, die man einfach so dahinsagt, den Klang von Dosen, die man vor sich her kickt, wie es gerade kommt. Ich habe Sie vom Klofenster aus gesehen, darin verbringe ich Stunden, es ist der beste Platz auf der Welt. Ich beschäftige mich mit mir selbst. Ich habe eine prima Figur, und es käme mir unanständig vor, mich nicht um meine körperlichen Vorzüge zu kümmern, das wäre, wie soll ich sagen, doch wirklich ein Jammer.

Wenn Sie wollen, kann ich in meiner Freizeit kommen und Ihnen ein wenig zur Hand gehen, ein bißchen Ordnung in das Chaos bringen, in dem Sie hier leben. Aber unter uns gesagt, ich rate Ihnen, das Durcheinander einfach so zu lassen. Ich nehme mir auch manchmal vor, meinen Schrank aufzuräumen, aber dann werde ich müde, wenn ich nur dran denke. Ich mag diese Müllautos mit den Zahnbacken. So ein schöner

Zahnbackenwagen ab und zu, der den ganzen Ramsch packt und zerquetscht, und dann fängt man von vorn an.

Ich kann die Vergangenheit nicht ausstehen, ich hab's gern, wenn was neu ist. Wenn einer ständig in sich reinguckt, findet er einen Haufen komisches Zeug, um das er sich Sorgen machen kann. Wie die Zukunft aussieht, weiß ich nicht. Auf jeden Fall dauert sie nicht lange, weil ja nichts lange dauert. Jedesmal, wenn mich irgendwelche Sorgen packen, sage ich mir sofort, daß sie auf jeden Fall irgendwann aufhören, egal wie, und daß bald was anderes kommt, eine tolle Zeit. Also setze ich mich hin, warte darauf und sehe zu, daß ich nicht unnötig leide. Schließlich überlebt man ja doch immer, und alle richten sich irgendwie ein.

Ich bin ein fröhlicher Mensch, ich habe eine schöne Sonne über mir, und unten habe ich ein Höschen aus glänzendem Lurex. Und das genügt mir. Aber Achtung, ich bin nicht blöd. Ich weiß, daß das Leben kurz ist. Meine Schwester sagt, das Leben sei unheimlich lang. Ortensia erinnert sich an alles, an alle schlimmen Sachen, meine ich: Sie ist ein Archiv für Scheußlichkeiten.

Wenn Sie zufällig einer Schleiereule in einem langen schwarzen Umhang begegnen, erschrecken Sie nicht – der häßliche Vogel ist bestimmt meine Schwester. Aber Sie können beruhigt sein, Manola, ich glaube nicht, daß sie zu Ihnen kommt. Ortensia verachtet Leute, die sich mit Magie beschäftigen, sie sagt, das sei etwas für *kulturell Unterbelichtete.* In Wirklichkeit fürchtet sie, daß jemand ihr tatsächlich aus der Hand lesen könnte. Sie will über ihre Zukunft allein entscheiden, ohne sich beeinflussen zu lassen. Damit liegt sie eigentlich nicht ganz falsch, nur daß ich ihren Entscheidungen nicht traue. Ich glaube, daß das Schicksal jedem von uns Milliarden von Möglichkeiten bietet. Manchmal passiert es mir, daß ich die Augen zumache und den Film eines meiner möglichen Leben sehe, mit wichtigen Ereignissen und auch mit vielen dummen Kleinigkeiten, so realistisch, daß ich mich langweile. Also verlasse ich dieses Leben, bevor es zu spät ist, und fange gleich ein anderes an. Leben ist phantastisch, die Leute machen sich das gar nicht klar. Die Leute sind wirklich blind. Glauben Sie an Reinkarnation?

Ich träume immer, daß ich fliege, vielleicht bin ich in einem früheren Leben ein Königsadler gewesen. Einmal habe ich eine kleine Reise mit *Reincarnatio Tours* gemacht, sie sollten mich nach Karaganda bringen, aber statt dessen haben sie mich in ein mieses kleines Hotel im lukanischen Hinterland gesteckt und mir erzählt, ich sei die Wiedergeburt eines lasterhaften Weibs aus dem 18. Jahrhundert. Eine Hure, meine ich.

Ich reise sehr gern, weil ich gern Dinge verliere. Ich freue mich, wenn ich daran denke, daß ein Bikini von mir am Ufer des Tschad-Sees geblieben ist, eine Haarnadel in einer Schublade voller Sand und roter Spinnen in Timbuktu. Selbstbeherrschung ist mir fremd, nebenbei gesagt. Dafür habe ich viel Selbstachtung, etwas sehr Wertvolles, denn die Welt um uns herum versucht dauernd, uns eins auf den Kopf zu geben. Ich muß keine Liegestütze machen, mein Busen ist frei wie ein kleiner Vogel. Das ist alles eine Frage von Yin und Yang. Wenn du Yang bist, ist auch dein Hintern da, wo er hingehört, unter Garantie.

Meine Schwester dagegen ist schrecklich negativ, schrecklich Yin. Sie ist mager wie eine Lakritzstange, aber wenn sie sich auszieht, hat sie trotzdem überall Zellulitis, sie hat sogar auf den Ellbogen Zellulitis, das ist einzigartig. Ich meine, man sieht's ja nicht, weil sie überall behaart ist. Ja, Ortensia leidet unter konstitutionellem idiopathischem Hirsutismus. Beharrt wie ein Orang-Utan. Arme Mama, während der Schwangerschaft war ihr ständig übel, das lag an den wahnsinnig vielen Haaren, die aus Ortensia rauskamen.

Ortensia

Wir sind Zwillinge, Anemone und ich. Nein, keine eineiigen. Jede von uns hatte ihre eigene Eizelle. Zum Glück. Das ist eine ziemlich unangenehme Situation. Ich glaube, daß jeder das Recht hat, wenigstens die ersten neun Monate vor der Geburt in heiligem Frieden zu verbringen. Anemone hatte einen starken Drang, sich auszubreiten, sie war ein sehr kräftiger und übermütiger Fötus. Ich liebe meine Schwester, Manola, sie ist eines dieser einzigartigen Persönchen, die man einfach lieben muß. Alle lieben sie. Ich fürchte, es ist etwas Wahres an dem, was der Volksmund hier bei uns über Glückspilze sagt, nämlich daß sie schon im Hemd auf die Welt kommen. Ich habe den Verdacht, daß meine Schwester an jenem fernen Donnerstag, dem 16. November, um 23 Uhr 59 Minuten und 47 Sekunden in einem schützenden, wasserabweisenden Hemd geboren wurde. Alles gleitet an ihr ab, ohne ihr etwas anhaben zu können.

Ich dagegen kam ein bißchen später heraus. Man hatte zunächst nicht einmal gemerkt, daß ich auch noch da war. Der Gynäkologe meiner Mutter hatte ihren riesig aufgeblähten Bauch abgehört und gesagt, es sei ein Junge, ein einziger, ein prächtiges Exemplar. Ich wurde um null Uhr null am 17. November geboren, einem Freitag. Dreizehn Sekunden später, die eine katastrophale Auswirkung auf mein Horoskop hatten. Ich war eine Steißgeburt. Als erstes zeigte ich meinen rauhen, runzligen Hintern. Ich war ganz violett, ziemlich behaart und sah aus wie ein kleiner Vogel Strauß. Als meine Mutter mich zu Gesicht bekam, kotzte sie auf mich drauf.

Ich glaube, daß ich dort unten, tief im Uterus gefühlt habe, daß ich ihr schadete, und mich deshalb verkroch. Ich glaube, es handelte sich um ein mikroskopisch kleines vorgeburtliches Schuldgefühl, und folglich versuchte ich alles, um nicht herauszumüssen, um nicht mit dem Rest konfrontiert zu werden. Ich weiß das, weil ich an einem Kurs in *Reintegrativer Primärtherapie* teilgenommen habe, der in einem Becken mit lauwarmem Wasser stattfand, um so meine intrauterine Entwicklung ohne meine Schwester in ihrer undurchlässigen Hülle noch einmal erleben zu können. Anemone hatte mir angeboten, mich zu begleiten. »Das ist nett von dir«, sagte ich zu ihr, »aber wenigstens das *Rebirthing* will ich alleine machen!«

Nur mein Vater war glücklich über die Zwillingsgeburt, denn er war ein Kindernarr. Während meine Mutter mit der Nachgeburt beschäftigt war, stießen er und der Mann der Hebamme auf der Tenne entfesselte Bergjodler aus. Unter dem Sternenhimmel trank und tanzte er die ganze Nacht und suchte oben am Firmament unsere Namen. Dann fiel er der Länge nach in eine Blumenwiese, und so …

Sie kennen doch sicher das Märchen vom Froschkönig, Manola? ›Königstochter, jüngste, mach mir auf.‹

›Mein Kind, was fürchtest du dich, steht etwa ein Riese vor der Tür und will dich holen?‹

›Es ist kein Riese, sondern ein garstiger Frosch.‹

Als er aber herabfiel, war er kein Frosch, sondern ein Königssohn.

Ich habe mich immer genauso gefühlt wie der Prinz: vom Zauber einer bösen Hexe in einen kleinen häßlichen Froschkörper eingeschlossen. Meine Mutter war keine Hexe, sie war sogar eine sehr liebenswerte Frau, die jedoch etwas Unsolides an sich hatte. Sie wurde in den Kriegszeiten an Bord eines Rotkreuzflugzeugs geboren und hat sich nie an das feste Land gewöhnt. Sie ging immer barfuß. Oft habe ich beobachtet, wie sie, wenn es Abend wurde, die Treppen hochstieg, bis ganz nach oben zum Dachgarten. Dann kletterte sie über das Geländer, um die Luft unter den Füßen zu spüren, und sah hinaus in die endlose Weite.

Ich war ganz dürr und mager, als ich auf die Welt kam, wie eine eingelegte Sardine. *Dörrsardine* ist mein Spitzname wegen meiner Magerkeit, oder *Zotte, Borste, Filzfell* wegen meiner Behaarung, oder *Knolle, Bolle, dämliche Dickbirne* wegen meines großen Kopfs, oder *Eiterfresse* wegen meiner Beulen, oder *Spitzlöffel* wegen meiner langen Ohrmuscheln. Anemone hat mir all diese Spitznamen angehängt. So eine blühende Phantasie hat das Schätzchen! Sie ist zwei Handbreit größer als ich, mit einem Busen und einem Hintern wie eine Walhalla-Kriegerin, aber sie ist doch ein Kind geblieben.

Ich hasse meine Spitznamen, Manola. Ich finde sie irgendwie kriminell. Ein armes braves Wesen versucht doch bloß, so gut es geht zurechtzukommen, hat sich eine nette Maske aufgesetzt, Handschuhe und neun Paar Strumpfhosen übergezogen, um die Behaarung zu überdecken: Muß man dann der ganzen Welt verraten und sich dabei krummlachen, daß unter alldem ein Wald von Borsten wächst, nur weil sich das Behaarungssystem abnorm entwickelt hat? Doch Anemone würde für kein Geld der Welt auf einen Witz verzichten. Sie will den Leuten gefallen, und es ist ihr egal, wie niveaulos ihre Scherze sind. Es schmeichelt ihr, ein Publikum mit aufgerissenen Mündern auf ihrer Seite zu haben, immer bereit, die Kehle unter einer furchtbaren Salve hysterischer Juchzer erbeben zu lassen. Ich hasse Gelächter, Manola. Was die Magerkeit angeht, kann ich sagen, daß ich nicht immer so dürr gewesen bin. Jetzt, das ist allerdings richtig, wiege ich neununddreißig Kilo und dreihundert Gramm, bei einer Größe von einem Meter dreiundsiebzig. Doch für mich ist das in Ordnung. Ich weiß wirklich nicht, was ich mit mehr Fleisch anfangen sollte.

Aber natürlich habe ich auch die typische Phase durchgemacht, in der Kinder fett sind. Doch dann, eines Tages, begann ich abzunehmen. Ich glaube, es war wegen des Hotels. Das Restaurant im Erdgeschoß war immer in Betrieb, und ich mußte ständig die üblen Küchendünste einatmen, die mich daran erinnerten, daß ich einen biologischen Körper besaß, während ich doch nur einen geistigen Körper wollte. Es war wirklich niederschmetternd, Manola, morgens mit dem Geruch nach verdorbenem Broccoli und gefüllten Drosseln in Frikassee auf dem Kissen zu erwachen, während man sich sehnlichst ein Täßchen Blasentangtee wünscht, nichts weiter. Ich aß überhaupt nichts mehr. Ich wurde immer luftiger und leichter, weil ich mich von dieser Welt, die mich nicht liebte, entfernen wollte. Ich hoffte, jemand würde die Botschaft verstehen, die mein magerer Körper, der nur noch aus Haut und Knochen bestand, aussandte. Doch mein SOS ging ins Leere. Die Leute schrien mich an, stießen sich an meinen spitzen Knochen und rannten, ohne sich darum zu kümmern, in den Speisesaal, um sich vollzustopfen.

Meine Eltern ließen mich in heiligem Frieden abmagern, mit meinem Bündel an Unglück, und hielten mich auf Distanz wie eine Leprakranke mit ihren Glöckchen. Sie waren sehr unreif, Manola, und außerdem fürchteten sie sich vor mir. Ich glaube, sie betrachteten mich als Ergebnis eines bösen Knotens in ihrem Karma, als eine Strafe für irgendeine weit zurückliegende Verfehlung. Gewiß, ich war keinem in der Familie ähnlich. Ich ähnelte jenen grauen Krähen, die sich bisweilen bei Sonnenuntergang auf die höchsten Bäume setzen, und erschreckte damit meine Schwester. Ich bin immer ein ganz besonderes Kind gewesen, das gegen seinen Willen jeden einschüchtern konnte. Meine Eltern warfen mir ratlose Blicke zu und machten einfach weiter. Die Armen hätten auch gar keine Zeit gehabt, sich um mich zu kümmern. Die Gäste nahmen ihre gesamte Aufmerksamkeit in Anspruch.

Sie können sich nicht vorstellen, Manola, wie anmaßend Hotelgäste sind. *Room Service,* immer frische Wäsche, Präservative. Berge von Präservativen zu jeder Tages- und Nachtzeit. Eine rastlose Bande perverser Beischläfer! Ich fühlte mich verpflichtet, meiner Familie zu helfen. Ich frage Sie, Manola: Ist es richtig, daß ein von tiefsten Ängsten gequältes Mädchen treppauf, treppab von einem Zimmer zum anderen laufen und ein kleines Silbertablett mit obszönen Gummihüllen durch den Türspalt schieben muß, damit eklig schmierige Männerhände danach greifen? Ich frage Sie noch einmal, Manola: Ist das richtig?

Mama war immer sehr müde. Oft saß sie schlummernd in der Portiersloge. Ich schlug dann die Glocke an, und sie schreckte hoch.

»Welche Zimmerfarbe haben Sie, mein Herr?«

»Mama, ich bin es, Orty.«

»Oh, entschuldige, Liebes, ich war in Gedanken.«

»Ich habe schon ganz lange nicht groß gemacht, Mama.«

»Kein Grund zur Sorge, Liebes, für uns alle gilt das Gesetz der Schwerkraft, leider. Alles fällt früher oder später nach unten.« Sie ließ die Kassenschublade aufspringen und kotzte hinein.

Mama war nicht sehr geschickt, und es fiel ihr schwer, ein Kind richtig im Arm zu halten. Daß meine Schwester und ich in ihrem Bauch gewesen waren, kam ihr nicht so wichtig vor. Für sie waren alle Kinder der Welt gleich. Sie musterte Kinder mit einem seltsamen Interesse, wie man vielleicht exotische Insekten betrachtet. Irgendein Besitzanspruch war ihr vollkommen fremd, und die Bande des Blutes beengten sie wie geschlossene Kragen an Kleidern. Dafür fand sie im Handumdrehen wunderbare Gelegenheitsfreunde, die sie dann ebenso unbekümmert wieder vergaß.

Ich habe allerdings immer Angst gehabt, daß sie meine Zwillingsschwester Any vorzog, weil sie von Anfang an so weiblich war. Mama war überhaupt nicht weiblich, sie wäre es gern gewesen, doch tatsächlich hatte sie kleine Füße und einen riesigen Mund. Sie sah aus wie ein Pferd.

Nachts träumte ich, daß mir all meine Körperhaare ausgingen. Ich spürte, wie sie sich lösten, und ich wollte mich Mama als strahlender, federloser Engel präsentieren, damit sie sich mir nähern könnte, ohne Brechreiz zu bekommen. Doch statt dessen fielen mir die Kopfhaare aus, und ich bekam eine kleine Mystikertonsur. Lucianella, meine vortreffliche Analytikerin, hat es mir erklärt: Um ein inneres Unbehagen auszudrücken, sucht die Psyche hartnäckig einen Körperteil, der eine symbolische Bedeutung haben kann. Ich habe viele Haare auf dem Kopf verloren, aber keine am Körper. Manola, Sie finden doch nicht, daß ich einen riesigen Kopf habe?

Anemone

Was sind Sie eigentlich genau, Manola? Eine Geistheilerin, ein Medium, eine Theosophin, eine Anthroposophin, eine Irrenärztin? Können Sie die Aura sehen, diesen feinen leuchtenden Staub, der jeden von uns umgibt? Ich halte sehr viel von Farbtherapie, deshalb würde ich gern wissen, welche Farbe meine Energiesphäre hat. Farben geben einem optimistischen Schwung. Ich habe ein gelbes Handtuch fürs Gesicht, um das Nervensystem zu aktivieren, und ein rotes fürs Bidet, um den Kreislauf anzuregen. Wasser trinke ich nie einfach so, wie es ist. Ich solarisiere es in dickbauchigen Flaschen aus buntem Glas, ich magnetisiere es. Ich beschäftige mich immer, deshalb habe ich nie Langeweile. Ich bin immer in Bewegung. Kennen Sie diese kleinen Plastikwindräder an einem Stöckchen, von denen Kinder so begeistert sind? Also, so bin ich, mir genügt ein sanfter Windhauch, und ich schlage gleich ein Rad. Meine Zwillingsschwester Ortensia sagt, ich würde deshalb nie stillstehen, damit ich die Leere in meinem Inneren nicht sehe.

Aber es ist doch so: Die Zotte hat sich völlig auf sich selbst zurückgezogen, sie wühlt unentwegt, wie ein Maulwurf. Einmal hat sie mich in eine Art Schwimmbecken mit Funk geschleppt, können Sie sich das vorstellen? Wir sollten uns entspannen und so tun, als wären wir im Mutterleib, um ein Gleichgewicht zwischen unseren Hirnhälften zu finden, der höher entwickelten linken und der zurückgebliebenen rechten. Alles in allem fand ich es gar nicht schlecht, in Mamas Bauch zurückzukehren, und wir waren ganz eng aneinander, wie zwei Pfirsiche in der Dose. Ich hab sogar versucht, einen Witz zu reißen. »Orty«, sagte ich, »jetzt haben sie uns eingemacht!« Sie hat nicht gelacht. Unter Wasser hielt sie die Augen offen ... Sie sah aus wie eine Muräne. Sie fing an, mich zu beißen, zu kratzen, meinen Kopf unter Wasser zu ziehen. Da bin ich weg von ihr und raus. Sie ist gesunken wie ein Stein. Ein Typ mit Brille, das war der Therapeut und Bademeister, ist ins Wasser gesprungen, völlig wütend. Er hat sie rausgezogen, aus dem Fruchtwasser, und mit Tritten in die Dusche befördert. »Bist du bescheuert oder was?« schrie er. »Bist du bescheuert, du häßliche Kröte? Du willst Aqua-Rebirthing machen und kannst nicht schwimmen?«

Mir gelingt es immer, die komische Seite der Dinge zu sehen, Manola. Ich habe viel Sinn für Humor; den habe ich, glaube ich, von meiner Mutter geerbt. Als Mama meinen Papa kennenlernte, arbeitete sie in einem Nachtlokal und erzählte Witze: als Oben-ohne-Minnie, die Leute lachten sich halb tot. Sie hatte eine Zukunft, meine Mutter, und dann verliebte sie sich in Papa. Er hatte das wundervollste Lachen, das sie je gehört hatte, und außerdem war er ein Mann ohne allzu viele irdische Ambitionen: der klassische Typ, der mit zwei Scheiben Brot mit Senf zufrieden ist. Es war die große Liebe. Sie konnten sich nicht für eine Minute trennen. Wenn Papa zur Toilette ging, stand Mama draußen vor der Tür und heulte. Dann wurde sie sehr schwanger und knallte sich ins Bett. Sie wurde rund wie ein Ballon, und aus Angst, sie könnte wegfliegen, machte Papa sie mit Ankern am Boden fest. Danach paßte die Ärmste nicht mehr in ihr Minnie-Kostüm: Sie bekam eine schreckliche Depression. Damals übernahmen meine Eltern die Leitung des Hotels.

Zu besonderen Anlässen sprang Mama auf die Theke und frischte einen ihrer alten Witze auf. Ich kannte sie alle auswendig und mußte nur das erste Wort hören, um einen Lachanfall zu bekommen. Ein Lachen am Tag ist viel besser als der berühmte Apfel. Sehen Sie, Manola? In meinem Gesicht geht alles nach oben. Bei meiner Schwester dagegen geht alles nach unten. Sie leidet unter frühzeitiger Alterung, und ihr Kopf ist runzlig wie der einer Schildkröte. Sie lacht nur auf Beerdigungen.

Versuchen Sie doch mal, es in Ihrer Kristallkugel zu finden, unser Hotel. Es war wie ein Zauberschloß, ein Kommen und Gehen, ein echtes Wunder. Die Drehtür war immer in Bewegung, brachte Feen, Ritter, Fürsten, Hexen und auch manch einen Zwerg hinein. Ich schlief jede Nacht in einem anderen Zimmer, suchte mir je nach Stimmung eines aus. Das fleischfarbene gefiel mir wegen des kleinen Erkers voller Essig- und Hundsrosen. Im pistazienfarbenen Zimmer dagegen lief man auf einer Wiese, und das Kopfende des Betts war von Blättern überwuchert. Das kanariengelbe Zimmer ging auf den Turm hinaus und schien tatsächlich zu singen. Doch sicherlich hatte ich meine schönsten Träume unter dem Trompe l'œil des himmelblauen Zimmers, einem endlosen Himmel, bevölkert von Vögelchen, die sich, während ich schlief, von der Decke lösten und davonflogen. Am Morgen versank ich in einem Meer aus Seifenschaum in der großen Badewanne mit den Löwenfüßen, die in der Suite royale stand. Tagsüber konnte ich tun, was ich wollte. Ich mußte nicht am Tisch sitzen bleiben, um mein Schnitzel mit Püree aufzuessen. Ich aß im Stehen. Armida, die Köchin, hob kleine Leckerbissen für mich auf. Und wenn ich am Abend gestreichelt werden wollte, stürzte ich mich auf den ersten freien Gast, den ich in der Halle traf.

Auch später im Leben bin ich immer gut zurechtgekommen. Ich passe mich sofort an. Ich habe überall geschlafen, sogar in der Gosse. Ich habe Heuschreckensuppe gegessen, birmanische Schnecken, argentinische Ameisen, und ich habe immer überall hingekackt, in die Klosettschüssel, in ein Maulwurfsloch, hinter ein Tor, auf ein Schiff, ohne Probleme. Ja, es ist einfach toll, wie frei ich bin.

Ortensia

Für mich ist es ein großes Unglück gewesen, in einem Hotel aufzuwachsen, Manola. Es ist, als würde man am Hauptbahnhof groß: Ankunft und Abreise, nur immer Ankunft und Abreise, Leute, die in dein Leben einbrechen und dich dann im Stich lassen. Das ist nicht das richtige für mich. Sie dürfen nicht glauben, daß ich ein gefühlsarmer Mensch bin, lassen Sie sich von meiner Hagerkeit nicht täuschen, ich habe ein großes Herz.

Ich faßte rasch Zuneigung zu den Gästen. Sie kamen in eleganter Reisekleidung, mit großen Riemenkoffern, hin und wieder mit einem Rassevierbeiner. Die Männer rauchten Zigarren, die Frauen preßten rindslederne Schmuckkoffer an ihre Brust. Ich tastete mich mit ausgestreckten Händchen an die Neuankömmlinge heran und hielt ihnen kleine Regenwürmer, die ich gerade gesammelt hatte, als Geschenk hin. Manchmal warf eine gütige Dame, wenn sie das Zupfen am Rock spürte, einen Blick nach unten und versuchte, mich mit einem Tritt zu verscheuchen, doch ich ging nicht weg. Bis zum Aufzug wälzte ich mich mit meinem Willkommenswurm zwischen ihren Beinen und flehte sie an, mich mitzunehmen, weit weg von dieser Hölle aus Drehtüren und Zugluft, in der mein Herz verdorrte. Ich war wie diese bettelnden Hunde, die man nicht mehr abschütteln kann, wenn man sie gestreichelt hat. Niemand wollte mich. Ja sicher, ich hatte die Ekzeme der Saison – vom Heu, von Erdbeeren oder von Kastanien –, eitrige Hautentzündungen, in denen sich mein Unbehagen ausdrückte und die nicht zu meinen Gunsten sprachen. Niemand hingegen schien den Edelstein zu bemerken, der unter der Kruste in mir glühte. So hatte ich von klein auf, obwohl ich nicht bis an den Spiegel reichte, ein ziemlich klares Bild von mir selbst, weil ich mich in den Augen der Gäste spiegelte. In den Tiefen ihrer verunsicherten Iris sah ich eine kleine Fledermaus flattern.

Die Nähe meiner Zwillingsschwester ist mir nicht bekommen. Anemone mit ihren Locken, den lackierten Fingernägeln und den Unterhöschen mit Puffbeinen war ein Kind, das sehr für sich einnahm. Nicht daß ich neidisch gewesen wäre; ich war vielmehr froh darüber, daß sich alle Blicke auf ihre rosa Speckröllchen richteten und daß man mich ein für allemal in Ruhe ließ! Ich war mir selbst genug. Ich brauchte nur einen Schlupfwinkel, um mich zu verkriechen, um meine faszinierende Innerlichkeit zu pflegen. Aber ich wußte wirklich nicht, wohin ich gehen sollte.

Ich hatte nie ein eigenes Zimmer, Manola, denn alle Zimmer mußten für Gäste zur Verfügung stehen. Nicht daß meine Eltern geizig gewesen wären, sie steckten nur bis über beide Ohren in Schulden. Es ist schrecklich, keinen Platz für sich selbst zu haben. In meiner Familie war alles öffentlich. Es gab keine Möglichkeit, ein friedliches Schwätzchen zu halten, ohne daß einem ein Gast in Unterhosen über den Weg lief und irgend etwas von einem wollte.

Auch für meine Eltern war es nicht einfach. Sie liebten sich sehr, die beiden. Oft, wenn ich sie suchte, steckten sie in der Besenkammer. Sie schlugen mir die Tür ins Gesicht und betatschten sich weiter. Ich glaube nicht, daß es für ein bedrücktes Kind schön ist, allzu verliebte Eltern zu haben … Es fühlt sich schließlich von dieser Liebe ausgeschlossen. Papa versprach immer, daß auch wir eines Tages eigene Räume haben würden, wie jede Hoteliersfamilie, die etwas auf sich hält. Aber ich glaube nicht, daß es ihm so wichtig war. Meine Eltern liebten es, sich zwischen den Besen ihren erotischen Spielen hinzugeben. Mama sagte, die Heimlichkeit erhalte die heiße, lodernde Leidenschaft. Sie war eine überaus emanzipierte Frau, und sie wollte nie ein Bett mit ihrem Mann teilen. Mama schlief in der Portiersloge. Wenn es dunkel wurde, suchten sich meine Schwester und ich in der Halle einen Platz zum Schlafen. Any auf der Couch, ich auf dem riesigen Fußabtreter.

Dieses Chaos war für mich trostlos. Tagsüber irrte ich umher, meine Habseligkeiten in eine alte Schachtel gestopft, die ich mir mit einer Schnur umgebunden hatte und mitschleppte wie eine Schildkröte ihren tausend Jahre alten Panzer. Mit langsamen, schlurfenden Schritten erforschte ich die langen Gänge des Kellergeschosses. Ich war entzückt von den kleinen Wesen, die diese Schattenwelt bevölkerten: Ratten, Schaben, Tausendfüßler.

Sie werden es nicht glauben, Manola, aber ich hatte eine der weltweit bedeutendsten Sammlungen von Würmern, gemästet mit riesigen Kohlblättern. Ich verbrachte Stunden damit, die Bewegung ihrer weichen, walzenförmigen Körper zu beobachten. Doch in diesen Augenblicken der Seligkeit wurde ich häufig von einer seltsamen Angst gepackt, ohne den Grund dafür zu verstehen. Damals war ich noch ein Kind, doch Kinder, das muß ich Ihnen ja nicht erzählen, haben ein uraltes, fein verästeltes Wissen. Ich fühlte etwas. Erst viele Jahre später fand ich den Grund für meine Wurmangst heraus: Als ich nämlich entdeckte, daß im menschlichen Körper der Wurm jener mittlere Teil des Kleinhirns ist, der eine ungemein wichtige Rolle bei der Erhaltung des Gleichgewichts spielt. Die sensible, kleine Ortensia spürte schon, daß der Wurm in ihrem Kopf nicht an der richtigen Stelle war.

Doch eines schlimmen Tages hatte alles ein Ende. Ich fand neben einem Milchtopf einen majestätischen Wurm mit glänzendem, kräftigem Torso. Hocherfreut nahm ich ihn mit einem Schäufelchen auf, um ihn zum unangefochtenen Hauptmann meiner Sammlung zu machen. Ich gab ihm auch einen Namen, ich nannte ihn »den Langen«. In der Nacht verschlang der Lange das ganze Heer der kleinen Würmchen. Als ich es im Morgengrauen entdeckte, erstarrte ich. Ich konnte nicht einmal weinen. »Warum hast du das getan, Langer? Du warst der Hauptmann, sie wären dir bis in den Tod gefolgt ...«, sagte ich mit dünner Stimme. Der Lange sah mich an und leckte sich den vollen Bauch, mit einem seligen, wirklich unschicklichen Ausdruck, und tat dann einen lauten Rülpser. Die Natur ist unsere Lehrerin, Manola. Im bleichen Licht dieses verhängnisvollen, noch jungen Tages verstand ich, daß es im Leben immer einen Langen gibt, der einen Kurzen verschlingt.

Oft flüchtete ich mich in den Heizungskeller. Ich blätterte im Lexikon der Medizin von Professor Buggioni, der eine Leuchte der Wissenschaft war und mehrere Jahre in unserem Hotel weilte, bevor er floh (indem er nachts an der Dachrinne hinunterkletterte), ohne die Rechnung zu bezahlen. Er hinterließ uns jedoch als Obolus sein phantastisches illustriertes Werk. Ich fand das Kapitel über Hauterkrankungen im Analbereich hochinteressant, war ganz bezaubert von den korallenartigen Feigwarzen. In der wohligen Wärme schloß ich die Augen und ließ meiner außerordentlichen Traumtätigkeit freien Lauf. Vor mir sah ich ein Transportband, auf dem zahlreiche Hintern an mir vorbeiglitten. Und ich stand dort, erhaben und stolz in der Tracht einer Krankenschwester und ... zack! zack! ... stieß riesige Spritzen in die vorbeiziehenden Gesäße.

Das Universum des Hinterns hat mich immer fasziniert, Manola. Ich war davon überzeugt, daß kein Gesäß der Welt wie das andere sei. Meines mit jener dunklen Spalte schien mir das abscheulichste. Ich muß Ihnen gestehen, daß ich ein schreckliches Problem mit der analen Phase habe. Noch nie habe ich es geschafft, dieses gewisse Wort auszusprechen: Ar …

Anemone

Mein Problem ist Ortensia, Manola, wegen dieser Knolle bin ich hier. Sie würde es mir nie verzeihen, wenn sie es wüßte. Sie kennen meine Schwester nicht, Manola, sie ist so eine knochige Geisterseherin mit Augen wie ein Sperber. Mit ihrem Blick kann sie eine Computertomographie von einem machen. Die Leute mögen es nicht, wenn man sie so durchdringend anschaut, jeder von uns hat eine Kleinigkeit zu verbergen, und wenn man diese Augen auf sich spürt, fühlt man sich nicht gerade gestreichelt.

Die Gäste haßten sie. Unser Hotel war voller heimlicher Paare, Paare auf Zeit. Bei der Ankunft gab Mama ihnen den Zimmerschlüssel, drehte eine Sanduhr um und döste dann ein. Sobald der Sand durchgelaufen war, ging sie nach oben und warf die Gäste hinaus. Viele flogen mit nacktem Hintern die Treppe runter, und keinem behagte es, wenn meine Schwester mit ihrem forschenden Gesicht zwischen seinen Beinen auftauchte, die große Spritze immer im Anschlag und bereit, sie im Nu in eine Backe zu stoßen. Sie kümmerte sich um den Zimmerservice. Sie versah die Zimmer mit Körben voller frischer Insekten der Saison, Gottesanbeterinnen, Hirschkäfer, Skorpione. Sie steckte Igel in die Betten, Nager ins Wasserklosett und Taranteln in die Kondome.

Die arme Mama schaffte es nicht mehr, den Klagen der Gäste nachzukommen. Sie besaß einen Motorsegler, und in den schwierigsten Momenten drehte sie eine kleine Runde. Das um ihren Hals voller Sommersprossen geschlungene lange Seidentuch flatterte wenige Millimeter von den Propellern entfernt, während sie das wahnsinnige Tosen des Windes übertönte und rief: »Ihr verdient mich nicht, Roger. Ich lande nie wieder bei euch, Roger …« Mein Vater ließ sie gewähren. Er liebte das Meer, und bei manchen Gelegenheiten bewies er seinen gesunden Menschenverstand. »Leider kreuzen wir alle auf Sichtweite«, sagte er nur.

Papas Runden waren oft eher alkoholischer Natur. Er hatte eine Schwäche für Ortensia und sah sie mit traurigem Hundeblick an. Immer hat er der Zotte in allem nachgegeben. Er war es, der ihr den Käfig für die Würmer schenkte, mit Zeitschaltuhrheizung und Futterkrippe als Zubehör.

Orty benutzte Tiere, um Menschen zu quälen. Sie sammelte gerupfte, dahinsiechende, von ihren Müttern vergessene Vögel und lief mit ihnen herum, um den Canasta spielenden Damen diese violetten Langhälse in ihre Gläser mit Zitronenwasser zu stecken. Sie hatte im Tal eine Beobachtungsstation für Erste Hilfe. Sobald ein Tier auf der Straße zu Matsch gefahren wurde, warf sie sich in ihre Krankenschwesterntracht und zog mit der Schubkarre los.

Einmal, bei einer Hochzeit, zerrte sie einen Hund voller Pferdebremsen, dem alle Eingeweide raushingen, quer durch den Festsaal, stopfte ihn mit Hochzeitsbonbons voll, fing dann aus der Hand der Braut den Brautstrauß auf und rief: »Den nehme ich für das Grab!« Die Braut bekam einen hysterischen Anfall und verwünschte den Bräutigam. Sie goß ihm eine Karaffe Rotwein über den Kopf, zerfetzte dann mit den Zähnen ihr Kleid und kehrte in ihr Elternhaus zurück, nackt, nur in eines unserer festlichen Tischtücher gehüllt.

Der Garten war übersät mit Grabsteinen aus Polystyrol. Die Gäste, die in der Laube ihr Frühstück einnahmen, wurden wütend, wenn sie diese pickelige Totengräberin mit dem Spaten auf dem Buckel herumlaufen sahen. Doch Ortys wahre Wonne war die Wurmzucht. Hin und wieder brachte sie ihre Würmer für einen Spaziergang nach draußen, sie vorneweg, alle Würmer in einer Reihe hinterher. Sie waren perfekt dressiert: Zuerst überquerten sie den Golfplatz, schoben sich dann unter dem Plaid an den roten Beinen des moribunden Feldherrn Colonnello Rolanduccio Imparato hoch, umkreisten die Orangenscheibe auf dem Glas mit dem Aperitif für seine Frau, der achtzigjährigen Baronin Vilde Imparato geb. Ostregoni, einer bekannten Spiritistin, setzten ihren Weg geordnet über die Illustriertenseiten der treuen Hausdame Tituccia fort, zu weniger traurigen Zeiten Rolanduccios leidenschaftliche Geliebte, um sich unweigerlich auf mein Zimmer zuzubewegen. Ich konnte den Schleim, den sie auf meinen Kleidern hinterließen, nicht mehr ertragen.

Eines schönen Tages entdeckte ich neben dem Brunnen eine Natter. Mit einem Milchtopf lockte ich sie in das Revier meiner Schwester. Sie war natürlich begeistert von diesem Kriechtier und steckte es in den Käfig zu den anderen. Sie wollte sofort ein Telegramm an einen Typen nach China schicken, mit dem sie im Wettstreit um einen Eintrag ins Guinnessbuch lag. In einem Anfall von schlechtem Gewissen sagte ich noch: »Gib acht, das ist kein Wurm, das ist eine Schlange.« Doch diese dämliche Dickbirne von meiner Schwester hörte auf keinen, machte das Licht im Käfig aus und ging frohlockend schlafen. Im Dunkeln verschlang die Natter die gesamte Wurmzucht und befreite uns, zur hellen Begeisterung der Gäste, ein für allemal davon. Seit der Vernichtung der Würmer sind einundzwanzig Jahre vergangen, doch Ortensia kleidet sich noch immer in Schwarz.

Sie nahm die Gewohnheit an, für längere Zeit zu verschwinden. Wenn sie drei Tage nicht zur Arbeit im Hotel erschien, schickten meine Eltern mich los, um sie aufzustöbern. Glauben Sie mir, Manola, ich habe meine Kindheit damit verbracht, meine Schwester zu suchen. Ich wußte meistens, wo ich sie finden konnte. Sie hockte auf dem Heizkessel und sah sich die Hintern mit blutigen Entzündungen an, von denen das ekelhafte Lexikon Buggioni voll war.

Manola, ich habe es nie geschafft, den Hintern meiner Schwester zu sehen, doch um sie zu überreden, aus ihrem Versteck herauszukommen, mußte ich ihr meine Pobacken hinhalten, damit sie eine ihrer mörderischen Spritzen setzen konnte. Das ließ sich nicht vermeiden. Wenn Ortensia wütend wurde, fing ihr ganzer Körper an zu beben, und es gab im Hotel, in dem wir dummerweise kein Notstromaggregat hatten, einen Blackout.

Ortensia

Das Dunkel verfolgt mich. Ich fürchte, daß ich Phänomene erzeuge, die elektrischen Strom beeinflussen. Es kann vorkommen, daß die Laternen erlöschen, wenn ich vorbeigehe, und zwar wegen des elektromagnetischen Felds, das meinen Körper umgibt. Ich will in dieser Richtung nicht weiter nachforschen: Sollten die Wissenschaftler mich entdecken, wäre das mein Ende. Ich allein würde genügen, um die ganze Welt zu erleuchten. Ich will nicht gekreuzigt in den Transsylvanischen Alpen enden, übersät mit Elektroden und Steckern, mit einer Hochspannungsleitung im Mund: Ich habe ein empfindliches Gebiß.

In dem elektrischen Feld, das jeden von uns umgibt, Manola, besteht immer ein Gleichgewicht zwischen positiven und negativen Teilchen. Wenn sich dieses Gleichgewicht verschiebt, fangen die Probleme an. Jetzt frage ich Sie: Sehen Sie, ob mein Energiefluß im Ungleichgewicht ist? Werden die Farben dunkler? Gewiß haben Sie den roten Lichtring der Wut bemerkt. Die Wut ist vital, doch wenn sie von meinem Energiefeld zum Körper übergeht, verwandelt sie sich augenblicklich in Angst, und Angst ist tödlich. Ja, leider bin ich eine implosive Cholerikerin. Sagen Sie mir die Wahrheit, sehen Sie um mich herum nur einen dichten Lichtring, grau wie Smog? Nun, die Gedanken beeinflussen das Energiefeld, und meine Gedanken haben einen Trauerrand.

Manola, ich ersticke an meiner eigenen Intensität. Zeigen Sie mir den Weg, um mit meinem Über-Ich in Kontakt zu kommen, mit dem göttlichen Funken in mir. Ich muß ein paar Worte mit jemandem wechseln, der mich gern hat und mich versteht. Ein wenig Licht würde mir genügen, dann könnte ich allein weitermachen. Ich bin von meinem Wesen her ausdauernd und entschieden. Ich bin ein Gigant, Manola. Ja, in dieser Welt, in der die Leute ein begrenztes Innenleben von der Größe eines Batisttaschentuchs haben, bin ich ein Zyklop. Das dritte Auge in meiner Stirn ist aufgerissen, der Kanal geöffnet. Ich erhalte Informationen von einer höheren Intelligenz. Mit großer Demut sage ich Ihnen: Ich bin eine Erwählte. Doch wenn Sie mir nicht helfen, werde ich bald nur noch ein Häuflein Asche sein. Zwischen Geist und Fleisch klafft eine zu große Lücke. Ich lebe am Rande des Abgrunds, weil ich das Unermeßliche wahrnehmen kann und dennoch übersät bin von juckendem Ausschlag.

In der Klosterschule roch es herrlich nach Lysoform, gemischt mit Weihrauch, der in Schwaden aus der Kapelle drang. Ich fühlte mich wohl in dieser von keuschen, unbefleckten Nonnenhänden geschaffenen Ordnung. Da waren die kleinen Bänke aus Schichtstoffplatten, die Plastikblumen in den Zinnvasen, die Meßbücher. Mein Verlangen nach Buße fand in diesen gesegneten Mauern Erfüllung. Alles war rein, aber ich sah Beelzebub überall. Der Gedanke, daß zwischen mir und der Unendlichkeit Gott war, beruhigte mich. Ich erzählte ihm all mein Unglück, und da ich wußte, daß er durch Leid diejenigen stark macht, die er liebt, hatte ich die Gewißheit, daß er verrückt nach mir war. Ich verbrachte endlos lange Stunden in der eiskalten Kapelle, um mit Reißzwecken unter meinen Knien zu beten. Ich wollte Visionen haben, wie die heilige Katharina. Ich hoffte sogar, ihm zu begegnen, ihm, der uns nach seinem Bilde geschaffen hat …

Und ich stellte mir vor, daß er genauso knochig und haarig war wie ich.

Die Beichte versetzte mich in helle Aufruhr. Ein Orgasmus der Freude und des Schmerzes, wie ich ihn nie wieder erlebt habe, nicht einmal in meinen intensivsten psychoanalytischen Sitzungen. Man mußte alles sagen. Alles. Eine Kralle fuhr durch das Gitter aus dem Beichtstuhl heraus, um meine verborgensten Gedanken zu packen, und verfolgte mich noch nachts in meinen Träumen: »Hast du unkeusche Akte begangen?«

»Nein, ich glaube nicht. Ich habe das Vöglein aufgehoben, das aus dem Nest gefallen ist, und es mit Kürbisravioli gefüttert, aber es ist gestorben, erstickt. Ist das meine Schuld? Bitte, ich muß wissen, ob es meine Schuld ist.«

»Ortensia, jetzt tu nicht so, als verstündest du nichts. Ich spreche von dieser kleinen Spalte zwischen deinen Beinen, wo der Dämon atmet: Hast du sie je berührt?«

»Ja, aber mit der Brennessel.«

Dann die Kommunion. Bebend, die Hände gefaltet, näherte ich mich der Monstranz. Als ich die heilige Speise empfangen hatte, erstarrte ich, während mein Mund sich mit Speichel füllte. Immer wieder sagte ich zu mir: »Ortensia, gib acht, beiß nicht auf den Leib Christi! Bring ihn nicht zum Bluten!« Verzweifelt empfing ich jenen geschundenen Leib, ohne zu verstehen, warum die Menschen ein solches Verbrechen begangen hatten. Ich wollte büßen. Ich wollte mir die Zähne ausreißen, damit ich nicht Gefahr lief, den Herrn zu verletzen.

In der Klasse betrachtete ich von meinem Dornenbänkchen aus mit verwirrtem Blick Schwester Pasqualina. Sie erklärte das Einmaleins, doch ich dachte an den Kreuzweg. Ich liebte die Nonnen, in meinen Ohren hätte ich ihnen Weihwasser gebracht, den Nonnen. Doch als Papa zum Elternsprechtag kam, berichteten die Lehrerinnen nur Schlechtes über meine schulischen Leistungen. Sparsam öffneten sie ihre wachsbleichen Münder und erzählten Papa, daß ich so eine Art geistig Zurückgebliebene sei, daß ich mich wie eine Larve in meiner Bank eingesponnen hätte und Fliegen in der Luft betrachtete, die gar nicht existierten. Sie sagten, es sei besser, wenn ich nach Abschluß der Grundschule zu Hause bliebe, denn weit würde ich es nicht bringen, und sie behielten mich nur, weil sie Nonnen seien und daher barmherzig. Ich sah sie verzückt und verständnislos an. Papa zwinkerte mir zu. Er hat sich nie um die Meinung anderer gekümmert; ich war seine Tochter, seine kleine Fledermaus. Er hielt nicht viel von Schulbildung. »Du, meine Tochter, du kannst fliegen. Flieg mit deinen eigenen Flügeln. Du brauchst niemanden, du wirst große Dinge tun«, sagte er.

Anemone dagegen ist immer ungläubig gewesen, und doch wurde sie von den Nonnen geliebt, sie ließen sie neben dem Pult sitzen, stritten sich geradezu um sie. Sie ist immer schlau gewesen, sie wußte genau, was die anderen von ihr erwarteten. Morgens verbrachte sie Stunden vor dem Spiegel, um ihre Locken mit Schleifen und Blumen zu schmücken und auf ihren Kittel breite, schneeweiße, mit Stickerei verzierte Kragen zu heften. Sie machte sich für jede Nonne anders zurecht. Von ihrer Bank aus sah sie die diensthabende Nonne an und klimperte mit ihren samtigen langen Wimpern, als wollte sie sagen: »Sind Sie zufrieden, Mutter? Für Sie habe ich mich so schön gemacht, um Ihren Blick zu erfreuen.« Ich konnte nicht glauben, daß man an einem geistigen Ort wie diesem Äußerlichkeiten eine derartige Bedeutung beimaß. Ich hatte dunkle Ringe unter den Augen, weil ich die Nächte damit verbrachte, die heiligen Texte zu lesen, und betrat fiebernd das Klassenzimmer, den Kragen schief auf dem Kittel, ein Kniestrumpf kormorangrau, der andere unterholzgrün.

Sonntags, wenn der Priester zur heiligen Messe kam, liefen die Schwestern aufgeregt in der Sakristei umher und boten ihm ein paar Kelche mit dem Blut Christi außer der Reihe an. Bei der Messe riefen sie immer Anemone ans Pult, damit sie das Wort des Herrn verlese, so engelhaft sah sie aus – dank dieser geschmacklosen Kaskade blonder Locken, die ihr bis auf die Schultern fiel –, und ihre Stimme war unglaublich himmlisch. Meine dagegen war wie die unsichere Stimme einer sprechenden Puppe mit fast leeren Batterien.

Ich versuchte, Anemone zurückzuhalten, stellte ihr ein Bein, nur zu ihrem Besten. »Du hast nicht einmal gebeichtet …«, flüsterte ich ihr zu. Ich verstand nicht, warum ihr Gewissen sie nicht plagte, denn sie hatte doch schließlich auch die Geschichte vom roten Auge des Herrn gehört, das vom Himmel aus jeden beobachtet, Tag und Nacht, jeden Moment. »Denk ans Alte Testament …«, sagte ich eindringlich zu ihr, »die Furcht vor Gott ist der Anfang der Weisheit!« Doch diese dumme Kuh schenkte mir kein Gehör. Frohlockend schritt sie auf das Pult zu, kerzengerade, das Näschen hoch erhoben. Ich wollte es herausschreien, was für ein Sakrileg sich in diesem heiligen Gewölbe anbahnte: »Meine Schwester ist eine Sünderin. Laßt nicht zu, daß sie uns das Wort verkündet. Christus wird sich erzürnen. Habt ihr denn vergessen, wie wütend er die Händler aus dem Tempel geworfen hat? Die Erde wird sich unter euren Füßen auftun! Die heiligen Hallen werden über euren Häuptern einstürzen!«

Am Tage der Erstkommunion schien mir, der Herr habe endlich mein Flehen erhört. Vor Aufregung bebend, wartete ich auf die Lesung aus der Heiligen Schrift. Anemone hatte eine Halsentzündung. Und siehe da, die Hinkenonne gab mir ein Zeichen. Wie in Trance stand ich auf und ging ein paar Schritte über den glänzenden Fliesenboden der Kirche. Ich erreichte das Pult, schlug das heilige Buch an der Stelle auf, an der das Lesezeichen aus rotem Maroquinleder steckte, und sah die prächtig verzierten Goldbuchstaben vor mir. Ich seufzte tief, dann wandte ich den Blick zur Gemeinde.

Mama trocknete sich unter dem Hutschleier eine Träne, Papa hatte zwei Finger zum Siegeszeichen erhoben. Ich holte noch einmal tief Luft, um einen Vorrat in den Lungen zu haben. Ich wollte die ganze Geschichte von Lazarus lesen: »Steh auf und wandle!« und dann gleich zu der vom Brot und den Fischen übergehen. Schließlich dachte ich noch, eine Kleinigkeit von Hesekiel zu Gehör zu bringen. Nun, das alles war nicht zur Lesung vorgesehen, vor mir hatte ich einen ziemlich unbedeutenden Psalm. Der alkoholisierte Priester verließ sich auf eine kurze Messe. Doch dies war meine Chance. Ich war voller Freude, die Seiten flogen unter meinen Händen wie Engelsflügel dahin, ich hatte das Lesezeichen verloren, aber was machte das schon. Der Herr war hier, hatte sich über meinem Haupt niedergelassen, er hatte keine Eile. Die Hinkenonne schon. Sie schleppte sich mit ihrer Krücke aus Kastanienholz auf mich zu und murmelte halblaute Flüche. Während sie näher kam, meinte ich aus ihrer schwarzen Haube zwei Hörner wachsen zu sehen. Mit einem energischen Schlag jagte sie mich vom Pult. Der Herr wurde mit mir vertrieben. »Weg da, du dumme Göre!« sagte die Hinkenonne, nahm die Gitarre in den Arm und stimmte ein Country-Ave-Maria an.

Manola, wenn es einen Gott dort oben im Himmel gibt, dann ist es ein zorniger Gott. Seine irdischen Botschafter sind eine Rotte, die sich an den Feind verkauft hat. Denn ich habe immer geglaubt, daß der Herr, wenn er von dort oben ein Kind hätte auswählen können, um sein Wort zu verkünden, daß er dann mich gewählt hätte. Davon war ich damals überzeugt, und ich bin es noch heute, auch wenn ich nicht mehr gläubig bin. Oder besser: Ich bin gläubig, aber nicht im strengen Sinn. Das heißt, ich bin eine freie Gläubige. Meine Religiosität reicht viel weiter.

Meine Schwester ist mir jedenfalls auf theologischem Gebiet von Nutzen gewesen, denn durch sie konnte ich mir die Erbsünde erklären. Ich vermochte ja nicht zu glauben, daß es eine Frau geben sollte, die fähig war, den Verlockungen einer Schlange zu erliegen und ausgerechnet diese eine verbotene Frucht zu essen, obwohl der Garten um sie herum voller Köstlichkeiten war. Doch Anemone ist genau so, eine Art eigensinnige Eva, fähig, die ganze Menschheit in Schwierigkeiten zu bringen, um ihre Lust auf irgend etwas zu befriedigen. Und dank solcher, wie sie eine ist, büße ich, die arme Ortensia, weiter jeden Tag die Erbsünde, die mir auf den Kopf tropft. Ich habe eine Träne im Auge, ich muß jetzt trainieren.

Anemone

Sie läuft, Manola, meine Schwester läuft auch nachts, sie läuft auch auf Eis. Mit ihrem Kunstglas-Helm auf dem Kopf, gepolstert mit Acrylharz. Sie muß Wasser aus dem Hirn ausscheiden, weil sie zu der Überzeugung gekommen ist, einen Wasserkopf zu haben. Ich habe gelesen, daß der Organismus, nachdem er die Fette verbrannt hat, damit beginnt, die Muskeln aufzubrauchen. Ich frage Sie, Manola: Ist es möglich, daß meine Schwester am Ende keine Muskeln mehr hat?

Schon als sie noch ganz klein war, zeigte sie diesen demonstrativen Hang zum Martyrium. Sie wollte Nonne werden, aber nicht irgendeine. Ihr Ziel war natürlich, die zweite Päpstin der Geschichte zu werden. Sie hat nie ein Gefühl für Verhältnismäßigkeit gehabt. Das ist schlimm, Manola, wenn man unfähig ist, sich selbst realistisch einzuschätzen. Es ist tatsächlich eine schwere Krankheit, wenn man seine Grenzen nicht erkennt. Wenn es etwas im Leben gibt, was man sich klarmachen muß, dann sind es die Grenzen, mit dem Rest kann man es halten, wie man will. Ich bin für kontrollierte Freiheit. Aber meine Schwester ist eine derartig dämliche Dickbirne. Ich möchte sie ihr gerne öffnen, die Birne, meine ich, um zu sehen, was drin ist. Ich schwöre Ihnen, Manola, wenn Orty auch nur ein paar Stunden vor mir den Löffel abgibt, dann gehe ich in den Geräteschuppen, hole mir die Axt und schlage ihren Kopf in zwei Teile. Dann setze ich die Brille auf und sehe mir das an. Da ist bestimmt was Komisches drin, etwas von der Anatomie nicht Vorgesehenes. Ein Wurm zum Beispiel. Diesen Wurm schnappe ich mir und sage zu ihm: »Du, du hast mir mein Leben versaut!«

Kennen Sie die kleinen Kasteiungen? Ich schon. Ortensia war Spezialistin für kleine Kasteiungen. Sie hatte sich sogar einen Büßergurt mit Reißnägeln und Brennesseln gebastelt, den man überall am Körper anlegen konnte. Damit sie zufrieden war, habe ich auch diese gottverdammte große Tafel mit kleinen Kasteiungen genommen. Ich öffnete alle Kästchen auf einmal, ohne auch nur eine einzige der Bußübungen zu machen. Engelchen, Glocken, Olivenzweige waren drin. »Siehst du?« sagte ich. »Es sind keine Höllenflammen und keine Erzteufel rausgesprungen. Ich bin noch hier, mir ist nichts passiert. Die Nonnen sind wahnsinnig schlau. Das ist wie mit dem Johannisbrot. Uns geben sie zur Belohnung Johannisbrot zu knabbern, als wären wir Pferde, und sie selbst stopfen sich mit Leckerbissen voll. Hast du gesehen, wie fett und schwabblig sie sind? Bist du ein Pferd? Nein. Also jag sie zum Teufel!«

Hätte ich das doch nie getan! Orty fing an zu schreien: »Das ist eine Todsünde! O weh! O weh!« Sie stürzte sich in die Waschmaschine und wollte, daß ich die Schleuder anmachte. Ich habe mich rundweg geweigert, und da ist sie losgerannt, hat sich alle Föns aus dem Hotel geschnappt, hat sie eingeschaltet und ist dann in die Badewanne der Suite royale gesprungen. Eine klasse Explosion, Manola. Meine Schwester ging hoch wie ein Rakete. Die Badewanne hing in Stücken im Mispelbaum, aber Orty landete unverletzt in den Disteln. Ein bißchen verrußt, aber absolut unverletzt. Wenn Katzen sieben Leben haben, Manola, dann hat meine Schwester wenigstens neun, wie die Krähen. In gewisser Hinsicht ist sie tatsächlich grandios.

Sie ging zwanzig- oder dreißigmal zur Kommunion, bis ihr schlecht war von den Hostien, und dann kotzte sie in den Beichtstuhl. In der Kirche wollte sie immer vorlesen, aber sie stotterte. Ja, meine Schwester litt unter katholischem Stammeln. Sie blieb an einem Wort hängen, immer am selben: Lazarus. Ihr gefiel die Geschichte von diesem stinkenden Typen in Binden, der dann aufersteht. Orty ist sehr sentimental. Ich habe versucht, ihr ein bißchen was über gesunden Menschenverstand und Happy-End zu erzählen, aber nichts zu machen. Ich versuche, darauf zu pfeifen, auch wenn das nicht leicht ist, Manola. Orty ist meine Zwillingsschwester, und Sie wissen ja, daß Zwillinge besonders aneinander hängen. Manchmal habe ich Angst, daß sie mich ansteckt. Es ist nicht einfach, sie um sich zu haben, diese Knolle, die über alles und jedes richtet. Wenn ich mich anziehe, um auszugehen, sieht sie mich auf eine Art an ... Die zählt jedes Haar an meiner Muschi.

Natürlich geht es ihr schlecht, aber Leute, denen es schlechtgeht, sind auch Riesenegoisten, die sich nur mit sich selbst beschäftigen. Ortensia schafft es, daß man sich schuldig fühlt, weil sie häßlich und unglücklich ist, sie hadert mit der ganzen Welt. Ich frage Sie, Manola, sollte ich mich schuldig fühlen, weil ich ein schönes, glückliches Mädchen bin? Sehen Sie, ich mußte immer allein zurechtkommen. Sicher, ich weiß, wie man sich geschickt verhält, nicht wie sie, die Manna vom Himmel erwartet. Orty kann auf dieser Welt überhaupt nichts. Sie kann nicht mal leben.

Auch Papa war eine Katastrophe, was den Sinn fürs Praktische anging. Aber er war wenigstens immer fröhlich. Ansonsten lebte er auf Mamas Kosten, und deshalb muß man sich nicht wundern, daß er völlig zusammenbrach, als sie in die Auberginen flog.

Papa war ein außergewöhnlicher Mann, nur daß er zu viele verschrobene Gedanken im Kopf hatte. Er wäre gern Haidompteur oder etwas in der Art geworden, aber er schaffte es nicht mal, Herr über einen Goldfisch zu werden. Er hatte einen grenzenlosen Respekt vor dem Leben und war sehr beliebt. Er schleppte eine Menge Insekten mit sich herum, die es sich überall an seinem Körper gemütlich gemacht hatten: Bienen, Wanzen, Flöhe, Läuse, Motten, Glühwürmchen, Schaben, Kornkäfer, Mehlwürmer, Alpenböcke, Bremsen und viele andere. Er schaffte es einfach nicht, sie loszuwerden. Manchmal tat er so als ob, schüttelte sich wie wahnsinnig und rannte dann unter die Regenrinne. »Weg, ihr Viecher! Weg … sch … sch …«, rief er. Die Insekten mit Flügeln flogen davon, die ohne Flügel ließen sich in seine Hirtenstiefel fallen, die mit Saugapparat blieben und nutzten die Situation höchster Gefahr, um zu trinken. Wenn der Aufstand vorbei war, kehrten alle zurück, und mein Vater nahm sie willig wieder auf.

Er hatte diese Parasiten so gern, daß er sich während ihrer Fortpflanzungszeiten im feuchtwarmen Klima der Treibhäuser aufhielt, um die Gelege zwischen seinen Härchen zu schützen. Bei jeder Geburt heulte er wie ein Schloßhund. Um die Wahrheit zu sagen: Auch seine Insekten mochten ihn. Ich erinnere mich, als wäre es gestern gewesen, an jene Nacht, als Papa angetrunken in den Garten torkelte, um die Fensterläden von außen zu schließen, und ihm die Taschenlampe aus der Hand fiel und kaputtging: Da machten sich seine Glühwürmchen an die Arbeit, um ihm heimzuleuchten. So verwandelte sich Papa im Dunkeln in einen wandelnden Weihnachtsbaum. Abgesehen von seiner massigen Erscheinung und seiner Donnerstimme war er ein Mann, der überhaupt keine Autorität ausstrahlte. Man sah kilometerweit, daß er ein Angeber war. Für alle Insekten im Tal war er der Abort, mein Vater. Und doch hatte er das Gefühl, ein Feldherr zu sein.

Er plante eine Fahrt um die Welt mit einem Boot aus den

Gräten der Forellen nach Müllerinart, die in Massen von den Gästen verspeist wurden. Nachts arbeitete er an diesem Boot. Orty reichte ihm das Werkzeug und den Leim. Manchmal habe ich sie beobachtet. Sie wechselten kein Wort, verhielten sich ganz still, konzentriert auf den Lärm in ihren Köpfen, wie Wahnsinnige es sind. Auch was einen gewissen Größenwahn angeht, sind sie sich immer ähnlich gewesen. Papa kannte keine halben Sachen: Für ihn gab es auf der Welt nur Genies und Arschlöcher. Wir waren alle Genies. Ich glaube, daß Papa es war, der Orty diese Überheblichkeit gegenüber der Welt und den Menschen eingeimpft hat. Was das angeht, ist er wirklich leichtsinnig gewesen. Eine Person wie meine Schwester durfte man nicht unterstützen, man mußte sie mit beiden Beinen fest auf die Erde zwingen. Doch Papa und Orty waren immer dort unten im Keller und träumten von der großen Fahrt übers Meer. Papa im Bug mit Kapitänsmütze, Orty im Heck mit Matrosenkäppi. Sie schalteten einen Ventilator ein und stemmten sich gegen den Wind.

Ortensia

Sie haben keine Ahnung, Manola, was das Laufen für mich bedeutet: wie ein Gepard den Wind zu durchpflügen, das Gefühl für Raum und Zeit zu verlieren, einen Satz nach dem anderen zu machen. Wenn man läuft, kann man zwischen den Büschen in einen Seitenpfad abbiegen und verschwinden. Ich trainiere, Manola, denn eines Tages werde ich beginnen zu laufen und nicht mehr stehenbleiben, sondern im Endspurt sterben. Als kleines Mädchen wollte ich Olympiasiegerin werden und beim nächsten Mal das Olympische Feuer entzünden. Da ich den kielförmigen Rumpf eines Eisvogels habe, verfüge ich über eine außerordentliche Atemleistung. Doch in der Mittelstufe wurde ich vom Unterricht in Leibesübungen befreit. Ich stolperte ständig und brach mir etwas. Mein Über-Ich wußte, daß ich ein Schicksal als Läuferin vor mir hatte; doch mein Es fürchtete, nicht gut genug zu sein, und ließ mich stolpern.

Was ein Kind doch für Pläne hat. Ich frage mich, warum sich die Erwachsenen nicht einmal die Mühe machen und ausprobieren, wie es sich auf allen vieren lebt. Die Welt aus der Froschperspektive sieht riesig und monströs aus. Von einem Zeigefinger, der von oben herunterfährt, geht für das empfindsame Innere eines Kindes die gleiche Stoßwelle aus wie von einem Bohrer. Die Großen sind dumpfe, fette Larven, aufgebläht von unnützen Dingen. Sie sind Schwindler.

Ja, sie haben die Worte vertauscht. Schmerz heißt in der Kindheit Laune: »Na, hast du deine Launen?« – »Nein, du blöder Fettberg, ich krepiere! Ich krepiere, ohne daß du was merkst!« Vielleicht werden sich eines Tages alle Kinder der Welt aus Protest an den Händen nehmen und sich in den Abgrund stürzen, ohne daß irgend jemand sie aufhalten und retten kann.

Wenn Sie wüßten, Manola, wie oft ich einen schönen Selbstmord vorbereitet habe, dort unten im Heizungskeller. Ich schloß die Augen und versuchte, mir die Gesichter meiner Eltern vorzustellen, wenn sie mich fänden, erhängt an den Heizungsrohren. Was mich davon abhielt, meinen grandiosen Plan zu verwirklichen, war einzig und allein der Gedanke, daß ich als Tote ihre Verzweiflung nicht hätte genießen können. Und außerdem schien es mir zu bequem für meine Familie, mich mit einem Schlag loszuwerden. Dieses Geschenk hatten sie nicht verdient.

Ich wollte mich in der Weihnachtsnacht umbringen. Ich verabscheue Weihnachten, Manola. Wenn Weihnachten näher rückt, fängt es an, mich zu grausen. Alle müssen schön sein, liebevoll, glücklich!

»Bist du glücklich, Liebes?«

»Nicht ganz. Ich bin verzweifelt.«

Papa hat schon sein Quantum getrunken, unter dem Wattebart ist sein Gesicht so feuerrot wie die Nikolausmütze auf seinem Kopf.

»Zieht euch das gute Kleid an, Mädchen! Endlich essen wir alle zusammen, wie eine richtige Familie! Heute paaren sich die Gäste woanders! Wir haben geschlossen. Wie wunderbar, es ist Weihnachten!«

Das rote Tischtuch, die roten Servietten, die roten Kerzen, der große Baum! Mama klatscht in die Hände, es ist Weihnachten, Mama trägt Ohrringe. »Alle zu Tisch! Alle zu Tisch!«

Der Truthahn wird auf der Servierplatte hereingetragen, die Beinchen in Silberpapier, im Hintern Petersilie.

»Wie wunderbar: der Weihnachtstruthahn!«

»Kommt, wir machen alle ein Foto mit dem Truthahn! Keule, Brust oder ein Stückchen Flügel? Los, auf die Gefechtsplätze!«

Papa stürzt sich auf den kleinen Kopf.

»Knips, knips, Any, jetzt habe ich den Kamm zwischen den Zähnen!«

O Gott ... Er ist es. Sie haben ihn umgebracht. Sie haben Grogo umgebracht, meinen Grogo. Er hat Maiskörner aus meinem Mund gepickt, ich habe mit ihm geredet, mit Grogo, er hat mich verstanden. Der sensibelste Truthahn, der je auf dieser Erde gescharrt hat. Sie wissen, was ein gefiederter Freund bei Sonnenuntergang bedeutet, Manola. Für mich war Grogos Kollern der einzige freundliche Laut auf der Welt. Er hielt sich abseits, auf dem Dach des Hühnerstalls, auch die Nächte verbrachte er dort. Er blieb zusammengekauert auf den Dachziegeln sitzen, ließ seinen Lappen im Wind wehen und hob den Schnabel zum Mond. Er fühlte sich als Außenseiter unter diesem dummen Federvieh auf dem Hof des Hotels. Wer konnte das besser verstehen als ich. Ich kletterte hinauf zu ihm, schlang einen Schal um seinen kleinen Körper und schloß ihn fest in meine Arme. »Grogo, mein Grogolein, mach dir keine Sorgen, eines Tages werden wir zusammen wegfliegen!« Und meine Mutter, diese Mörderin, hat es gewagt, ihn mir als Weihnachtsessen vorzusetzen ...

»Ihr seid eine Monsterfamilie! Werde ich genauso enden, gefüllt, mit Kastanien vollgestopft, hinten zugenäht?«

»Ach komm, es ist Weihnachten. Zu Weihnachten kannst du doch auch ein Stückchen leckeres Fleisch essen, oder willst du auch heute ins Bad gehen und dir zwei Finger in den Hals stecken? Willst du auch heute deinen Eltern Kummer machen, die das ganze Jahr über wie Sklaven gearbeitet haben, damit es dir und deiner Schwester einmal besser geht? Deinen Eltern, die den Krieg mitgemacht und alles aus eigener Kraft aufgebaut haben? Jetzt komm, du Rotzgöre, es ist Weihnachten!«

Und alle lachen sich krumm und zerdeppern die Gläser bei den Trinksprüchen.

»Und worüber wollen wir reden? Worüber wollen wir reden?«

Über Erinnerungen natürlich, Familienanekdoten, sonst wäre Weihnachten doch nicht Weihnachten …

Und alle sind ganz aufgeregt und mit vom Trinken geröteten Augen dabei, im Korb mit der schmutzigen Wäsche zu wühlen, dem Korb mit den schlummernden, kleinen Erinnerungen, die sich verstecken, doch nach dem nächsten Glas Muskateller herausspringen und weh tun. Und wie sie meinem armen Herzen weh tun!

»Sag mal, Zotte, weißt du noch, wie du versucht hast, dich mit dem Rasenmäher zu enthaaren?«

»Knolle, weißt du noch, bei der Schulaufführung, als deine Schwester die Schöne gespielt hat und du das Biest?«

Und wie sie sich halb totlachen und mit dem Ellbogen anstoßen.

»Ja, sicher, ich vergesse nichts.«

Manola, ich gehe jeden heiligen Tag zu Lucianella, meiner Analytikerin, weil ich diese gräßlichen Erinnerungen habe. Ich habe keine Lust, sie auch noch Weihnachten wiederzukäuen. Lucianella hilft mir: Wenn ich zunächst noch dachte, ich hätte ein paar einigermaßen schöne Erinnerungen, bin ich jetzt beruhigt: Ich habe nicht eine einzige.

Dann kommt die Bescherung. Die Lichter gehen aus, und die Tür zur guten Wohnstube öffnet sich. Hinten steht der Weihnachtsbaum, zwischen den Zweigen blinken die kleinen Lichter, auf der Spitze thront der Weihnachtsstern von

Oma Refola. Wo bist du, Oma Refola? Wo bist du? Ohne dich ist es kein richtiges Weihnachten!

»Gebt euch die Hände, Mädchen ...«

Ich klammere mich an Anemone, gehe neben ihr, wie auf das Schafott zu. In einem einzigen Augenblick werden meine Träume, die bescheidenen Hoffnungen, die ich ein ganzes Jahr lang gehegt habe, zerplatzen. Wir wollen die Szene hier beenden, Manola, jetzt, da sie noch so schön ist: der Lichterbaum, die Glöckchen aus Schokolade, die kleinen Kugeln aus geblasenem Glas – und auf dem Moos, wie die Gaben der Heiligen Drei Könige: die Geschenke. Nie im Leben sollte man Geschenke auspacken!

»Was stehst du da wie angewurzelt? Los, mach deine Geschenke auf! Pack sie aus!«

Mit zitternden, schweißnassen Händen wickle ich die Geschenke aus.

»Sag danke, du undankbares Kind. Bedanke dich! Du weißt doch, nicht der Weihnachtsmann bringt dir die Geschenke, sondern deine armen Eltern, die sich in den Geschäften herumschlagen, um euch das zu kaufen, was ihr euch wünscht! Sag danke!«

Ich bedanke mich, Manola, ich bedanke mich. Ich sehe schon den Ärger, der hinter Papas und Mamas Lächeln hochkommt. Sie lassen mir nicht mal die Zeit zum Auspacken.

»Bist du nicht zufrieden? Ewig unzufriedene Knolle! Sind wir wieder soweit? Du bist nicht zufrieden!«

Manola, sie haben mir nie ein passendes Geschenk gemacht, das wirklich für mich gedacht war. Was gehört denn schon dazu? Ich könnte auch einer Mücke ein Weihnachtsgeschenk machen, ich würde in ihren fadenförmigen kleinen Geist eindringen und das Spielzeug erraten, das ihr am besten gefällt. Also warum bemüht sich bei mir nie jemand? Ich wünsche mir wie wahnsinnig eine Krankenschwesterntracht, die man ganz billig auf Jahrmärkten bekommt. Das ist alles. Ich kann mich auf Rollschuhen nicht bewegen, ich habe keinen Gleichgewichtssinn, und das wißt ihr sehr gut. Also warum tut ihr mir das an? Warum?

Alle sehen mich an, und ich weiß, worauf sie warten.

»Fängst du an zu heulen, du dämliche Dickbirne? Bist du schon drauf und dran, die Tränen kullern zu lassen?«

Wenn sie mich nicht auf diese Art angesehen hätten, Manola, hätte ich mich vielleicht beherrschen können. Doch diese vielen finsteren Blicke lassen mir keinen Ausweg. Also weine ich. Endlich weine ich, und pünktlich bekomme ich eine Ohrfeige.

»Jetzt hast du wenigstens Grund zu heulen! Dein Vater hatte als Kind nur einen Zug ohne Schienen und deine Mutter nur eine Puppe ohne Augen, aber du bist in den Wohlstand hineingeboren, schäm dich! Denk an die armen Kinder, die nichts haben ...«

O Gott, die armen Kinder. Die schwarzen Kinder mit den aufgeblähten Bäuchen und den von Fliegendreck verklebten Augen? Wie bin ich abscheulich. Wie abscheulich ist diese ganze Verschwendung. Ich bin ein verzogenes Kind aus einem reichen Land. Schlagt mich, ich habe es verdient. Ich verdiene es wegen der Verzweifelten, die in der Weihnachtsnacht mit hungrigen Augen durch die vereisten Scheiben in die warmen Restaurants schauen, ich verdiene es wegen des Mädchens mit den Schwefelhölzchen, das mit seinen nackten kleinen Füßen im Schnee steht, wegen der Vernichtung der Würmer, wegen der Opferung Grogos, wegen all dieser Haare, die ich im Gesicht habe ... Es ist Weihnachten. Was für eine Tragödie, es ist Weihnachten!

Anemone

Es ist schön, eine Zwillingsschwester zu haben, mit der man die Schulbank, das Bett, die Geburtstage teilen kann. Manola, wissen Sie, daß wir einmal den Geburtstag mit einer Leiche gefeiert haben? Ortensia ist nicht aufgetaucht, sie war mal wieder losgezogen, um sich umzubringen. Sie bekleckerte sich von oben bis unten mit Tomaten, nahm dann so ein Trickmesser, wie man sie vom Karneval kennt, und stieß es sich in die Brust, oder sie schlang ein Seil um die Büste von Oma Refola und spielte die Erhängte. Natürlich sah man aus einem Kilometer Entfernung, daß es nicht echt war, aber wir mußten trotzdem hin zu ihr. Wir gingen an der Küche vorbei, rieben uns Zwiebeln in die Augen und liefen dann weiter zu der Sterbenden in den Heizungskeller.

Dieser verrückte Professor Buggioni hatte Papa und Mama geraten, aus therapeutischen Gründen die Leichtgläubigen zu spielen. Mir paßte das überhaupt nicht, dieses Theater mitzumachen, aber sie zwangen mich mit Tritten dazu. Wir standen also alle wie die Deppen um die Leiche herum: »O Gott, die arme Ortensia ist gestorben. Was sollen wir bloß ohne sie tun. Sie war so gut. Es ist alles unsere Schuld …« Sie beobachtete uns unentwegt aus den Augenwinkeln, und wenn wir irgendeine Kleinigkeit nicht richtig machten, wenn wir nicht verzweifelt genug waren, wurde sie zur Bestie und sprang uns an die Kehle.

Ich konnte es kaum erwarten, größer zu werden, Manola. Kinder sind eine Bande von Irren. Wenn Sie sich jetzt vor einem Kind in die Luft erheben würden, fände das Kind nichts Komisches daran. Für Kinder ist alles normal. Aber das geht nicht gut. Man muß sie an die Leine nehmen, die Kleinen, denn wenn man ihnen zuviel Bewegungsfreiheit gibt, ist ihnen zuzutrauen, daß sie einen geradewegs zum Schöpfer schicken. Wenn Sie wüßten, wie oft Ortensia versucht hat, uns alle um die Ecke zu bringen! Sie wollte uns zu Weihnachten erledigen. Sie tat Mäusedreck in den Muskateller. Wir haben so manches Scheißweihnachtsfest erlebt. Ich haue jetzt immer ab. Ja, Weihnachten verbringe ich in Burundi. Ich ernte Hirse oder arbeite in den Kolumbit-Tantalit-Minen, nur damit ich nicht mit der Eiterfresse im Hotel bleiben muß.

Wenn Weihnachten näher rückte, setzte Ortensia ein unheimlich mieses Gesicht auf, das allen das Fest verdarb. Es war für uns der einzige arbeitsfreie Tag im ganzen Jahr, und sie legte sich tüchtig ins Zeug, um ihn uns zu versauen. Keine Vorspeise, nein, denn das wären Crostini mit Foie gras, und krankhaft fette Leber von diesen armen Gänsen, die ißt sie nicht. Dann laß es sein, aber sei wenigstens still. Aber nein, sie erzählte uns haargenau, wie die Züchter, diese Tierquäler, die armen Gänse stopfen, bis ihnen die Leber platzt. Sie war wahnsinnig gut informiert, zeigte auch Fotos von berstenden Leberzysten. Die Cappelletti sah sie nicht einmal an, denn die sind mit Schweinefleisch gefüllt, und sie kennt ihn, den durchdringenden Schrei, wenn ein Schwein abgestochen wird. Sie hat Tonaufnahmen, damit wir ihn auch hören können. Truthahn? Ja sind wir denn verrückt? Hat gar keinen Sinn, ihr zu sagen, daß es nicht Grogo ist, ihr Scheißtruthahn. Niemand von uns hätte es gewagt, Grogo auch nur eine Feder zu krümmen. Manola: der ekelhafteste Truthahn, der je auf dieser Erde gescharrt hat, ein um sich schlagender Psychopath – Orty mußte mehr als einmal am Kopf genäht werden –, der davon überzeugt ist, ein Falke zu sein, es aber mit seinen kaputten Flügeln nicht mal schafft, vom Dach des Hühnerstalls runterzukommen. Dieses Vieh lebt immer noch, wissen Sie! Grogo begräbt uns noch alle! Und außerdem schreibt er. Ja, die Memoiren unserer Familie. Ich will der Nachwelt nicht durch die Kralle eines verlogenen Truthahns erhalten bleiben.

Mama betrachtet das Essen, das unangetastet vor Orty steht, die nur Haut und Knochen ist. Sie hat glänzende Augen, Mama, und sie singt mit tränenerstickter Stimme.

»Oh merry Christmas, oh happy new year …«

Es wird nun nicht mehr lange dauern, bis die arme Frau anfängt, mit dem Kopf gegen die Wand zu schlagen, und dann wird sie sich mit Schaum vor dem Mund auf dem Boden wälzen, und Papa muß Mund-zu-Mund-Beatmung mit Bum-Bum-Tequila machen. Orty wußte ganz genau, daß es so weiterging. Und was, verdammt noch mal, kostet es dich, ein einziges Mal nur einen Bissen runterzuschlucken? Aber nein, das kam für sie natürlich nicht in Frage.

»Kümmert euch nicht um mich, eßt ihr nur, stopft euch nur voll. Sind sie gut, die Crostini mit den Leberzysten?«

Wenn es nach mir gegangen wäre, hätte ich sie in den Heizungskeller gesperrt und den Kessel auf Hochtouren laufen lassen.

Die Geschenke? Eine Tragödie … »Gebt euch die Hände, Mädchen, los, Anemone, du bist die Ältere.« Dreizehn Sekunden älter bin ich, Manola. Dreizehn lausige Sekunden! Und witsch, ist sie weg, diese rauhe und eklig feuchte Hand. Mit Gewalt mußte ich meine Schwester unter den Baum zerren!

»Entweder beide zusammen oder gar nicht. Die Zwillinge packen die Geschenke gemeinsam aus.«

Die Zotte zittert am ganzen Leib, streckt dabei aber die Hand nach ihrem Geschenk aus. Ich reiße mich von ihr los, um meins auszupacken: eine Schaukel, große Klasse. Ich habe immer von einer Schaukel geträumt, Manola. Die mache ich jetzt im Treppenhaus fest. Ich habe schon das Gefühl, über der Theke zu fliegen und zu schreien: Ooooooh! Doch da höre ich hinter mir dieses schluchzende Nach-Luft-Schnappen …

»Nein, nein, ich bitte dich, Orty, nicht weinen. Tu es für mich, tu es für Mama und Papa, tu es für Grogo, tu es, für wen du willst, aber weine nicht. Verdirb uns nicht allen Weihnachten!«

Doch sie reißt ihr blödes Froschmaul auf: »Uuuh! Uhhhuhhhu! Uuuhhhuuu!«

»Was heulst du denn? Du hast noch nicht mal das Geschenk richtig ausgepackt, und schon heulst du?« Wenn sie ein einziges Mal nicht geheult hätte, Manola, ein einziges Mal! Ortensia hat ein ganz eigenes Weinen, weil sie unter nervösem Asthma leidet, sie hat so eine Art Schluckauf mit komischen Pfeiftönen. Gleich danach atmet sie flach, kriegt keine Luft, wird total blau. Dann muß man ihr einen Schlag auf die Brust geben, das löst die Blockierung, und sie fängt wieder mit dem synkopischen Pfeifen an. Man würde alles tun, nur damit sie aufhört.

»Any, Any, Liebes, sei großzügig, tausch dein Geschenk mit Ortensilein.«

Das war ja klar. »In Ordnung«, sage ich.

Ich schnappe mir ihre Rollschuhe. Nicht schlecht, denke ich, diese gefederten Rollschuhe, ich seife die Sonnenterrasse ein und witsche drüber, stelle mir schon vor, wie ich dahingleite, als ein unmenschlicher Schrei in meine Ohren dröhnt. Ich denke an die Hörprobe von dem abgestochenen Schwein, aber nein, es ist wieder sie, die ewig unzufriedene, dämliche Dickbirne.

»Was hast du denn? Ja, was hast du denn?«

»Any, los, gib Ortensilein die Rollschuhe zurück, eigentlich sind es ja auch ihre …«

Nein, ich gebe sie ihr nicht zurück, verflixt, das tue ich nicht, denke ich, doch aus den Augenwinkeln sehe ich, wie Papa schon in meine Richtung mit der Hand ausholt. »In Ordnung«, sage ich.

Ich nehme wieder meine Schaukel, fliege durchs Treppenhaus: »Ooooooh! «

»Any … Any, Liebes …«

»Was denn?«

»Siehst du nicht, wie verzweifelt deine Schwester ist, die Arme? Du weißt, daß sie ersticken und sterben kann, weil sie keine Luft bekommt, wie kannst du nur so unsensibel sein? Es ist Weihnachten, versuch, großzügig zu sein, gib ihr die Schaukel zurück!«

Ich nehme mir wieder Ortys Rollschuhe. Gleich danach wieder meine Schaukel. Dann noch einmal die Rollschuhe, wieder die Schaukel, dann die Rollschuhe, dann die Schaukel, dann die Roll …

Zwischen einem Tausch und dem nächsten heult Orty, ringt nach Luft, läuft blau an, bekommt den Schlag auf die Brust, läuft rot an, beginnt wieder mit dem Gepfeife …

Mama macht in der Zwischenzeit eine Macumba, um den Truthahn wieder zum Leben zu erwecken. Sie hält die geschlossene Hand ruhig über die Flamme der roten Kerze. Und in dem mit Girlanden geschmückten Festsaal verbreitet sich ein Gestank nach verbranntem Fleisch.

»Wir wollen ruhig bleiben, es ist Weihnachten.

»Oh merry Christmas, oh happy new year …«

Papa rülpst: *»I beg your pardon!«*

Orty hat den Weihnachtsbaum ausgerissen, hat Oma Refolas Weihnachtsstern verschluckt. Sie geht die Wände hoch, hat einen Werwolfanfall. Die ganze Familie hält sich mit den Händen die Ohren zu, doch ihr unerbittliches Geheul geht einem durch und durch …

Tum tututum! Pam patapam! Pum! Pam! Bum! Die Festbeleuchtung hat einen Kurzschluß, alle Glaskugeln zerspringen, die Suppenschüssel geht los wie eine Rakete, die Cappelletti flutschen über den Fußboden.

Mit ausgebreiteten Armen stellt Mama sich schützend vor den großen Spiegel hinten im Saal: »Orty, ich bitte dich, verschone ihn! In diesem Spiegel hat dein Großvater Gustavino sich mit dem Philosophen Benedetto Croce betrachtet!«

Ich fange an, mich auszuziehen. Etwas anderes bleibt mir nicht übrig. »Was willst du? Was zum Teufel willst du? Willst du die auch?« Ich ziehe meine Unterhose aus und gebe sie ihr.

»Ich will nichts! Ich will nichts!«

Sie ist inzwischen wieder runter von der Wand und hat die Geschenke der ganzen Familie eingesackt, einschließlich Papas Ruder und Mamas Propeller.

Mama ist jetzt auf den Knien und klatscht in die Hände. »Brav, Orty, Liebes, nimm nur alles, dann kannst du in Ruhe auswählen. Wir sind eine so nervöse Familie, weil wir Künstler sind!« Dann reißt sie sich einen Nagel aus und hält ihn ihr hin. »Hier, Liebes, nimm den auch noch, der kann dir nützlich sein. *Oh merry Christmas, oh happy new year …*«

»Danke, Orty«, flüstert Papa, dem der Schlafanzug runtergerutscht ist, »schlag uns, spuck uns ins Gesicht, spuck überallhin! Wir sind eine Familie von Genies!«

»Und ich?«

»Du, Anemone, sei ruhig, sei bitte ruhig! Du hast Glück, du bist schön! Siehst du denn nicht, wie die Arme leidet? Jetzt fang du nicht auch noch an, verdammt, es ist Weihnachten!«

Ortensia

Ich habe das Foto mitgebracht, das Sie gern sehen wollten, Manola. Auf diesem kleinen Stück sepiafarbenem Karton ist schon alles zu erkennen. Jedem Kind ist sein Schicksal schon ins Gesicht geschrieben. Wir waren ungefähr vier Jahre alt, meine Schwester und ich. Wir sind am Meer. Anemone trägt ihren einteiligen Badeanzug mit dem Hai, ich das Höschen mit den Quallen. Ich hocke im Sand, sehen Sie? Meine Schwester dagegen steht kerzengerade da, den Bauch vorgestreckt, eine Hand in der Hüfte. Mit der anderen Hand faßt sie mir in die Haare, die ganz klebrig sind vom Meer. Sehen Sie diese energische kleine Hand? Any lächelt zufrieden wie ein Angler, der sich mit einem dicken Zackenbarsch für die Nachwelt ablichten läßt. Ich lache ebenfalls, ängstlich und überrascht, daß ich auch fotografiert werde.

In mir kommt eine Wut hoch, Manola, eine Wut! Wie konnte ich mich darüber freuen, dabeizusein und die Rolle des toten Zackenbarschs zu spielen? Ich möchte dieses Mädchen anschreien: »Steh auf! Steh auf, was tust du da? Wenn du so anfängst, werden sie dir ein Leben lang auf den Kopf machen!« Ich möchte die Zeit durchbrechen, Manola, in dieses Foto hineingehen, Ortensia packen, sie hochziehen und wegbringen. Doch man kann die Zeit nicht umdrehen wie eine Sanduhr und diese Lüge aus den Angeln heben, die sich die Menschen ausgedacht haben, um in die Große Zeit zu gleiten. Ich kann dieses Mädchen dort nicht mehr schützen. Was geschehen ist, ist geschehen. Traumata sind Spritzer unauslöschlicher Tinte, die das Leben verdunkeln.

Jedenfalls habe ich eines schönen Tages begriffen, daß die Welt mich nicht liebte, und da hörte ich auf, die Welt zu lieben. Ich weiß, Manola, daß Innen und Außen in spirituellem Verständnis Kategorien ohne Sinn sind, doch die Leute sind unwissend, die Leute mögen keine Fledermäuse. Ich hörte auf, den Gästen Gefühle entgegenzubringen, und da es auf der Welt, bevor der Mensch erschien, nur Mikroben gab, habe ich mit meinem Vernichtungsprogramm bei ihnen angefangen.

Ich begann alles zu desinfizieren, arbeitete Tag und Nacht an der Entwesung. Ich fühlte die moralische Pflicht, mich gegen Klosetts zu schützen, an denen Bakterien sein könnten. Seit damals trage ich immer Handschuhe, Manola, und ich gebe nie jemandem die Hand. Ich weiß, was ich mit meiner Hand gemacht habe, aber die anderen könnten ihre Hand ja sonstwo reingesteckt haben. Ich weiß, daß es sich um krankhafte Vermeidung handelt. Lucianella, meine vortreffliche Analytikerin, sagt, daß meine Sexualität von starken Schuldgefühlen belastet sei, daß ich sie als etwas Schmutziges introjiziere. Manola, ich wasche mir die Scham dreißig-, fünfunddreißigmal am Tag, da ist nichts Schmutziges unter meiner wasserdichten Gummiunterhose, garantiert nicht.

Meine Schwester dagegen ist ein Ferkel. Sie macht Pipi und geht dann nicht aufs Bidet. Sie wäscht das Tröpfchen nicht ab, so eine ist das. Einmal hat sie sogar im Zug groß gemacht, können Sie sich das vorstellen? Ja, sie hat sich mit ihrem voluminösen Allerwertesten auf die Brille der Zugtoilette gesetzt und hat ihre Exkremente zwischen Crotone und Vibo Valentia auf die Schienen fallen lassen. Und trotzdem greifen die Erreger weiterhin nur mich an, nie Anemone. Nie ein Pilz, nie eine kleine Feigwarze, nie ein Fingerwurm. Nichts.

Ich neige sehr stark zu Empathie. Zu meinem Bedauern nehme ich die Gefühle von jedem auf. Von jedem, der kaputt ist, natürlich. Es ist einzigartig: Ich spüre eine echte Verschiebung von Energie. Ich bin so empfänglich dafür, daß schon ein Spaziergang außerhalb der Hotelmauern für mich unerfreulich und lästig werden kann. Von allen Seiten sauge ich den Kummer auf. Wenn ich einen streunenden Hund sehe, nehme ich sein Streunen auf und fange an, auf der Suche nach einem Knochen durch die Gegend zu streifen. Wenn ich einen vor Kälte starren Bettler sehe, friere ich sofort. Ich möchte weniger sensibel sein, Manola, und nicht das sehen, was die anderen nicht sehen. Ich beneide die Pferde in der Stadt. Ich beneide sie um ihre Scheuklappen aus dickem schwarzem Tuch, ich möchte auch nur einen kleinen Ausschnitt sehen. Doch leider habe ich Augen wie der Argonaut Lynkeus. Mein Blick dringt mit Leichtigkeit durch eine Hohlziegelmauer. Durch Bruchsteine allerdings noch nicht.

Aber warum nimmt in meinem Inneren alles so unverhältnismäßige Dimensionen an? Ich habe die Fähigkeit, jedes kleine Gefühl zu vergrößern, bis ich selbst dieses Gefühl werde. Es tut mir schon weh, wenn ich sehe, wie ein Blatt von einem Baum fällt. Ich bin dieses Blatt, Manola. Ich trudle bebend durch die Luft, voller Angst, mich in einem Teppich aus faulenden Blättern zu verlieren und zertreten zu werden.

Wenn niemand mir eine Hand reicht, mache ich trotzdem mit meiner Mission weiter. Ich kann nicht anders, ich kann das Leid der anderen nicht ignorieren, ich muß mich um die Schwächeren kümmern, die aus der Schar der Gewinner herausfallen und zurückbleiben.

Wie viele Behinderte sehen Sie auf der Straße, Manola? Wenige. Wollen Sie wissen, wo sie sind? Sie sitzen im zehnten Stock fest, in ihrem Rollstuhl, vor der zu engen Fahrstuhltür. Der Aufzug ist das Nadelöhr dieser unmenschlichen Welt. Wenn man krank ist, gibt es kein Durchkommen.

Früher gab es mehr Dummheit, ja sicher, aber auch mehr Barmherzigkeit. Jedes Dorf hatte seinen Trottel, der am Mäuerchen lehnte, und alle mochten ihn und kümmerten sich ein bißchen um ihn. Heute sind wir gebildeter, haben E-Mail, können unsere Worte via Internet zur anderen Seite des Planeten senden, wenn wir sie noch nicht mal zu Ende gedacht haben. Aber wir wissen nicht, was für ein Gesicht das ist, das jeden Morgen neben uns im Nachbarfenster auftaucht.

Auch die Alten läßt man besser in den oberen Stockwerken, nahe dem Himmel, der auf sie wartet, diesem dichten Smog ohne einen tröstlichen Stern. Wer soll sie bemerken? Die anderen Mieter, die in ihren Sandalen, in denen noch der Sand knirscht, und mit Tüten voller Muscheln aus dem Urlaub zurückkehren und den Leichengestank wahrnehmen, der ihnen im Treppenhaus entgegenschlägt. Das Alter geht niemanden mehr etwas an, Manola. Und doch, hinter jedem von uns sitzt ein alter Mensch wartend auf einem Stühlchen. Eines Tages werden wir seinen Platz einnehmen müssen. Keine plastische Chirurgie wird uns die Seele zusammenflicken können.

Es gibt keine Zeit mehr für Leid. Der Tod ist nur noch als Möglichkeit vorhanden, der wirkliche Tod – schwer, verpestend, unheilbringend –, den muß man verborgen halten. Und doch haben uns die Griechen gelehrt, die Tragödie, sterblich zu sein, bis zum Ende zu durchleben. Aber alle sind so unvorbereitet, so dumm. Nur ich nicht, für mich ist der Tod ein diskreter Herr, der neben mir lebt, ein Versprechen, das viele Unbekannte enthält, denn leider, das wissen Sie ja nur zu gut, wird unser Karma weiteres Leid bringen. Doch wenn man versucht, darüber zu sprechen, heißt es, man bringe Unglück. Ich pfeife darauf, ich widme mich meinen Mitmenschen, ich gehe als Freiwillige in die Altenheime.

Mir gefallen die Alten. Mir gefällt ihr Schnaufen und Röcheln, mir gefallen die ständig wiederholten Erinnerungen, die Unfähigkeit, das Gegenwärtige zu erkennen. Sie wissen natürlich, Manola, daß bei den Alten die schwächere irdische Energie durch höhere und feinere Energien ersetzt wird, die mit der geistigen Welt zu tun haben, in die zurückzukehren die Seele sich anschickt. Ich schmiege mich im letzten Augenblick an die Sterbenden. Ich sehe den leuchtenden Schimmer der Seele, die sich an der Wirbelsäule entlang auf den Weg macht, um aus dem Chakra des Kopfes auszutreten, und atme den letzten Lichthauch ein.

Meine Schwester hingegen hält sich in sicherem Abstand von den Unglücklichen, Any will nur lachen. Und sie hat gute Gründe dafür, sie hat unerhörtes Glück. Ich werde Ihnen ein Beispiel nennen. Erinnern Sie sich an diese Stewardeß, die ein paarmal in den Zeitungen in aller Welt aufgetaucht ist? Eine kleine Frau, von ihrem Äußern her – platte Nase, breites Becken, Fußballerwaden – eher ungewöhnlich für die im Flugverkehr geltenden Schönheitsideale. Gut, diese Stewardeß hat siebzehn Flugzeugabstürze überlebt, davon dreizehn als einzige Überlebende. Wie würden Sie so etwas nennen? Es heißt ja, daß man den Ar …, das Gesäß voll Glück hat, symbolisch. Ja, und wir können sagen, daß meine Schwester, metaphorisch gesprochen, das gleiche erstaunlich dicke Gesäß hat wie jenes fliegende Wesen, das nicht umzubringen ist.

Anemone

Ich sehe vollkommen zerrupft aus, Manola, nicht wahr? Kein Wunder, denn ich habe kein Auge zugetan. Ortensia ist absolut zwanghaft, die ganze Nacht ist sie zwischen unserem Schlafzimmer und der Küche hin und her gegangen, um zu kontrollieren, ob das Gas abgedreht ist. Und das sind zwanzig Stufen, das ist kein Spaß. Heute morgen habe ich sie dann gefunden, wie sie ohnmächtig über dem Herd lag. Ich wollte mir einen Kaffee machen, aber es ist mir nicht gelungen, sie da wegzuschaffen, sie war wie festgewachsen.

Sie war schon immer so durchgedreht. Als kleines Mädchen wusch sie die Puppen mit Salzsäure, nahm ihnen die Augen raus, um die Mikroben zu erwischen. Meine Schwester trägt Handschuhe, Manola, weil sie verkohlte Hände hat. Sie leert ganze Flaschen Alkohol über die sanitären Anlagen, um sie dann mit dem Flammenwerfer in Brand zu setzen. Es ist eine Eigenart von ihr, vor dem flambierten Klosett in Wallung zu geraten. Wissen Sie, Manola, Orty macht sich Vaginalspülungen mit flüssigem Wasserstoff, und trotz dieser Vorsichtsmaßnahmen hat sie ständig verdammt lästige Scheidenentzündungen. Es ist einfach so, daß die Zotte ganz schlimm das Unglück anzieht. Ich gebe Ihnen ein Beispiel. Sie wissen doch, was man über schwarze Katzen sagt? Also, wenn Ortensia mitten auf der Straße einer begegnet, kratzt die sich wie wahnsinnig die Genitalien.

Ich bringe Orty in meinem Spider zum Altenheim »Ohne Rückfahrkarte« – wohin sie geht, um neue Kraft zu schöpfen. Sie sitzt vollkommen gepanzert neben mir, mit Helm, Asbestschutzanzug und Straßenkarten. Es läuft von Anfang an schlecht. Die Überführung können wir nicht nehmen, weil die Pfeiler vom Hochwasser beschädigt sind und nur auf uns warten, um einzustürzen. Drunter durchfahren? Kommt überhaupt nicht in Frage, denn auf der Überführung, sagt sie, lauert dieser neunjährige Hooligan mit einem Felsblock, ganz begierig darauf, daß wir unter ihm durchfahren, damit er als Verbrecher im Fernsehen groß herauskommt. Die Landstraße, die durch den Wald geht? Unmöglich, weil die Umweltschützer nur so tun, als wollten sie den Wald retten, aber in Wirklichkeit sind sie alle da und besprengen das Gestrüpp mit Benzin, damit sie einen neuen Grund zum Protest haben, und sie spürt, daß ein Brand ausbrechen wird. Das spürt sie! Die Straße, die am See entlangführt? Das wäre schlichtweg Wahnsinn, mit dem Feuer im Rücken. Wir würden sicher wie dieser Unterwasserfischer enden, der von den Löschflugzeugen der Feuerwehr aufgesogen, in die Flammen geworfen und zusammen mit der Forelle, die er im Kescher hatte, gegrillt wurde. Das spürt sie! Und wenn Ortensia etwas spürt, Manola, glauben Sie mir, dann ist es besser, man hört auf sie. Wir einigen uns auf die Autobahn.

Oje, oje: ein Minenfeld! Alle Lastwagen waren gegen uns gerichtete, wild gewordene Bomben, und Orty wirbelte mit den Armen, zeigte jedem den Stinkefinger und schrie: »Was steht denn da auf der Plakette? Siebzig. Und was fährst du, zweihundert oder fünfhundert oder was, du Verbrecher?!«

Sie zeigte auf sie und brüllte mir dann ins Ohr: »Jetzt, jetzt! Anemone, das ist unserer, dieser riesige Truck of the Year, der macht uns platt, von uns bleibt nichts als organische Heidelbeermarmelade. Weißt du, daß sich vor einem

Unfall die Zeit dehnt, daß du dein ganzes Leben in einem Atemzug noch einmal sehen kannst? Tust du das gerade, Any? Dann bitte mich um Entschuldigung. Bitte mich um Entschuldigung, du eingemachter Pfirsich, solange dir noch Zeit dafür bleibt! Da ist er, ich will ihm ins Gesicht sehen, unserem Long Vehicle Killer!«

Mein Fuß auf dem Gaspedal zitterte, und ich dachte: ›Nachher werde ich wirklich noch mit dieser Eule auf der Autobahn zerquetscht!‹ Da platzte mir der Kragen, ich habe den Wagenheber genommen und ihr eins auf die Birne gegeben. »Such dir eine Ablenkung, hast du verstanden, Knolle?«

Sie begann damit, die Nummernschilder aller Autos zu lesen, die uns begegneten, die Straßenschilder, die Werbeplakate. Sie las wie ein Maschinengewehr: »CA 89342609. RO 90563471. SO 714506236. Pizzeria Ala Nera. Guareschi Heizkörper. Schmorbraten aus Conegliano. Bingo-Birnen Telefon 89564321. Achtung glatte Fahrbahn. Pasta Grano d'Oro. Bestattungsinstitut Allegretti: Einäscherungen, Erdbestattungen, Exhumierungen. Rabatt für Zwillinge.«

Ich konnte nicht mehr! Schüttelkrämpfe, Zuckungen, Herzjagen, und als ob das noch nicht genug wäre: »Mach das Fenster auf, mir ist heiß! Mach es zu, ich bekomme eine Nebenhöhlenentzündung!« Das Auto über und über vollgekotzt. Im Kopf hatte ich ein Wespennest, Manola! Ein Wespennest! Endlich kamen wir vor diesem gottverfluchten Altenheim an. Ich halte an und lade sie aus: »Geh, geh und spiel die Freiwillige, beweg dich! Zieh Leine, Eiterfresse!«

Ich gehe in eine Kneipe, um mich bei ein bißchen Musik und einem Bier zu entspannen. Dann, nach ein paar Stunden will ich Ortensia wieder abholen. Alles still. Die Zotte war ganz fröhlich dabei, Betten zu machen, Pfannen zu leeren, Gebisse zu spülen. Die alten Leutchen aber sahen sie scheel an, brachten sie mit ihren Krücken zum Stolpern, bespritzten sie mit Weihwasser. Dann habe ich erfahren, Manola, daß zwei Infarkte, drei Hirnblutungen und einige leichte Schlaganfälle aufgetreten sind, seit Ortensia die Schwelle dieses Altenheims überschritten hat. Der Direktor – auch er nicht mehr der Jüngste – kommt auf mich zu und sagt: »Ich bitte Sie, nehmen Sie Ihre Schwester sofort wieder mit, ich fürchte eine Meuterei der Insassen … die vertreibt mir die Patienten. Wir brauchen Freiwillige, keine Leute, die Unglück bringen!«

Ortensia

Manola, ich habe gelesen, daß die Neigung, Negativität in sich aufzusaugen, um sie dann aktiv wieder hervorzubringen – was landläufig als Phänomenologie des Pechs bekannt ist, erblich sein soll, eingeschlossen in unser genetisches Material. Das war eine interessante Entdeckung. Meine Großmutter Refola wurde bis zum letzten ihrer Tage gehörig vom Pech verfolgt. Am Morgen ihres Ablebens wurde der Priester, der auf dem Weg zu ihrem Sterbelager war, um sie zu salben, von einer Viper gebissen, so daß meine arme Großmutter ohne die Letzte Ölung verschied.

Ich möchte, daß Sie mir Ihren magischen Schutz gewähren, um mir zu helfen, so unversehrt durch das Leben, diesen erbarmungslosen Strudel, hindurchzugehen wie ein Salamander durch das Feuer. Die Haut des Salamanders hat Giftdrüsen, deren Sekretionen zwei toxische Alkaloide enthalten, das Salamandrin und das Salamandaridin. Da die Natur mich leider nicht mit diesen wertvollen Abwehrstoffen ausgestattet hat, muß ich sie aus eigener Kraft schaffen. Ich behaupte mich nur dank minutiöser Versöhnungsriten. Anemone nennt sie Manien, für mich sind es Rettungsanker. Wenn ich vor dem Verlassen des Hotels fünfzigmal den Schlüssel im Schloß umdrehe, in der einen und in der anderen Richtung, achtunddreißig Kniebeugen und fünfundvierzig Rumpfdrehungen mache und sechsundneunzigmal die

Zunge rolle, bin ich so gut wie sicher, daß mir nichts geschehen wird.

Ich habe keinen Führerschein, Manola. Ich bin mit Grogo im Sidecar unterwegs. Er kauert sich in den Beiwagen, mit seinem ledernen Fliegerhelm auf dem Kopf. Auf der Straße darf ich nicht über den weißen Streifen fahren, der am Bürgersteig langläuft, und der rechte Zeigefinger darf nicht den Lenker berühren, wenn er es unvorsichtigerweise doch tut, muß ich augenblicklich – mir bleiben dafür zehn Sekunden – den linken Zeigefinger einhundertundeinmal im ersten Glied beugen. Die Stadt zwingt uns dieses Chaos und Kuddelmuddel auf. Und ich fühle mich schlecht, wenn ich mitten im Verkehr steckenbleibe.

Ein Anfall von Platzangst verbraucht im Nu die gesamte Luft zum Leben um mich herum. Zum Glück ist Grogo in der Lage, jede Regung meines Geistes zu erfassen, und gibt mir schnell das Mundstück vom Sauerstoffgerät.

Und mit einem Lächeln ermutigt er mich: »Ortensilein, laß uns auf den Blechteppich springen, den die Autos bilden, und über die Hauben weitergehen.«

Meine Augen jucken. Meine Haarwurzeln sind in Aufruhr, ich gewinne fünf Millimeter Haar längs des gesamten Rückens. Aber siehe da: Die Ampel springt um, die Autos beginnen sich zu bewegen, der Stau löst sich auf, wir befreien uns aus der Enge! Los!

Ohne irgendeine Vorwarnung gelangen wir ins Weite, bevor ich seelisch darauf eingestellt bin. Und wie könnte ich es sein? Ich fühle mich noch zwischen glühendheißes Blech eingezwängt, habe die Überwindung meiner klaustrophobischen Symptome noch gar nicht abgeschlossen. Ich bin vollkommen unvorbereitet. Meine Verteidigung gegen diese Explosion von Agoraphobie, die im Nu meine Brust zu erschüttern beginnt, ist noch nicht in Stellung gebracht. Es ist, als regnete es Nägel vom Himmel, die mich erbarmungslos durchlöchern. Von der Hirnrinde ist eine Kettenreaktion ausgegangen, die durch das neurovegetative System läuft und in kürzester Zeit alle Organe erreicht. Ein heftiger Starrkrampf überfällt mich. Die Glieder sind blockiert, ich kann nicht mal den kleinen Finger rühren.

Grogo übernimmt jetzt das Kommando des Sidecar. Armer Vogel, er tut, was er kann: biegt nach rechts ab, dann nach links, dann wieder nach rechts, erneut nach links. »Halt an, Grogolein! Halt an: die Brücke!«

Grogo stoppt. Zu spät. Meine Adleraugen haben sich schon in jenes weiche Bett des fauligen gewundenen Wasserlaufs dort unten versenkt und die Höhe eingeschätzt! Krämpfe von Höhenangst durchzucken meinen Körper, geißeln ihn. Ich schwitze, nein eher: Ich schwimme auf dem nassen Sitz. Wie ein Monster frißt ein Teil meines Zwischenhirns die Signale der Hirnanhangsdrüse. Ich bin verstopft mit Hormonen. Die Nebennierenrinde produziert ganze Ströme von Cortison. Ich bin absolut aufgebläht von Noradrenalin, das Millionen emsiger kleiner Beinchen hervorbringt. Horden von Ameisen sind in meinen Venen unterwegs.

Ich breche über meiner Hupe zusammen: »Tüüüüt! Tüütüütüüüt! Tütütüüüüüüüt!« Das ist das Ende, ich fühle, daß es das Ende ist. Ich sterbe, doch um mich herum gibt es kein Erbarmen. Zusammengekauert spüre ich, daß mir gepanzerte Autofahrer auf den Fersen sind, aufgegeilt vom urbanen Blutrausch, vom Geist des Straßenkampfs. Aber was wollt ihr denn von mir? Wenn ich die Kraft hätte, würde ich den Weg freimachen, würde den Beiwagen über die Brücke schieben und mich zusammen mit meinem Turkey in der stinkenden Strömung dieses metropolitanen Styx bis in die Hölle treiben lassen. Ein Satan mit einem Hakenkreuz im fetten Ohrläppchen, jeden Tag von Bauskandalschlafstädten in das Herz der Stadt unterwegs, beugt sich über mich in all meinem Elend, schreit und spuckt mir seine Speichelsekrete mitten ins Gesicht. »Geh meinem Schwanz aus dem Weg, häßliche Kröte, mach freie Bahn für meine Eier!«

Ich erwidere, daß ich für seine Umsiedlung aus der Altstadt in das Hochhaus neben der Müllverbrennungsanlage nicht verantwortlich bin. Ich mache mir bewußt, daß dort, woher er kommt, das Ego dieses Satans – in enger Verbindung mit seinem gewaltigen Genital, das er genau in diesem Moment hin- und herschiebt – immer schön umhegt wurde. Aber es ist nicht meine Schuld, Manola, wenn das Zentrum von seinen wunderbaren alteingesessenen Bewohnern geleert worden ist, um Platz für irgendwelche Nichtskönner von Künstlern und drogenabhängige Abgeordnete zu machen. Und vor allem ertrage ich es nicht, wenn man mich duzt und sich einer absolut eigenmächtigen Vertraulichkeit bedient. Ich verfüge über das notwendige analytische Instrumentarium, um die unbewußten Motive seines Wutausbruchs zu verstehen, doch dieses »He du!« kann ich nicht hinnehmen, diesen kollektivistischen Übergriff, den er bei gewissen Damen aufgeschnappt hat, die resolut ihren in Lurex eingezwängten Hintern anbieten. Das sage ich ihm.

»Hören Sie zu. Ich kenne Sie nicht. Wenn Sie sich mit mir unterhalten wollen, benutzen Sie bitte die dritte Person. Sagen Sie: ›Gehen Sie meinem Schwanz aus dem Weg, Sie häßliche Kröte, machen Sie freie Bahn für meine Eier.«

Der Satan macht keinerlei Anstalten, sich anständig auszudrücken. Wiederholt ist er in eine handgreifliche, ziemlich urtümliche Art der Verständigung zurückgefallen. Leider habe ich nicht die Zeit, das anthropologisch in Verbindung mit evolutionistischen und positivistischen Theorien Interessante daran zu verifizieren, denn inzwischen ist etwas sehr Hartes heftig mit meinem Hirn kollidiert. Vor dem alles verschlingenden Dunkel gelingt es mir nur, ein langgezogenes Brummen, Sternchen und ein paar fliegende Federn wahrzunehmen.

Manola, es ist einfach so, daß uns niemand schützt. Würden wir in einem zivilisierten Land leben, so würde man die veralteten Straßenschilder durch sehr viel nützlichere Hinweise auf Angstquellen ersetzen: BRÜCKE. ACHTUNG GEFAHR VON HÖHENANGST. Die Psychoanalyse listet mehr als vierhundert Phobien auf. Ich habe sie alle. Es ist eine hochentwickelte Strategie der Angstverlagerung nach außen, auf Teile von uns selbst, die uns erschrecken. Gewiß, mir fällt durchaus auf, daß sich mein Lebensbereich um so mehr einengt, je mehr ich die Angstquellen erweitere. Ich lebe im Käfig.

Anemone

Das ist unser liebster Zeitvertreib, Manola: Abends pressen wir uns in dem großen Bett mit dem Familienwappen aneinander, und ich lese Ortensia aus den »Neuesten Phobischen Nachrichten« vor. Während ich sie auf den aktuellen Stand bringe, windet sich die Zotte in den Laken, voller Angst, ihren Rekord zu verlieren. *Ailurophobie, Arachnophobie, Astrophobie, Bakteriophobie, Brontophobie* und so weiter: Sie hat sie alle. Als wir bei *Sexualphobie* angekommen sind, bricht sie augenblicklich in Tränen aus. »Doppelsieg!« ruft sie und: »Zweifache Meisterin!«

Sie springt durch die Gegend, will ums Bett herum Fangen spielen, läßt eine Menge witziger Sachen los. Wenn sie in Stimmung ist, kann sie so nett sein! Ortensias Ängste breiten sich wie ein Ölteppich aus. Neuerdings ist sie *lapidophob* geworden: Sie geht über Friedhöfe und sucht auf den Grabsteinen nach ihrem Geburtsdatum. Nicht daß ich mich über diese Überfülle an Ängsten wundere, in unserer Familie hat noch nie jemand ein Gespür für das richtige Maß gehabt. Wir waren schon immer eine total maßlose Familie.

Als Mama anfing, Auberginen in Essig und Öl einzulegen, füllte sie Tausende von Fässern. Damit beschäftigte sie sich nach der Menopause. Meine Mutter konnte die Vorstellung, älter zu werden, nicht ertragen, Manola. Sie suchte sich alte Tücher zusammen und verhängte – zu Ortys großem Jubel –

alle Spiegel im Hotel, eilte dann in die Küche und begann mit dem Braten.

Bei ihr war es eine echte Berufung. »Ihr Mädchen könnt das nicht begreifen«, sagte sie, »doch eure Mutter ist auserwählt worden ...« Sie erzählte von einem Traum, in dem ihr ein alter Mann erschienen war, der viel Ähnlichkeit mit ihrem Urgroßvater hatte. Er trug einen länglichen, violetten, also auberginenartigen Hut auf seinem schneeweißen Haupt und sagte im Traum unter Tränen zu ihr: »Libia, du hast dein ganzes Leben verschlafen. Nun ist es genug. Steh auf und nimm deinen Platz neben der Friteuse ein!«

Im Laufe des Sommers fror Mama zentnerweise Auberginen ein, weil sie fürchtete, die Vorräte könnten nicht über den Winter reichen. Sie arbeitete auch nachts, die Zeit genügte ihr nicht mehr. Trotzdem war sie nie müde. »Ich habe das Gefühl, niemals etwas anderes getan zu haben«, sagte sie. Sie vernachlässigte sich und lief in einem Asbestmantel herum, doch trotz dieser Vorsichtsmaßnahme hatten Spritzer des kochendheißen Öls überall auf ihrem Körper Narben hinterlassen.

Durch das Hotel wallten nun dichte Schwaden von Essigdämpfen. Die Gäste stießen miteinander zusammen, ihre Augen und Nasen waren gerötet, und sie versammelten sich weinend in der Halle. »Es ist schön zu sehen, daß ihr so gerührt seid«, sagte Mama, »danke, von Herzen danke ...« Die ersten Gäste wurden abtrünnig, immer nur ein paar auf einmal, aber nach und nach verließen uns auch die treusten. Doch Mama interessierte sich nicht mehr für praktische Dinge. Es war, als hätte sie sich schließlich zusammen mit ihren Essigdämpfen von der Erde erhoben.

Papa war bei alldem an ihrer Seite. Wenn der Tag graute, lud er sich zentnerweise Auberginen auf den Rücken. Ansonsten saß er den ganzen Tag lang neben der Friteuse, um seine Frau zu betrachten: aus matten, tiefliegenden Augen, den Augen eines Verliebten. Eines Morgens fragte sie ihn: »Was siehst du mich so an, Vinicio?«

»Wir sind alt, Libia«, antwortete Papa und kratzte sich am Kopf.

»Du bist alt, Vinicio.«

»Du bist drei Monate älter als ich, Libia.«

»Aber ich habe keine Probleme mit der Prostata.«

»Frauen haben keine Prostata, und du bist eine Frau, Libia, auch wenn man es seit mindestens fünfundzwanzig Jahren nicht mehr sieht.«

»Und ich habe auch keine aufgedunsene, angefaulte Leber.«

»Du trinkst genauso wie ich, Libia.«

»Nur Gin, und Gin stinkt nicht.«

»Wir sind alt und immer noch zusammen. Hättest du darauf gewettet?«

»Nicht mal eine Aubergine.«

Es wurde ganz still zwischen ihnen, und den Rest des Vormittags hörte man in der Küche nur noch das Brodeln des Essigs. Gegen zwei Uhr am Nachmittag schüttelte Papa den Kopf und sagte: »Es ist komisch.«

Mama sah ihn ratlos an: »Was meinst du?«

»Deine kleine Nase, Libia. Ich frage mich, wo sie geblieben ist.«

»Vinicio, ich verstehe dich nicht mehr.«

»Woher hast du denn diesen knubbligen, pickligen Rüssel? Sag mir die Wahrheit, hast du in all den Jahren geboxt?«

»Nicht daß ich wüßte.«

»Dann muß es eine Karnevalsnase sein, Libia.«

Mama sah aus dem Fenster. Im Brunnen schwammen die ersten Herbstblätter. »Der Sommer geht zu Ende«, flüsterte sie.

»Wir sind alt, Libia«, sagte Papa und musterte seine Frau.

»Du bist alt, Vinicio. Drei Monate älter als ich.«

»Drei Monate jünger als du, Libia, jünger.«

Mama warf ihm einen schmutzigen Lappen ins Gesicht und sagte lächelnd: »Ich bin es leid, immer das gleiche von dir zu hören. Das muß deine Krankheit sein.«

Doch Papa war ernst. »Du hast Krebs, Libia«, sagte er.

»Einen kleinen, sehr trägen Krebs.«

»Das Alter ist sehr milde, Libia.«

»Bald wird es keine Auberginen mehr geben, dann beginnt eine sehr harte Zeit.«

»Wollen wir uns lieben, Libia?«

»Bist du sicher, daß du es schaffst?«

»Und du?«

»Wir haben es noch immer geschafft, Vinicio.«

»Danke, Libia.«

»Du weißt doch, daß ich es nicht leiden kann, wenn du dich bei mir bedankst, Vinicio.«

»Egal.«

Mama sah ihn mißtrauisch an. »Hast du ein schlechtes Gewissen?« fragte sie und wischte sich die Hände an der Schürze ab.

»Nein«, antwortete Papa.

»Wofür wolltest du mir dann danken?«

»Daß du mich bei dir behalten hast.«

»Wohin hättest du denn gehen können?«

»Ich weiß nicht, in ein anderes Hotel.«

»Hätte dir das gefallen?«

»Nein. Und dir, Libia, hätte dir das gefallen?«

»Wie soll ich das wissen? Was geschehen ist, ist geschehen.«

Papa stand auf und gab Mama einen leidenschaftlichen Kuß, dann flüsterte er: »Du bist eine so kluge Frau, Libia. Ich habe Mühe, dir zu folgen ...«

»Du mußt mir nicht folgen, Vinicio«, sagte Mama und warf eine Handvoll Auberginen in die Friteuse.

Papa wischte sich einen Ölspritzer von der Augenbraue. »Ist das dein Ernst, Libia?«

Von jenem Tag an setzte mein Vater sich nicht mehr neben die Friteuse. Er richtete sich einen Winkel im Garten ein. Er ließ das Wasser aus dem Swimmingpool und verkroch sich dort unten, zusammen mit den Mücken und den Kröten. Die Luftveränderung bekam der auf seinem Körper beheimateten Insektengemeinde gut. Innerhalb weniger Tage vermehrten sie sich wie wahnsinnig, und Papa blieb kein Millimeter Haut, der ihm gehörte.

Es war wirklich traurig, einen Mann seines Alters so herunterkommen zu sehen. Schon mit dem kleinsten Kratzen brachte er jetzt zwangsläufig täglich ganze Völker um. Die Insekten rebellierten, griffen gegen ihn zu den Waffen. Der Ameisenlöwe Sfrugo – einer der ältesten Bewohner meines Vaters, der seit gut acht Jahren in der oberen Schamhaarsiedlung wohnte, vor den Toren der historischen Nabelzone – verteidigte sich, zusammen mit einem guten Teil des Hornissenadels, des gestachelten Besitzbürgertums und der zeckigen Geistlichkeit. Es brach ein heftiger Bürgerkrieg aus, der monatelang blutig auf meinem Vater tobte und ihn schließlich einsam und verwüstet zurückließ.

Für den übel zugerichteten Patriarchen zeichnete sich ein feuchtes Eintauchen ins Alter ab, doch zu unserer Verwunderung wurde Papa wieder wie ein Kind. Eines Tages sahen wir ihn bei Sonnenaufgang splitternackt an den bemoosten Mauern des Swimmingpools hochklettern, die Flagge hissen und dabei Neptuns Dreizack schwenken, der aus verschlungenen Kaulquappen gefertigt war. In der Nacht riß er die Hängematten und Sonnenschirme weg, entwurzelte einen guten Teil der Bäume ringsumher und baute sich ein Fort in den Sümpfen, üppig und in Wasserdämpfe eingehüllt wie ein tropischer Schlupfwinkel. Im Dunkeln entfachte er gewaltige Feuer, die hoch in den Himmel loderten.

Als Vilde, inzwischen Witwe des Feldherrn Colonnello Rolanduccio Imparato, Blume im Knopfloch des Hotels, seit mehr als dreißig Jahren Bewohnerin der Suite royale, ihre Koffer in die Halle hinunterbringen ließ und die treue Hausdame Tituccia schickte, um die Rechnung für all die Jahre zu begleichen, begriffen wir, daß dies wirklich das Ende war.

»Der Essiggestank hält mich am Leben, doch dieses Kohlenbecken im ehemaligen Swimmingpool läßt mich an die Hölle denken. Adieu!« flüsterte Vilde und drückte mit ihren schmalen, in Baumwollspitze gehüllten Händen sanft die kleine ovale Daguerreotypie des verblichenen Rolanduccio an ihre Brust.

Papa fand Geschmack daran, Fallen zu bauen. Ab und an fing er sich einen Touristen auf der Durchreise und schleppte ihn mit sich nach unten. Er tat nichts Böses, er spielte Indianer. Er band sein Opfer an den Marterpfahl, lief im Kreis darum herum, klatschte in die Hände und verspottete es. Mein Vater war wirklich ein toller Typ, Manola. Solche Männer wie ihn, die es schaffen, mit siebzig das Leben neu für sich zu erfinden, gibt es heute gar nicht mehr.

Ich besuchte ihn oft dort unten in der Lagune. Und eines Nachts, als das Mondlicht auf dem fauligen Wasser und dem Farn lag, vertraute Papa sich mir an. Ich erfuhr, daß mein Vater, als er zwölf war, an der Schwelle zur Pubertät, ein furchtbares Trauma erlitten hatte: Die Pfadfinder hatten ihn ausgeschlossen, weil er einen Knallfrosch in ein Hornissennest gelegt hatte. Die Hornissen wurden wild, stachen sein ganzes Fähnlein und verunstalteten zwei Jungpfadfinderinnen aus guter Familie. Zu jener Zeit war mein Vater nur ein Küchenjunge, und seine Proteste blieben ungehört. Im Handumdrehen jagten die Pfadfinder ihn davon. Papa mauerte sich jahrelang in diesen Schmerz ein, und auch sein der Beherbergung von Kleingetier geweihtes Leben hatte sein Sühnebedürfnis nicht befriedigt.

Er verließ sein Fort nur selten. Wenn Mama ihn aufstöbern wollte, kletterte sie auf den Mispelbaum. »He, Vinicio, ich rede mit dir! Zieh dir irgendwas über deinen Puddinghintern und komm schnell da unten raus, ich habe nur noch tausend Liter Essig …«

Es geschah eines frühen Morgens. Ich erinnere mich, daß ich aufwachte und beim Öffnen des Fensters dachte, daß dieser Tag zu schön sei, um vergeudet zu werden. Der Himmel strahlte wie ein Kelch aus Kristall, und der Nebel, der noch auf dem Gras lag, sah aus wie Zuckerwatte. Grogo war es, der uns von den letzten Augenblicken unserer Eltern berichtete. Der psychopathische Truthahn hatte an jenem Tag beschlossen, einen kleinen Ausflug zu machen, und es gelang ihm, die Szene vom Dach des Geländewagens aus zu beobachten. Es war der vierundzwanzigste Juli, das Fest Neptuns. Kapitän Papa begleitete Mama in die Stadt. Es scheint so, als hätte er aus Übermut mit dem in ein Ohr gesteckten Kaulquappendreizack gelenkt, beide Füße aus dem Fenster gestreckt und sich mit den Händen auf den Mund getrommelt. Sie ließen es sich gutgehen, meine Eltern. Mama hatte nur eine gepunktete Minnie-Unterhose an und machte auf dem Sitz eine Kerze. Sie lachten sich scheckig. Oh, sie sind immer wahnsinnig gut aufeinander eingespielt gewesen, die beiden! Mir gefällt der Gedanke, daß sie beschlossen haben, auf diese Art zu gehen: lachend. Manola, ich muß Ihnen ein Geständnis machen: Wenn ich einen Orgasmus habe, lache ich, ich lache mich halb tot, und gleich darauf weine ich, weil mir die Witze meiner Mutter einfallen.

Ortensia

Ich könnte nicht sagen, ob meine Eltern sich aus freien Stücken in den Abgrund gestürzt haben. Sicher, Mama war immer vom Fliegen fasziniert. Doch ich habe eine Abhandlung über die Symbolik des Selbstmords gelesen und entdeckt, daß sich ein Mensch, der sich in die Tiefe stürzt, nicht wirklich umbringen will, sondern daß er in der Leere so etwas wie eine gütige Hand sucht, die ihn auffängt.

Es ist schrecklich, die Eltern zu früh zu verlieren, wenn man noch alles braucht. Das Schicksal ist wirklich ungerecht. Man sollte das Recht und die Möglichkeit haben, seine Alten psychoanalytisch zu erledigen, wenn sie noch am Leben sind, denn was soll man schon mit zwei grauen Leichen anfangen?

Ich erinnere mich an ihre Aufbahrung im Swimmingpool, ihre Leichen auf dem Tisch aus dem Festsaal, das matte Licht der Kerzen, das Defilee der ehemaligen Gäste, in Tränen aufgelöst. Auch Professor Buggioni war gekommen, ein abstoßender alter Mann, doch noch immer voller Leidenschaft für seinen Beruf. Er hob seinen Spazierstock und entbot Papa den letzten Gruß mit einem festen Schlag auf den Kopf.

»Für uns Gelehrte ist der Tod nur ein Übergang«, flüsterte er unter Tränen.

Armida, die Köchin, hatte Mühe, mit ihren Wickelsandalen aus Bändern und Tüchern das Leiterchen hinunterzusteigen. Schnaufend schob sie eine unanständig große Aubergine in Mamas zusammengelegte Hände.

Vilde Ostregoni, die spiritistische Witwe des Feldherrn Colonnello Rolanduccio Imparato, besah sich die Tote mit mystischer Neugierde und raunte: »Was bist du häßlich, Libia. Deine Töchter hätten dir wenigstens ein bißchen Rouge auflegen können ...« Sie klappte das Schminkköfferchen auf und reichte der liederlichen Hausdame Tituccia, die mit dem Schluckauf kämpfte, weil sie eiskalte Limonade getrunken hatte, das Wangenrot.

»Hier, Tituccia, verreib es mit den Händen, und dann wirf es weg, man weiß schließlich nie ... Mich bedrückt dieses tote Fleisch, ich halte es eher mit Irrlichtern«, sagte sie und verzog die Oberlippe mit der Hasenscharte, die sie von Geburt an hatte. Dann blickte sie Any und mich aus ihren furchtbaren Augen an: »Habt ihr wenigstens den Leichenschmaus vorbereitet?«

Die Gäste stiegen hinauf, zum Empfang in der Gartenlaube. Nur Grogo, der wie durch ein Wunder den Unfall überlebt hatte, blieb an meiner Seite. Sein Kopf mit dem Verband baumelte ihm vor der Brust, als er auf dem Boden des Schwimmbeckens hin und her ging und Flüche gegen die Verstorbenen ausstieß, durch deren Schuld er in Lebensgefahr geraten war. Auch ich spürte unter meinem Schleier, daß ich kochte. Ich hatte Lust, die Ruhe dieser seligen Toten zu stören, ihnen auf die geschlossenen Lider zu spucken und zu schreien: »Genießerpack, ihr habt euch meinem Urteil entzogen, ich kann mich nicht mehr rächen. Nicht euer Mund ist für ewig verschlossen, sondern meiner.«

Ich weinte verzweifelt, meine Schreie wälzten sich über die Rücken der Schafherden am Hügel entlang und rollten hinab ins Tal. Meine Klage war die Klage über ein ganzes Leben, das Leben einer Unverstandenen und Betrogenen. Die

Gäste traten an das Schwimmbecken heran, um zu sehen, was los war. Sie versuchten, mich zu beruhigen und warfen mir Lammkeulen und Makkaroni zu, doch ich war untröstlich. Niemand würde mir meine Familie zurückgeben können, Manola, niemand.

Ich träumte mit offenen Augen von dem Tag, an dem ich meine alten und hilflosen Eltern, zusammengebunden wie zwei Stück Rollbraten, in den Heizungskeller bringen würde, um sie in meinen leeren Wurmkäfig zu stecken und für alles bezahlen zu lassen, von Anfang an. Von diesem doppelten Ei an. Aber diese beiden Schwachköpfe hatten sich zwischen Auberginen und Kaulquappen ein schönes Leben gemacht und sich mit dröhnendem Gelächter aus diesem Tal der Tränen verabschiedet. Ich saß wirklich in der Klemme, vor allem therapeutisch gesehen, denn gerade in jenen Tagen versuchte ich Mama und Papa symbolisch zu töten, mit der wundervollen Hilfe meiner Analytikerin. Es versteht sich von selbst, daß meine gelenkten Besuche im Unbewußten angesichts dieser beiden realen Leichen mit einem Schlag gestoppt wurden. Lucianella war außer sich vor Wut.

»Blöde Kuh«, fuhr sie mich an, »dumme Ziege! Du hast sie entwischen lassen, du Bekloppte! Ich hatte dir gesagt, du solltest sie im Auge behalten ... Was sollen wir jetzt ohne Familie tun? Was sollen wir zerstören? Was? Ich hätte nicht gedacht, daß sie so weit gehen würden, um mir das Handwerk zu legen. Sich in den Abgrund stürzen. Lachend! Verbrecher!«

Lucianella haßt Eltern. Und sie hat einen tödlichen Haß auf Väter. Oh, am liebsten würde sie sie alle am Spieß braten, die Väter ...

»Wir haben keine Zeit zu verlieren«, schrie sie. Dann setzte sie mir den Tropenhelm auf den Kopf, griff nach dem Karabiner, hängte den Patronengurt und die Feldflasche Grogo, dem Spürtruthahn bei diesem Suchunternehmen, um den gebrochenen Hals, und wir gingen unverzüglich auf Inzestjagd.

Lucianella verbiß sich in den Elektrakomplex: »Da ist er vor dir, dein Agamemnon, los, wirf das Netz. Fang ihn, besitze ihn. Hab den Mut, das zu tun, was du schon immer tun wolltest, Ortensia!«

Sosehr ich mir auch den Kopf zerbreche, Manola, ich kann mich nicht erinnern, daß meine Libido sich je auf meinen Vater gerichtet hätte. Plötzlich sah ich seinen blutüberströmten Körper mit dem zerschmetterten Gehirn und einer dicken Kröte im Mund zwischen den Brombeeren auftauchen. Er sah wirklich ekelerregend aus, mein Alter. Ich schrie, so laut ich konnte: »Nein, ich bitte dich, Lucianella, ich bin nicht nekrophil! «

Ich sah, daß sie ungehalten wurde, sie stürzte sich in den blubbernden Schlamm meines Unbewußten und rollte mit den Augen: »Eine solche Gelegenheit kommt nie wieder ...«, knurrte sie.

Neben Papa war inzwischen Mama aufgetaucht, ihr Teint in einem leuchtenden Violett, und eine Strähne ihres grünen Haars hing ihr ins Gesicht. Eng umschlungen bestiegen sie eine große Seerose und wurden von der Strömung eines kristallklaren Wasserlaufs auf kalkigem Grund davongetragen. Papa verabschiedete sich mit einem liebevollen Mundfürzchen von mir, Mama gab mir die letzten Ermahnungen: »Der Sorghumbesen ist für den Backsteinboden draußen, der Borstenbesen für die Reinigung drinnen. Kurze Nudeln kocht man zehn Minuten, lange Nudeln fünf Minuten. Ich verlasse mich auf dich, Orty!«

»Wir werden sie nie wiederfinden«, sagte Lucianella. »Sie werden in ein Foto hineingehen, sie mit weißen Schuhen, er mit pomadisiertem Schnurrbart, und glücklich und unverrückbar für den Rest deines Lebens auf dem Büfett stehen.«

Wir kehrten zurück, als es schon dunkel war; Lucianella

hatte sich wieder einigermaßen gefangen. Sie machte einen heißen Punsch für alle und schlug dann eine Runde Monopoly vor. Grogo sicherte sich gleich die Schloßallee und die Luxussteuer, und das brachte meine Analytikerin wieder in Rage.

Ich fürchte, Manola, daß Lucy mir nie verziehen hat, sie ist ja Freudianerin. Sie erlebte den überraschenden Tod meiner Eltern als einen echten Verrat. Von jenem Tag an zerbrach die Mauer des Schweigens, sie pfiff auf ihren Meister und überhäufte mich mit Fragen. Sie ist mißtrauisch geworden, und nichts kann sie beruhigen, nicht einmal die Tatsache, daß ich keinen unserer Jahrestage vergessen habe, seit das allererste Trauma aufgetaucht ist, und jedesmal mit Blumen und Geld zu ihr komme.

Ich liebe Fragen, Manola, aber ich möchte es sein, die sie stellt. Wenn ich gefragt werde, erinnert mich das an die Qualen im Gymnasium, in dessen Mauern man gezwungen wurde, auf jede Frage eine kurze, präzise irdische Antwort zu geben. Noch heute erwache ich nachts schweißgebadet und denke an Professor Stoppalipassi, an seine wächserne kleine Hand, die über die borstigen Haare des roten Bärtchens streicht.

Da ist er, Manola, da ist er! Ich wußte, daß ich ihn nicht beschwören durfte … Er kommt auf meine Bank zu. Ruhig, Ortensia, ganz ruhig. Es gibt noch einen schwachen Hoffnungsschimmer: Er könnte Anemone aufrufen. Sie sitzt nämlich neben mir. Sie vollendet gerade auf ihrem Schreibpapier eine Karikatur von Stoppalipassi, ausgestattet mit einem sorgfältig gezeichneten Spiralglied mit einer abnormen Tropfejakulation. Diesmal, Manola, wird er sie erwischen. Er wird so rot werden wie sein Bärtchen, wird Any die Ohren langziehen und sie zum Direktor schicken: Dann fliegt sie von der Schule. Was soll man denn auch mit einer wie ihr in der Schule anfangen? Sie weiß weniger als nichts, liest sich morgens im Bus meine Notizen durch, nein, eigentlich, um genau zu sein, lese ich sie ihr vor, während sie sich das Gesicht mit der Maurerkelle restauriert, vier Schichten braune Schminke draufschmiert und sich dabei die Beulen am Unterleib der männlichen Bevölkerung an den Haltestangen besieht.

Anemone hat nie viele Skrupel gehabt, sie hatte schon sexuelle Beziehungen mit der halben Klasse, vielen Outsidern aus höheren Klassen und dem Hilfslehrer für Tai-Chi sowie Cunnilingus und wiederholt manuellen Verkehr mit der Hausmeisterin. Es wird Zeit, das zu beenden. Der Hochkommissar wird kommen, man wird sie von allen Schulen im Reich verweisen, sie wird in einem Sexshop enden, wo sie Gummiglieder vorführen muß.

»Ortensia, hätten Sie die Freundlichkeit, nach vorn ans Pult zu gehen?«

Das ist nicht möglich. Hat er mich aufgerufen? Ganz ruhig, Manola, ich bin vorbereitet. Ich habe mich gründlich informiert, habe mich über das Lexikon gebeugt und über den Abhandlungen gebrütet.

»Erzählen Sie mir etwas über diesen Deutschen, diesen Kant, liebe Ortensia!«

Oh, wie wunderbar, mein Immanuel, ich verehre ihn! Stolz beginne ich meinen Vortrag. Doch da höre ich eine leise Stimme in mir: »Ortensia, sei achtsam, es gibt viel zu sagen, vergiß nichts. Ich will dir einen Rat geben. Du hast meisterhaft angefangen, doch wenn du auf diese Art fortfährst, wirst du zwar mit Leichtigkeit den Punkt C und den Punkt D erobern, die hypothetischen Imperative, um im Nu den Punkt M zu erreichen, den geliebten kategorischen Imperativ, doch du wirst sicher den Punkt L und den Punkt F übergehen. Bringst du es übers Herz, nachdem du so hart gearbeitet hast, das objektiv nicht Wirkliche, das berühmte

Noumenon, zu ignorieren? Das ist nicht deine Art, das kannst du nicht tun …« Natürlich kann ich das nicht tun. Jedenfalls nicht bei Immanuel. »Beginne noch einmal von vorn …« Ich beginne noch einmal von vorn und hole weiter aus.

Manola, ich bin ein empfindsames Wesen. Ich spüre den Kosmos, ich atme ihn. Es scheint heute sicher, daß der Urknall nie stattgefunden hat; das Universum besteht aus einer unendlichen Reihe von Universen, die sich ununterbrochen reproduzieren, wie Seifenblasen. Warum also sollte ich in der Lage sein, etwas zusammenzufassen? Ich verabscheue die mechanische Physik Newtons. Ich verfüge nicht über die mittelmäßige Begabung der Synthese, in der Schule bin ich immer vom Thema abgeschweift. Doch wie kann man den Fluß des Wissens auf einem trompetenden Dampfer überqueren? Man muß Feinarbeit leisten, muß mit einem kleinen ökologischen Boot in jeden schmalen Seitenarm vordringen, muß das unvermeidliche Risiko auf sich nehmen, sich zu verirren, im Schlamm steckenzubleiben. Kultur ist Mut. Mit Volldampf voraus! Wasser fließt über meinen Kopf, ergießt sich in Strömen über mich. Ich bin ein Fisch, verloren im großen Meer des Wissens. Ich schnappe nach Luft …

»Hinaus, hinaus!« schreit Stoppalipassi. »Wie können Sie sich erlauben, in meiner Anwesenheit solche obszönen Gesten zu machen! Eine meiner Schülerinnen ist wegen weit weniger aus dem Fenster des Feuerlöschraums gesprungen, ich selbst habe ihre Augen vom Hof aufgesammelt, um sie der Familie zu übergeben! Hinaus!«

Ich ging in den Toilettenraum, kletterte auf das Fensterbrett und sah hinunter auf die grauen Platten im Hof. Ich fragte mich, ob auch meine Augen sich herauslösen würden, meine kleinen braunen Iriden. Vielleicht spürte Anemone, daß ich in Gefahr war – zwischen Zwillingen ist Telepathie an der Tagesordnung. Sie kam zu mir und drückte mir ein belegtes Brot in die Hand. Meine Schwester hat eine extrem materialistische Sicht der Dinge, sie ist davon überzeugt, daß man jede Leere füllen kann.

Ich rührte mich nicht angesichts dieser Salamischeiben mit den riesigen Fettstücken, die sich vor meinen Augen vergrößerten wie schmierige Metastasen. Tränen tropften auf das Brot, weichten es auf und verloren sich in den Gängen des Sauerteigs. Ich dachte an die unsichtbaren Zusätze, an die Ascorbinsäure, die Nitrate, die bei der Verdauung zu Nitriten würden, ich dachte an Immanuel, an seine einsamen Winter in Königsberg, an Papas Boot aus Gräten. Ja, ich weiß, Manola, heute ist es für die Kinder anders, es gibt Schulen, in denen sie Selbstachtung lernen. Im Erdgeschoß.

Anemone

Als meine Eltern starben, waren Orty und ich noch auf dem Gymnasium. Meine Kameraden brachten mir viel Zuneigung und Verständnis entgegen. Beispielsweise habe ich meine Sexualerziehung in den Gängen der Abteilung F erhalten, und das war sehr angenehm. Die Lehrer, nein, die waren nicht interessant. Um das zu verstehen, hat mir ein kurzer Blick genügt.

Was konnte mir Fräulein Bigiotta Quadrilla, die mit der roten Krebsnase und den Zangen im Haar, wohl Nützliches fürs Leben beibringen? Morgens mußte sie sich mit unserer Klasse herumschlagen. Nachmittags gab sie den Dummköpfen Nachhilfestunden. Abends schlüpfte sie unter dem halb heruntergelassenen Rolladen des Metzgers hindurch, um ein Stück mageren Schinken zu kaufen, das sie im Laufschritt ihrer bettlägerigen Mutter brachte. Ende des Monats wartete sie mit ihren Fischaugen auf die Lohntüte und die schmerzhafte Menstruation. Oder Stoppalipassi, der arme Stoppalipassi mit seinem stinkenden Atem. Das ganze Leben lang über die Bücher gebeugt, genügte ihm ein Fetzchen nacktes Fleisch, damit er anfing zu schwitzen. Sogar seine Nägel schwitzten. »Descartes sagte, daß Dinge keine Seele haben ...«, und dabei sah er sich auf der Suche nach Beseeltem mit brennenden Blicken unter den Schülerinnen um. Ich machte mich natürlich darüber lustig, und ich tat es absichtlich. Wenn er mich abfragte, schlug ich die Beine übereinander, dann öffnete ich sie, schlug sie wieder übereinander und sagte dabei Zahlen auf: »Eins, zwei, drei, vier, fünf, sechs, sieben, achtzehn ...«, denn er hörte überhaupt nicht zu, sah nach unten, auf das kleine Dreieck meines Höschens. Ausreichend. Ich habe immer ein Ausreichend heimgebracht. »Intelligent, gibt sich aber keine Mühe«, das war mein Ruf. Ich gebe mir Mühe, Manola, da können Sie ganz beruhigt sein. Und wie ich mir Mühe gebe, aber wobei, das entscheide ich selbst.

Wenn ich mich an die Schule erinnere, dann nur an die Raucherecke, in der ich Stunden mit meinen Freunden verbrachte. Die Schule ist wie ein nächtlicher Aussichtsplatz, von dem aus man in der Ferne das Leben mit all seinen kleinen Lichtern sieht. Man wird da im Dunkeln festgehalten, und keiner bringt einem bei, was man tun soll, wenn man erst in dieser Kacke gelandet ist. Ortensia war eine Streberin, und jetzt schafft sie es nicht mal, allein über die Straße zu gehen. Sie blieb die ganze Nacht auf, um zu lernen, und kapierte schließlich rein gar nichts mehr.

»Was verlangst du denn von deinem Hirn? Mehr kannst du nicht reinstopfen«, sagte ich zu ihr.

Aber sie immer nur: »Ich bin wissensdurstig! Ich bin wissensdurstig!«

»Dann ersauf doch!«

Zu den Prüfungen erschien sie mit erschöpftem Gesicht, verdrehten Augen und langem Bart. Es ist klar, daß jedem Philosophielehrer um acht Uhr morgens bei diesem jammervollen Anblick der Milchkaffee hochkam. Wenn sie wenigstens geredet hätte, die dämliche Dickbirne! Aber nein. Sie blieb still neben dem Pult und schwankte, als wäre sie in einem Boot.

Ich feuerte sie an: »Los! Du sagst doch, daß du alles weißt! Du weißt alles! Und dann bringst du hier keinen Ton heraus?«

Knall auf Fall setzte sie ihr Fischgesicht auf und begann nach Luft zu schnappen, zu saugen, daß es nicht mehr auszuhalten war, und dabei unanständige Geräusche zu machen. Und dieser Erotomane von Stoppalipassi warf sie regelmäßig raus.

In der Pause besuchte ich sie auf dem Klo. Wenn ich sie gefunden hätte, wie sie, mit den Beinen in der Luft baumelnd, vom Wasserkasten hing, hätte ich mich überhaupt nicht gewundert. Aber sie schnappte ganz ruhig auf dem Hauptgesims frische Luft. Ich freute mich, daß sie gesund und munter war. Was wollen Sie, Manola, Orty ist meine Zwillingsschwester, mein Gegenstück. Wenn sie nicht da ist, kribbelt es in meinen Titten, als hätte man mir irgendwas amputiert, das Herz zum Beispiel. »Du bist zu extrem, Orty«, sagte ich. »Ich hatte dir geraten, dich für Stoppalipassi nett zurechtzumachen, dich zu rasieren, ein bißchen Make-up aufzulegen. Er hat viel für gepflegte Mädchen übrig, weißt du. Wie bist du bloß auf die Idee gekommen, so zu tun, als würdest du ihm einen blasen. Und dann noch mit dem langen Bart …«

Ortensia

Einverstanden, Manola, wenn Sie es wünschen, können wir darüber reden, ganz unbefangen. Außerdem ist es ja wahnsinnig in Mode, die Hosen herunterzulassen und jedem die Geheimnisse seines Unterleibs zu enthüllen. Persönlich finde ich das grauenhaft. Ich finde es grauenhaft, dieses pausenlose genitale Geseiere in Zeitungen, Bussen, Restaurants, Heimen. Ich bewundere die Prostituierten: Sie sind die einzigen, die keine Lust haben, darüber zu reden. Ansonsten herrscht überall Verfall.

Ich habe eine sehr intensive Vertrautheit mit meiner Sexualität, psychoanalytisch gesteuert. Mir wird jetzt bewußt, daß dieses Stück ärgerliches Fleisch, das wir zwischen den Beinen haben, verflixt viele Probleme macht. Nach jahrelanger Freudscher Analyse habe ich erkannt, daß der Unterleib in unserem Kopf unglaublich viel Gewicht hat. Auch wenn ich es unpassend finde, das aschgrau-aristokratische Mark in unserem Hirn mit dem roten, elenden, dritteweltmäßigen Gezottel, das sich in der Unterhose verkriecht, irgendwie zusammenzubringen.

Ich bin sehr romantisch, und es gelingt mir nicht, den Eros seiner Symbolik zu berauben. Allgemein verabscheue ich Nacktheit, Körperflüssigkeiten, Vermischung der Geschlechter. Es beunruhigt mich beträchtlich, daß all diese unternehmungslustigen großen männlichen Glieder auf der bedrohlichen Suche nach einem Unterschlupf durch die Welt ziehen. Haben Sie sich die je angesehen? Die Männer, meine ich, haben Sie sich die je aufmerksam angesehen, wenn sie einen mit diesen Büffelgesichtern im Auto überholen? Sie bewegen sich mit dem Penis fort, denken mit dem Penis; alles, was in ihre Reichweite kommt, wird unvermeidlich eine Verlängerung des Penis. Doch wohin wollen sie? Ich frage Sie, Manola, wohin ist diese besessene Horde schwanzbesessener Männer unterwegs? Und die Hände? Die Hände büxen ihnen ständig aus; sie reden, arbeiten, produzieren, und dabei wühlen sie da unten herum, verbringen das Leben damit, dieses Ding da unten zu betatschen. Was steckt da Ungeheuerliches dahinter? Die Angst, liebe Manola, das ist es. Angst sitzt heute im wesentlichen im Unterleib. Die Männer der westlichen Welt haben Angst vor den Afrikanern. Wir haben chemische Waffen, sind aber deprimierte Befürworter der künstlichen Besamung, jene dagegen besitzen erstaunliche natürliche Waffen, haben Spermien, die echte Zielflugkörper sind. Bevor sie nicht in ein Ei einschlagen, geben sie keine Ruhe.

Ich bin mir bewußt, daß die Frauen der gedemütigten männlichen Bevölkerung nicht helfen: Sie rauchen alle, sind unerfreulich oral und greifen als Karrierefrauen hartnäckig zu künstlichen Gliedern, die nicht nur verläßlicher, sondern auch sehr viel hygienischer sind. Gewiß, sie haben einen langen Weg zurückgelegt, verglichen mit den Äffinnen; sie haben sich vom Fell befreit. Ich noch nicht. Einstweilen habe ich angefangen, mir die Körperhaare zu bleichen, auch wenn ich weiß, daß für die Afrikaner der Teufel ein Albino ist. Ich werde also nie einen afrikanischen Gefährten haben. Schade.

Nun habe ich mir auf den Rat meiner Analytikerin hin eine Phase der Erforschung meines Körpers auferlegt: Ich darf den Kontakt zu meinem Fleisch, dieser warmen Last, nicht verlieren, und daher onaniere ich. Ich onaniere unermüdlich. Ich betreibe intime Forschungen auf der Suche nach dem *G-Punkt.* Ich bin eine unerschrockene Forscherin, und doch gelingt es mir nicht, ihn zu finden. Für mich war es leichter, den *F-Punkt* zu finden, Kants berühmtes *Noumenon.* Offensichtlich sind mir philosophische Punkte vertrauter, die körperlichen gleiten mir aus der Hand. Ich möchte Sie fragen: Manola, sind Sie sicher, daß dieser *G-Punkt* in der Natur existiert?

Um die Wahrheit zu sagen: Ich habe eine solide Penetrationsphobie mit beträchtlichen, äußerst schmerzhaften Komplikationen, die das freie Fließen der sexuellen Energie verhindern. Nicht daß ich je direkte Erfahrungen gemacht hätte, doch allein bei dem Gedanken daran kommt es zu einer Zerrung der Sehnen im gesamten Beckenbereich und zu einer ungeheuren Muskelanspannung. Und dabei, das versichere ich Ihnen, habe ich niemals Genitalanabolika genommen. Es ist der Kopf, dieses wunderbare Köpfchen auf meinem Hals, das solche Scherereien macht. Der Kopf hemmt auch die Bildung von Säften. Ja, ich erfreue mich einer ausgedehnten vaginalen Dürre, ich sondere keinerlei Gleitflüssigkeit ab. Überhaupt bin ich ziemlich trocken.

Ich möchte lieber nicht über den Orgasmus sprechen. Ich habe immer gedacht, das wäre so etwas wie Plankton, Nahrung für die Fische, und erst kürzlich habe ich durch entsprechende Lektüre verstanden, worum es sich handelt. Ich war verblüfft. So sehr sich meine Phantasie auch anstrengt, ich vermag nicht zu begreifen, wie man einen Muskelkrampf, der nur ein paar Sekunden dauert, so wichtig nehmen kann. Vielleicht bin ich darin sehr neunzehntes Jahrhundert, sehr fünfzehntes Jahrhundert, sehr Mittelalter. Die Frauen früherer Zeiten, Manola, wußten auch nicht, was denn dieser Orgasmus ist, und doch gelang es ihnen sehr gut, zu überleben. Ist es möglich, frage ich mich, daß er mit einem Mal so wichtig geworden ist? Das ist sicher eine Mode.

Und Moden vergehen zum Glück. Ich finde schon das Wort Orgasmus extrem anmaßend, und wenn wir uns wirklich dieser von einer Menge dummer Ziegen ersehnten, dieser entkräftenden Sache unterwerfen müssen, ziehe ich bei weitem den französischen Ausdruck vor: *petite mort.*

Meine Schwester, diese Extremistin, erzählt von multiplen Orgasmen, eine echte Vergeudung, nehme ich einmal an. Doch damit habe ich nichts zu tun: Ich glaube, daß man zunächst damit beginnen muß, einen von diesen Orgasmen zu haben, das *Multiple* scheint mir ganz entschieden ein Folgeproblem. Any dagegen rühmt sich eines so gefestigten Orgasmusniveaus, daß schätzungsweise eine Boeing darauf landen könnte.

Sie ist sexuell ziemlich primitiv. Mit ihrer unstillbaren Lust hat sie eine ganze Menge Männer in die Impotenz getrieben, angefangen bei Piergiacco, ihrem ersten Verlobten. Im Bett tat sie nichts anderes, als mit ihren Vergleichsmöglichkeiten anzugeben, und sie verglich ihn mit jedem, besonders mit Father Cucumber, einem anglikanischen Reverend, der bei uns Stammgast war und als Bischof den Namen Pyromaniac Bishop annahm. Weil sie es mit den feurigen Darbietungen des hohen Prälaten einschüchterte, verging Piergiaccos weltliches Glied zu Asche, und er bat darum, mit dem Bischof zu sprechen. Bei einer privaten Unterredung im pupurnen Zimmer sagte Pyromaniac Bishop zu ihm: *»The fire is smouldering under the ashes …«, das* Feuer schwelt unter der Asche. So kam es, daß Piergiacco beschloß, das Gelübde abzulegen.

Ich erinnere mich an den Morgen des Abschieds vor dem Schweinestall, es war bei Sonnenaufgang. Ich konnte die Tränen nicht zurückhalten, Piergiacco war für mich wie ein Bruder. Any schenkte ihm einen schönen kaffeebraunen Talar, verabschiedete sich mit einer Kopfnuß auf seine frischrasierte Franziskanertonsur und sagte: »Geh, Bruder Giacco, geh. Dreh dich nicht um!« Doch da der Arme mit seinem Blick in dem provozierenden Ausschnitt seiner Exverlobten verweilte, versetzte sie ihm einen gewaltigen Tritt, und Bruder Giacco fiel mit dem Gesicht in den Schweinemist. Meine Schwester hatte es eilig, Manola, denn hinter dem Tor wartete schon ein neuer Verlobter.

Ich dagegen bin sehr vorsichtig. Ich will mich für den einen Mann bewahren, und ich fühle, daß ich ihm früher oder später begegnen werde. Wußten Sie, Manola, daß nach der Mythologie die Menschen zu Anbeginn der Zeiten androgyn waren? Zeus war es, der sie trennte. Jeder von uns ist auf der Suche nach seiner abgeschnittenen Hälfte: Das kann nur eine einzige sein. Ich stelle mir meine Hälfte groß, blond, australisch vor. Oder klein, gebeugt, südländisch. Für mich hat das Aussehen keine Bedeutung, und auch der Charakter nicht. Mir genügt es, wenn ich einen gern habe. Mir genügt es, wenn ich einen habe.

Anemone

Manola, ich würde am liebsten nur das eine tun. Leider muß man sich im Leben auch mit anderen Dingen beschäftigen, sonst würde ich nur das eine tun. Ich tu es wahnsinnig gern, ich liebe es, wenn mir diese Schauer über den Rücken, die Schenkel, die Knie, die Ellbogen, die Nägel rieseln. Ich bin am ganzen Körper erregbar. Wenn ein Mann einigermaßen weiß, wie man eine Frau anfaßt, und mich auf eine bestimmte Art zwischen dem großen Zeh und dem nächsten leckt, kann ich in weniger als drei Sekunden einen wahnsinnigen Fußsohlenorgasmus erreichen. Und hören Sie mir auf mit einsamem Sex, denn ich bin dagegen, auch in extremen Fällen. Das scheint mir was für die Psychiatrie, für hängende Köpfe und graue Piephähne in den Händen. Heutzutage ist Onanie leider durch Computer-, Karten- und Telefonsex unwahrscheinlich populär. Da ist mir der letzte Lump von Mann zum Anfassen lieber.

Ich bin phallisch und penetral. Ich habe unglaubliche vaginale Ströme. Wenn ich erregt bin, werde ich ein See, ein kleiner, geiler See. Ich fühle, wie in meinem Bauch eine heiße Blase anschwillt, immer mehr, immer mehr, und dann plötzlich platzt sie, und es ist, als würde mich ein siedender Fluß bis in die Haarspitzen überschwemmen und mit sich reißen. Und nach dem Orgasmus, glauben Sie mir, Manola, habe ich nicht diese Phase, wo man nichts empfindet. Nein, ich spüre sofort die nächste dicke Blase, die platzt, dann noch eine und noch eine: Ich bin eine Frau der multiplen Orgasmen.

Wenn Sie wüßten, wie viele gute Werke ich getan habe! Ich bin eine Heilige im Bett. Wenn einer in meinem heißen Körper versinkt, hat er nachher keine Lust mehr, sich mit existentiellem Blödsinn herumzuschlagen, der Kreislauf kommt auf Touren, und man reinigt sich von Giften. Sex ist so eine Art Peeling, ein türkisches Bad für die Seele. Manola, ich verliere mich nicht in Gerede, ich nehme ganz locker direkt Kontakt mit den Leuten auf. Ich bin sehr, sehr natürlich.

Auf der anderen Seite herrscht auch in der Natur Pornographie. Bettwanzen sind sadomasochistische kleine Schweine, sie stechen sich tot, wenn sie gerade dabei sind. Heuschrecken dagegen lieben die Menge und machen es massenhaft. Ich erinnere mich, daß Papa sich immer beklagte, weil er bei dem ganzen sexuellen Chaos dieser genußsüchtigen Insektenbande, die sich auf seinem Körper eingenistet hatte, nachts kein Auge zutun konnte.

Ortensia macht es nicht. Natürlich sieht sie abschreckend aus, doch Liebe ist nicht nur für schöne Menschen. Die Welt ist voller häßlicher Paare, fette Frauen mit X-Beinen am Arm von klapperdürren Männern, die mit umgehängter Strickjacke an Sommerabenden ganz glücklich ein Eis essen gehen. Man muß sich bescheiden können. Ortensia bescheidet sich nicht. Sie findet nicht nur Fehler an allen Männern, die in Reichweite sind, sondern auch an denen im Fernsehen, an Schauspielern, Torjägern, Ansagern. Ab und zu behauptet sie, daß ihr irgendein Schwarzer gefalle. Aber keine Sportler: die gefallen mir auch. Nein, solche, die zum Tod auf dem elektrischen Stuhl verurteilt sind. Die einzigen Schwarzen, die schwächlich wirken, mit kariösen Zähnen, mehrfache Mörder, die im Fernsehen gezeigt werden, die gefallen ihr.

Orty sagt, sie hätten ein besonderes Leuchten in den Augen.

Die Wahrheit ist, daß meine Schwester wahnsinnig verlogen ist. Und außerdem ist sie nicht nett, zu den Männern ist sie wirklich nicht nett, sie ist gekünstelt und bringt sie in Schwierigkeiten. Ich sage: Du bist so häßlich, versuche wenigstens, sympathisch zu sein! Meinst du, wenn du einen mit der Analyse der Angst und des Nichts bei Heidegger festnagelst, daß der dann Lust hat, dich zu vögeln?

Ich hatte einmal einen netten Verlobten, einen von denen, die so verliebt sind, daß sie einen sogar daran erinnern, die Binde zu wechseln. Er war so brauchbar, daß ich ihn wirklich gern geheiratet hätte. Und weil er eine Schwäche für Familie hatte, schleppte ich, wenn wir ausgingen, meine Scheißschwester mit, um sie ein bißchen aufzumuntern. Er freute sich darüber und zahlte auch für die Zotte. Ihr war nie irgend etwas recht. Sie fand an allem etwas auszusetzen. Wenn wir ins Kino gingen, bestand sie darauf, daß wir den Film aussuchten. »Ich zähle nicht«, sagte sie, »ihr seid die Turteltauben, ich bin nur das fünfte Rad am Wagen …« Im Kino genoß sie den Film, pfiff, lachte, spuckte allen Popcorn ins Gesicht und warf sich bei jeder spannenden Szene auf meinen Verlobten, um ihn ein bißchen abzuknutschen. Beim Rausgehen sagte sie dann, das sei ein Film für Gehirnamputierte. Wenn wir Eis aßen, mäkelte sie, es sei mit künstlichen Aromastoffen gemacht; wenn wir Melone aßen, behauptete sie, sie sei durch Zusatz von irgendwelchem chemischen giftigen Scheißzeug innerhalb von fünfzehn Sekunden künstlich gereift. Sie verbrachte Stunden damit, Spuren von einem Einstich in der Schale zu suchen, fand schließlich irgendein kleines Loch und sprang vor Freude in die Luft: »Ihr habt davon gegessen und ich nicht! Ha-ha-ha!«

Als ob das nicht genug wäre, machte sie sich über meinen armen Verlobten lustig: Er verhaspelte sich beim R und stotterte ein bißchen. Sie stellte ihn mit Zungenbrechern auf die Probe. »Fischers Fritz fischt frische Fische, frische Fische fischt Fischers Fritz... Dreiunddreißig Trentiner trabten nach Trento, nach Trento trabten dreiunddreißig Trentiner...« Er fiel voll darauf herein, denn er stotterte nicht nur, er war auch ein bißchen dumm. Orty spielte die Spezialistin, testete seine Ohren mit einem kleinen Messinghorn und sah ihm mit Hilfe eines Löffels in den Hals. Sie schob ihm den Löffel bis in den Magen! Und der Arme stammelte immer mehr. Er fing auch an, leicht zu hinken. Es war Ortensia, der es auffiel, daß mein Verlobter hinkte. Sie zwang ihn zum Hindernisspringen im Park, mit einem Stock, den sie ungefähr einen Meter über dem Boden hielt. Wenn er schon zum Sprung angesetzt hatte, hob Orty den Stock plötzlich höher, und der Arme stürzte in den Kies und tat sich weh.

Wir standen kurz vor der Heirat, mein Verlobter war mittlerweile ganz grün und blau. Die Eiterfresse half mir bei den Hochzeitsvorbereitungen und gab dabei ihre Überlegungen zum besten: »Er ist ein braver Kerl, er bemüht sich, es ist richtig von dir, ihn zu heiraten, nur daß er eben angeschlagen ist. Bist du sicher, daß du dein Leben mit einem verbringen willst, der derart angeschlagen ist?«

»Ja, ich bin ziemlich sicher...«

»Dir fehlt es an Opferbereitschaft, Any, das weißt du. Wenn es mit ihm so weitergeht, ist er zum Schluß ans Bett gefesselt. Ich komme dann nicht und erneuere die Wärmflasche...«

»Niemand hat dich um irgendwas gebeten! Denk an dich selbst, sieh dir doch an, wie fertig du aussiehst.«

In Wirklichkeit war es so, Manola, daß Orty damals aufblühte. Wenn meine Schwester einen in die Hände bekommt, den sie piesacken kann, lebt sie richtig auf. Sie konnte es nicht glauben: Endlich durfte sie die Krankenschwester spielen. Sie verabreichte meinem Verlobten Tees, warme Umschläge, Spritzen, Moorbäder, ließ ihn zur Ader. Kurz gesagt, sie hatte ihn eingewickelt, den armen Kerl, der schließlich wie ein altersschwaches Männchen wirkte. Sie bestand auch auf Windeln: »Man weiß nie, Piergiacco, vielleicht fängst du an, eine Kleinigkeit zu verlieren, so bist du wenigstens gerüstet ...«

Und Piergiacco legte die Windel an. Dann schenkte Ortensia ihm einen Rollstuhl. An Winterabenden vor dem Kamin strickte die Dickbirne eine Decke für meinen Verlobten und tratschte über mich, mit einem aufgesetzten netten Lächeln, als würde sie mich mit Komplimenten überhäufen.

»Any ist ja so sportlich, du hättest sie sehen sollen, Piergiacco, als sie die regionalen Meisterschaften im Unterwasserkopulieren gewonnen hat ...«

Ja, es stimmt, Manola, ich habe mich auf dreizehn Stunden leidenschaftlichen Aqua-Sex mit einem prachtvoll ausgestatteten Fischer aus Lipari eingelassen. Piergiacco kam allmählich auf den Gedanken, daß ich nicht die richtige Frau für ihn sei, auch wenn er mir mit seinem gewohnten Optimismus trotzdem vorschlug, es zu versuchen. »Schatz«, sagte ich zu ihm, »bist du sicher, daß du in deinem Zustand dieses Risiko eingehen willst?«

»Any, die Ehe ist sowieso ein Lotteriespiel«, flüsterte Piergiacco und schoß sich die Infusionsnadel mit Nährflüssigkeit in die Vene.

»Ich bin keine treue Frau, weißt du.«

»Ich weiß, aber ich bin ein treuer Mann, wir können uns ergänzen.«

»Ich verdiene dich nicht«, antwortete ich und küßte ihn auf die Stirn. Das sagt man immer, wenn man jemanden loswerden will, der Satz ist die sichere Rettung. In Wirklichkeit hatte ich keinerlei Absicht, in der Lotterie zu spielen, nicht mit diesem angeschlagenen Typen. Ich packte die Gelegenheit beim Schopf und verreiste mit *Reincarnatio Tour.* Ich ließ meine Orang-Utan-Schwester strickend neben meinem Verlobten zurück. Sie schienen mir ein so perfektes Paar … Ich begann eine leise Hoffnung zu hegen. Am Morgen der Abreise traf ich Grogo, der nervös in der Halle auf und ab stelzte. Er sah schlecht aus, der häßliche Vogel, und er litt. »Das Herz ist ein Zigeuner.. .«, seufzte er.

Doch es entwickelte sich nicht so, wie ich es mir vorgestellt hatte. Als ich von meiner Reise zurückkehrte, holte Ortensia mich vom Bahnhof ab. Sie trug einen Taucherhelm und hatte sich ihren Karabiner umgehängt. Da wußte ich, daß es nicht gut aussah. »Wofür brauchst du den Karabiner?« fragte ich.

»Es sind komische Leute unterwegs …«

»Wer?«

»Leute. Du unternimmst irgendwelche Spritztouren, während die Dinge hier immer komplizierter werden und ich den Besitz allein verteidigen muß!«

Im Hotel traf ich Grogo an: Er saß im Rollstuhl, vor sich auf dem Servierwagen eine Brühe, die Fernbedienung in der Hand. Was aus Piergiacco geworden ist, habe ich niemals erfahren. Grogo sagt, er sei Priester geworden. Doch Grogo redet eine Menge Blödsinn.

Im Moment vermag ich mir nicht vorzustellen, wie Ortensias Gefühlsleben in Zukunft aussehen könnte. Mir ist klar, daß es heutzutage nicht einfach ist, einen echten Mann zu finden. Die Grenzen zwischen den Geschlechtern sind inzwischen so fließend. Die Illustrierten sind voll von magersüchtigen minderjährigen Mädchen mit dunklen Augenrändern und rasierten Schädeln, die Militärfetzen anhaben, und Kerlen mit Schmollmund und Lidschatten, die Seidenhemdchen und Röcke tragen. Nicht mit mir, ich lasse mich nicht androgynisieren. Kann sein, daß das auch nur eine Mode ist, um sich näherzukommen, doch mir gefällt dieses aufgeregte

Getue mit dem Androgynen nicht. Ich kleide mich auf kleinen Märkten ein und gehe weiter zu meiner alten Friseuse Jolanda, eine der wenigen, die noch auf lange Haare und Toupieren stehen. Was Minimalismus sein soll, weiß ich nicht, damit habe ich nichts zu tun. Sollen sich doch die anderen minimalisieren, die häßlichen Kühe, die hageren Ziegen. Ich kann es mir schließlich erlauben zu maximalisieren, ich strecke meine Titten raus und schleudere die Schenkel. Da bin ich altmodisch, Manola.

Mir gefallen etwas reifere Männer, solche mit Bauchgurten und weiten Hosen, in denen das Glied richtig belüftet wird; Männer, die Strapse, Andeutungen und Dämmerlicht mögen. Für sie hat die Möse noch etwas mit Erbarmen zu tun, und sie hören nicht auf, dir zu danken. Bei diesen Fuzzis von heute dagegen hast du das Gefühl, das ist Kacke, was du ihnen gibst.

Mein bester Liebhaber war ein anglikanischer Bischof. Ein gebildeter, feiner Mann. Er war regelmäßig Gast in unserem Hotel, er kam jeden Donnerstag. Im Bett war er phantastisch, absolut großartig. Auf dem Höhepunkt nahm er einen Schluck Benzin und spuckte Feuer. Pyromaniac Bishop war siebenundneunzig, doch er war ein Stier. Glauben Sie mir, Manola, ein Stier!

Ortensia

Ich habe mich schließlich für ein Lager entschieden: Ich bin *Kommunistin* geworden. Das war harte Arbeit, Manola, doch philosophisch abgesichert. Denn schon bei den kynischen Philosophen Antisthenes und Diogenes finden wir, wenn auch verschleiert, eine Art kommunistisches Unbehagen. Diese Entdeckung gab mir Sicherheit, was die Folgerichtigkeit meines intellektuellen Wegs betraf. Es war verblüffend logisch, daß ich, die ich vor kurzem mit meinem unstillbaren Wissensfluß die Küste der Hegelschen Selbsterkenntnis bespült hatte, eines schönen Tages bei Marx und seinem Genossen Engels an Land gehen würde.

Die Lehre von der ausgebeuteten und der ausbeuterischen Klasse, angewandt auf die Umgebung des Hotels, überzeugte mich sofort. Ich beanspruchte die Zugehörigkeit zum geistigen Proletariat, das der bürgerlichen Hegemonie gegenüberstand, gekennzeichnet durch den historischen Materialismus meiner Schwester Any. Auch zur Gütergemeinschaft war ich bereit: Ich war mehr als geneigt, meine Ressourcen jedermann zur Verfügung zu stellen, obwohl die Genossen diese Bereitschaft mißtrauisch betrachteten.

Bei den Versammlungen ließen sie mich nie reden: Meine peinlich genauen Analysen des Systems galten als langweilig und reaktionär. Man bezichtigte mich des Integralismus, der manischen Orthodoxie und des absoluten Obskurantismus.

Die Wahrheit ist, Manola, daß ich zu weit voraus war. Ich sah mich mit einer gewissen Besorgnis um, weil ich ahnte, daß die kommunistischen Ideale, wenn sie der niederen Masse in die Hände fielen, einen grauenhaften Verfallsprozeß erlitten. Ich war die unbestechliche Künderin des Wortes von Karl Heinrich, ich spürte die moralische Last dieser Verantwortung, er selbst war es, der mich anflehte durchzuhalten. Ich mußte mich ausdrücken.

Es waren die bedrohlichen Jahre der schmuddligen Protestbewegung, ich durfte nichts der approximativen Phantasie der Genossen überlassen. Sie warfen mir die Kippen der Joints hin, pinkelten auf meine Clogs. Ich habe nichts gegen weltweite Abrüstung, aber ich frage dich nur, du verlauster, verblödeter Drogensüchtiger, der du das Kriegsbeil schwingst und Brandbomben wirfst, um ohne Unterschied alles, was dir vor die Flinte kommt, kaputtzumachen: »Kannst du auch aufbauen? Hast du irgendein Buch gelesen? Weißt du, wer Vjačeslav Michajlovič Skrjabin war, genannt Molotov? Duschst du manchmal?« Man kann leicht die Haut abwerfen, Manola. Doch um die Revolution zu machen, muß man studieren!

Aus dem freien Geist, der ich immer gewesen bin und immer sein werde, entwickelte ich kleine Veränderungen an den Vorschriften des Meisters, denn jedes Dogma, Manola, unterliegt in dem Moment, da es angewandt wird, einem unvermeidlichen Prozeß der Personalisierung. Denken Sie an die Gulag, Manola, oder an gewisse ähnliche Siedlungen. Ich bin zurückhaltender gewesen, doch die Arbeit war da, und sie war hart.

Zar Vinicio und Zarin Libia waren schon tot, also mußte ich mich nicht mit der Machete abmühen (auch wenn ein Tyrannenmord ein ziemlich starker Antrieb für mich gewesen wäre), doch Any-Anastasia, die war noch am Leben, und dabei habe ich es auch belassen müssen. Sicher, ich sah mich gezwungen, sie zurechtzustauchen, ihr also wieder das richtige Maß beizubringen. Das ganze Leben meiner Schwester dreht sich um die Beschaffung von materiellen Gütern – Miniröcke, Lockenwickler und ähnliches –, ich hingegen habe immer wenig oder nichts besessen. Als ich ein paar grobe Berechnungen anstellte, wurde mir klar, daß der durch meine Arbeit erzeugte Mehrwert seit eh und je in ihre Taschen geflossen war.

Ich stellte neue Regeln für das Leben auf. Vor allem mußte ich den von der Regentschaft der beiden alten Sybariten hinterlassenen Schaden in Ordnung bringen. Es war also eine gesellschaftliche Notwendigkeit, daß ich mich mit meinem Regiment unter Führung des getreuen Grogo daranmachte, die Güter der Kapitalistin Any zu beschlagnahmen. Dann schlug ich ihr ein anderes System vor und stellte ihr die Wahl vollkommen frei. Mich selbst zog der Stalinismus stark an, doch zum Schluß einigten wir uns des lieben Friedens willen auf das chinesische Modell. Es war eine sehr schöne und intensive Phase, wir waren identisch geworden, in unseren Kasacks aus rauher Baumwolle: zwei heitere Zwillinge ohne individuellen Revanchismus. Die kommunistische Kur bekam uns gut. Ich schöpfte langsam Hoffnung.

Eines Abends unterlief mir eine Fehleinschätzung. »Was würdest du dazu sagen«, fragte ich Any, »wenn wir alles teilen, Gefühle eingeschlossen? Jetzt, wo du mit Piergiacco Schluß gemacht hast, könnten auch wir uns ein Wesen wie Eng und Chang suchen, die beiden großartigen siamesischen Zwillinge, geboren und aufgewachsen in Siam, die, obwohl sie zu zweit nur einen Brustkorb hatten, ein Zwillingspaar heirateten und viele wohlgeratene Kinder zeugten ...« Any schien an dem Vorschlag interessiert. Sie band ihr Haar zusammen, schminkte sich nicht, hielt sich an den Schichtdienst, schien eine andere geworden zu sein. Natürlich log sie. Sobald ich die Überwachung nur ein ganz klein wenig lockerte, gelang es ihr, mich mit ihrer niederen Schläue zu hintergehen. Sie holte sich ihre modischen Accessoires zurück und unternahm nächtliche Spritztouren mit irgendeinem zweitrangigen Bakuninanhänger.

Das zwang mich zur Sonderüberwachung. Wir versammelten das Zentralkomitee, und nach einer sehr eindringlichen Anklagerede beschloß die Mehrheit, bestehend aus mir und Grogo, ihre Locken unter die Guillotine zu bringen. Ich hoffte, daß es Anemone, ohne diese Mähne einer Schönheitskönigin aus Arizona, endlich gelingen würde, ihre innere Leere zu erkennen.

Doch die Geschichte hat einen für mich ungünstigen Verlauf genommen. Die tragenden Balken haben nachgegeben, und die Ideale sind zu Bruch gegangen. Die Leute haben sich ein Stück Mauer als Erinnerung mit nach Hause genommen, und so fand alles ein Ende, wurde verschlungen von dieser orgiastischen Kultur.

Jetzt verbringen wir das Leben damit, Plastikflaschen, Dosen, Rasierer, Unterhosen, Fotoapparate wegzuwerfen: eine Barbarei. Dann empört man sich, wenn irgend jemand auch ein Neugeborenes in den Müllcontainer wirft. Die Müllcontainer sind, im kollektiven Imaginären, der freundlichste Ort, um den Überfluß unterzubringen, der uns umgibt. Nichts ist es mehr wert, zurückgehalten zu werden. Wir sind nichts anderes als gigantische Rülpser, Manola. Ich trauere der Sparsamkeit von einst nach. Meine Großmutter Refola verwahrte Schokoladenpapierchen. Und mir macht es Schwierigkeiten, meine Binden wegzuwerfen. Ja, ich benutze Leinentücher, auch wenn ich sie nicht brauche, weil ich unter Kryptomenorrhagie leide. Das Blut bleibt in mir und läuft nicht heraus. Vielleicht bin ich eine dumme Nostalgikerin, doch mein Körper weigert sich, das Blut herzugeben.

Das ist schmerzhaft, Manola. Doch andererseits wächst man nur unter Schmerzen. Sicher, in meinem Fall kann man ruhig von zyklopischem Wuchs sprechen. Anemone dagegen ist überhaupt nicht mehr gewachsen, und ihr geht es viel besser als mir. Es ist klar, wenn man völlig gleichgültig dahinlebt, passiert einem nichts, man erlebt niemals physische, psychische, totale Zusammenbrüche. Meine Schwester hat ein vorsintflutlich reptilienhaftes Gehirn. An ihren besten Tagen, wenn sie ihre erbärmlichen Möglichkeiten verfeinert, kann sie hoffen, sich eines Randlappens zu bedienen. Während ich, Manola, mit dem Neokortex die höchste Evolutionsstufe der gesamten neurovegetativen Entwicklung erreicht habe. Ich habe ein ganzes Jahr lang bei anhaltendem Regen als Streikposten vor einer Fabrik ausgeharrt, während die erbärmlichen Genossen einer nach dem anderen abtauchten. Und als die Polizei kam, um mich zu verhaften, habe ich keinen Ton der Enttäuschung von mir gegeben. Bei diesem Regen war ich so heiser geworden, mein Kehlkopf war so voll von Infektionen, daß ein ganzer Kongreß von Hals-Nasen-Ohren-Ärzten in Jubel ausgebrochen wäre. Und was meinen Sie, wohin sie mich in ihrer Unverfrorenheit gebracht haben? *In die Neuropsychiatrie.*

Anemone

Ich habe mit einem mäßigen Schnitt Abitur gemacht. Ortensia nicht, sie hat nie einen Abschluß geschafft. Sie hatte einen Nervenzusammenbruch. Es ging um den Kommunismus.

Wie immer habe ich versucht, ihr zu helfen: »Laß es sein, das Ganze ist nur ein Vorwand, um ein bißchen Staub aufzuwirbeln, halt dich da raus, du hast Asthma. Glaubst du, einer von diesen künstlich vergammelten Typen wäre bereit, auf sein paniertes Schnitzel zu verzichten, auf sein wöchentliches Taschengeld, sein Moped, seine Pickelcreme? Aber wirklich! Die haben nur keine Lust, sich zu waschen, und Jeans halten den Dreck besser aus. Wenn der Staub sich gelegt hat, triffst du sie alle wieder, parfümiert, mit Schlips und im grauen Anzug, darauf kannst du Gift nehmen, die werden noch größere, viel größere Arschlöcher als ihre Eltern. Glaubst du wirklich«, fragte ich sie, »daß die Arbeiter sich denen anschließen? Die Arbeiter haben alle einen Fernseher im Wohnzimmer und einen Fernseher im Schlafzimmer. Wofür sollten sie die Revolution machen? Für den dritten Fernseher? Weißt du nicht, wie es da drüben im Osten aussieht? Schwarzweiß sieht es da aus, wie in ihren Dokumentarfilmen, und bei uns hier ist alles so schön bunt!«

Doch die dämliche Dickbirne hatte sich völlig verrannt. Sie sagte, es würde ihr schon gelingen, die Arbeiter zu überzeugen. Sie bestand sogar auf einem Trip nach Moskau. Ein Horror, Manola: überall Kälte, Elend und Besoffene. Das Hotel war gut ausgestattet, die Fenster hatten elektrische Jalousien, nur daß sie kaputt waren und der dafür zuständige Mann krank. Der für die Heizung verantwortliche Mann war da, ein sympathischer Kerl, der nach Schweineschmalz und Wirsing roch und sich ausgesprochen gut darauf verstand, Jalousien zu reparieren, aber er durfte es nicht tun, weil es nicht seine Aufgabe war, und bei Überschreitung seiner Kompetenzen wäre er vom Obersten Sowjet des Karrierismus bezichtigt worden. Also blieben wir immer im Dunkeln.

Im Restaurant brachten sie uns eine schöne Speisekarte, auf der viele Köstlichkeiten standen: Man bestellte, doch die Teller blieben leer. Der Maître breitete die Arme aus und hob die Augen zum Himmel, wo kein Gott vom System die Erlaubnis hatte, ihm zu helfen. Schließlich zog er eine kleine Dose Kaviar aus der Tasche und flüsterte: *»Dollars, Dollars …«, wie* Onkel Dagobert. Vor den Geschäften bildeten sich bei schneidender Kälte Schlangen, die den ganzen Tag über still dort standen. Wenn nichts mehr da war, gingen die Leute mit leeren Händen weg, genauso still.

»Ich würde an ihrer Stelle zur Bestie, ich würde Bomben werfen …«, sagte ich zu Orty. Und Orty erklärte mir, ich könne das nicht verstehen, weil ich aus dem Westen sei und nicht wisse, was warten bedeute. Das einzige, was sie hatten, war Speiseeis, haufenweise Speiseeis. Auf der Straße liefen sie eingemummt in irgendwelchen abgewetzten Pelzen herum, so glatt, daß man allein vom Hinsehen die Nesselsucht bekam, ein Zitroneneishörnchen in der eiskalten Hand. Es war offensichtlich, daß sie lächerlich waren. Orty war anderer Meinung: »Sie haben klassische Musik, sie hören Tschaikowsky!«

Im Flugzeug zwang sie mich, ein paar Seiten aus diesem dicken *Kapital* zu lesen. Ich muß sagen, Manola, daß einige dieser kommunistischen Theorien vielleicht gar nicht so übel sind, aber wenn man dann sieht, was daraus geworden ist, kann man nur fortlaufen. Ortensia meinte, es sei selbstverständlich, daß der Kommunismus, wenn er praktiziert wird, Veränderungen durchmacht. Wenn man einen Boden legt, hänge es auch vom Untergrund ab. Sie legte natürlich alles so für sich aus, wie sie es brauchte.

Bei der Rückkehr ins Hotel begann sie, mich seltsam anzusehen, sie hatte mich ins Visier genommen. »Ich habe den Feind im Haus, den Feind im Haus ... Mit der Imperialistin unter demselben Dach ...«, murmelte sie. Mitten in der Nacht erwachte sie mit einem Schrei: »Das bezahlst du teuer, das bezahlst du alles!«, und kam mit einem Knüppel zu mir aufs Klo. »Verpaß mir ruhig noch einen Schlag«, sagte ich zu ihr, »da ich mich sowieso nicht mehr auf den Beinen halten kann ...« Das ist die reine Wahrheit, Manola, ich verbrachte die Nächte auf dem Klo, weil sie Stalin spielte und mir Abführmittel ins Mineralwasser tat. Und am Tag verfolgte sie mich mit einer Riesenschere, weil meine Frisur ihrer Meinung nach proamerikanisch war. Schließlich, da sie ja in Moskau mit eigenen Augen gesehen hatte, daß es den Leuten dort nicht besonders gut ging, wich sie auf die Chinesen aus.

Eines Morgens steht sie so vor mir: Klammern an den Augen, weite Bluse aus Matratzenstoff, Schirmmütze und das kleine rote Buch in der Faust. Ich tue so, als wäre nichts, und gehe ins Bad, um mir die Zähne zu putzen. Als ich später runter in die Garage komme, sehe ich, daß das Moped nur noch ein Aschehäuflein ist, auf dem zwei schöne Fahrräder parken, Modell Anfang des Jahrhunderts. Ich drehe mich um, und da steht sie, hinter mir, mit diesem angespannten Luchsgesicht, und schreit: »Radeln, radeln, radeln!« Das Motorrad mit Beiwagen hatte sie nicht eliminiert, nein, Grogo lag sogar in seinem Arbeitsanzug darunter und unterzog den Motor einer Revision. Ich zerrte heftig an ihrem Zopf. »Und warum hast du das nicht verbrannt?«

»Das dient uns zur Flucht, falls sie wiederkommen sollten ...«

»Wer?«

»Die Nationalisten.«

An diesem Tag begann der Leidensweg. Als erstes mußte sie den Großgrundbesitzern die Ländereien wegnehmen und sie den Bauern geben. Da es keine Bauern gab, schenkte sie den Park dem fahrenden Volk, das ihn mit stinkenden Baracken und lachsfarbenen Mercedeslimousinen vollstopfte. Im Morgengrauen tat sie so, als wollten wir Wolfram abbauen, krempelte den ganzen Gemüsegarten um, um Reisfelder anzulegen, und zum Mittagessen gab es nur Mandarinen.

Grogo ging natürlich mit stolzgeschwellter Brust an ihrer Seite. Der Vogel war immer mit von der Partie und hatte sich wie Garibaldi ein rotes Tuch um den Hals gebunden. Er wimmerte ständig herum: »Tausend, ich will tausend ...« Orty kaufte ihm tausend Küken, die sich sofort erkälteten, weil General Grogo sie zu jeder Tages- und Nachtzeit zwang, im Swimmingpool Landungen zu simulieren. Dann orientierte auch er sich am Osten, und ihm schwoll der Kamm. Zum Schluß hielt er sich für Mao Tse-tung, dieser größenwahnsinnige Psychopath, und die Küken wurden auf den Großen Marsch geschickt. Für mich waren es verdammt harte Zeiten. Orty nannte mich Chiang Kai-shek: »Ab nach Formosa, du Nationalistenschwein ...«

Ich hatte die Koffer schon gepackt, ich hielt es nicht mehr aus.

Doch eines schönen Tages, als es vom Himmel wie aus Kübeln goß, stellte sie sich allein mit Helm und Spruchbändern vor eine verlassene Fabrik. Sie warf mit Steinen nach jedem, der vorbeikam, nach streunenden Hunden und Mäusen. Sie holte sich eine Lungenentzündung. Was sollte ich tun? Um sie da wegzubekommen, rief ich in der Klapse an.

Manola, sehen Sie, heute, da die Sache gelaufen ist, kann ich es Ihnen sagen: Für mich sind Ideale nur ein riesiger Schwindel, wie die Chinesische Mauer, die scheinen wer weiß was, und dann fallen sie in sich zusammen. Begleitet von Trommelwirbel, fallen sie zusammen. Als sie diese berühmte Mauer in Deutschland eingerissen haben (es wurde viele Male im Fernsehen gezeigt), waren da all die Typen mit blonden glatten Haaren, die herumrannten, hochsprangen und sich umarmten, und Ortensia fing an, ihre Pfeifgeräusche zu machen, laut zu weinen und sich den Bart zu raufen. »Was ist los, ist die Mauer dir vielleicht auf den Kopf gefallen?« fragte ich sie. »Du hast doch keinen Schutt im Haus...« Nein, es war der Zusammenbruch der Ideale. »Ja, aber was kümmert dich das«, setzte ich nach, »laß sie doch, diese Ideale, wenn sie so gefährlich sind.

Habe ich vielleicht welche? Nein. Und siehst du, wie gut es mir geht?!«

Doch Orty sagt, daß sie mit mir nicht mehr darüber reden will, daß sie das ganze Leid der Welt tragen muß, während ich gleichzeitig meine Binden wechsle und locker vor mich hin leben kann, weil sie an meiner Stelle leidet. Sie sagt, ich sei eine geistig Minderbemittelte, eine dumme Kuh, eine eitle Ziege, die sich anmalt wie ein Osterei. Sie zieht sich nämlich immer schwarz an. Wenn sie ihre Sachen an die Leine hängt, könnte man meinen, daß Diabolus große Wäsche macht. Sie hat Ausschlag vom Anilin, und dagegen setzt sie am ganzen Körper Schwefel ein. Die Genossen schlugen sie windelweich, weil sie sie nicht bei den Versammlungen haben wollten, so ganz in Schwarz, mit diesem Höllengestank am Leib.

Die Faschisten nicht. Sie schlugen sie zum Glück nicht. Gerade mal ein paar Eimer kaltes Wasser über den Kopf … Sie tat ihnen leid, sie verstanden, daß sie ziemlich neben der Spur war, eine Besessene.

Ortensia

In der Neuropsychiatrie habe ich Lucianella kennengelernt, meine Analytikerin, eine wunderbare Frau. Nein, sie arbeitete nicht da, sie war eingewiesen worden: Sie hatte versucht, ihren Großvater zu entmannen. Ich habe es ihr zu verdanken, daß ich herausgekommen bin. Sie in dem Bett neben mir zu haben, mit ihrem gerupften Köpfchen, das Gebiß im Glas, das hat mir unglaubliche Kraft gegeben. Manola, es ist jetzt der Moment gekommen, Ihnen zu erklären, wie die Dinge stehen: Wo der Katholizismus aufhört, zeigt sich der Kommunismus, wo der Kommunismus zerbricht, faßt die Psychoanalyse Fuß, wo die Psychoanalyse wankt, macht sie Platz für die Magie.

Natürlich weiß Lucianella nichts von Ihnen, Manola, ich würde ihr einen wahnsinnigen Schmerz zufügen, wollte ich ihr von meinem Hang zur Esoterik erzählen. Schließlich bin ich ihre einzige Patientin. Ich gehe jeden Tag zu ihr, mehrmals am Tag, und sie empfängt mich immer mit offenen Armen. Sie wohnt nicht weit von hier in einer netten Höhle. Ja, um sich mit mir zu beschäftigen, auch wenn ich nicht da bin, hat sie sich in der Erde in ein ziemlich dunkles, bedrohliches Substrat eingegraben, das in gewisser Weise geologisch mein komplexes Innenleben wiedergeben soll.

Manola, die Psychoanalyse ist für mich so begeisternd wie ein Höhenflug, vielleicht deshalb, weil ich mich als Tochter einer anderen Epoche fühle, der Epoche der kategorischen Imperative. Genießen ist heute leider der einzige Imperativ. Doch mir gelingt es nicht, ich bin zu intelligent. Den Genuß überlasse ich den Dummköpfen.

Allerdings ist eines nicht gut für mich: Nach Jahren, sogar Jahrzehnten der Analyse kann ich jede meiner Handlungen, jeden kleinen Zwang vorhersehen. Doch strategisch betrachtet, nützt mir das nichts. Das Unbewußte, in hohem Maße trainiert, ist sehr klug, es gelingt ihm, jedes therapeutische Hindernis zu umgehen, um mich dazu zu bringen, immer das zu tun, was ihm paßt, für mich aber ungeheuer risikoreich ist. Auch unter Hypnose ist nichts zu machen. Das Unbewußte ist zu schlau und schafft es, dem ophthalmischen Einfluß der treuen Lucianella auszuweichen, deren einziger Lebensinhalt nunmehr das Bezwingen dieses widerspenstigen Bewohners in meinem Untergeschoß ist. Oft höre ich lauten Lärm in mir, wie von einem majestätischen Lachen. Ich wollte Sie fragen, Manola: Glauben Sie, daß sich mein Unbewußtes über mich lustig macht?

Meine Schwester Anemone dagegen lacht offen heraus. Und ja doch, in ihr Inneres gelangen nur Cremetörtchen und Schwänze. Ansonsten lebt sie in einer so schamlos oberflächlichen Dimension, daß Freud bestimmt den Beruf gewechselt hätte, wenn er ihr begegnet wäre. Ich meine, er hätte nie und nimmer das Unbewußte entdeckt. Ich kann Ihnen garantieren, Manola, daß meine Schwester keins hat. Sie sagt, sie sei glücklich so, sie fühle sich leicht wie ein Schmetterling. Ich zweifle nicht daran. Aber macht sie sich klar, wie gefährlich solche Leute für die Menschheit sein können? Durch Anemones Schuld hätte es nach der kopernikanischen Wende, nach der revolutionären Lehre Darwins und nach Einsteins Relativitätstheorie nicht die großartigste Entdeckung dieses Jahrtausends gegeben. Das zwanzigste Jahrhundert hätte keinen Sinn gehabt, und mir kleinem lächerlichem menschlichem Wesen wäre es versagt geblieben, meine unendlichen Traumata unverfälscht zu empfinden und das einzige Training zu absolvieren, das mich am Leben hält: das Eintauchen in das Meer meiner Dynamik. Und all dies nur, weil meine Schwester so eine primitive Kuh ist! Manola, ich habe das Bedürfnis zu weinen. Lucianella lehrt mich, daß ich mich nicht zurückhalten darf. »Laß es raus, Ortensia! Weine nur, weine … Reinige dich«, ermuntert sie mich. Nein, ich schaffe es nicht, genau jetzt schaffe ich es nicht. Der Plexus ist schuld, er blockiert mich.

Anemone sagt natürlich, daß ich mich von Lucianella befreien müsse und mich auf die Piste stürzen solle. Doch ich habe nicht das unverschämte Glück meiner Schwester. Ich habe lernen müssen, mich selbst zu verteidigen.

Am Montag hat sie mich mit ans Meer genommen. Sie begann, auf dem von Badenden verlassenen Strand im Tanga zu tanzen, während um sie herum eine höchstgradig erregte Mannschaft afrikanischer Händler im Rap-Rhythmus in die Hände klatschte und mit den Zungen schnalzte. Um ehrlich zu sein: Es handelte sich weniger um einen Tanz als um ein schon ziemlich gewagtes Vorspiel. Wenn ich das getan hätte, wäre ich nach wenigen Sekunden ein Fall für die Kriminalstatistik gewesen. Anemone dagegen hat, als sie müde vom Tanzen war, ihren üppigen weißen Körper in majestätischer Ruhe am Strand ausgestreckt, hat die Augen geschlossen und sich weiter gesonnt, doppelt selig. Die Afrikaner sind in die Knie gegangen, um ihren Busen zu beäugen, und nicht nur den, sie sammelten sich wie ausgehungerte Hunde um einen Knochen. Ich sah das Gemetzel voraus, und als sich der erste eben mit unmißverständlich erigiertem Glied auf sie stürzen wollte, schritt ich ein.

Ich habe dreißig bunte Umhänge mit wilden Mustern gekauft, siebenundvierzig Paar falsche Ray-Ban-Sonnenbrillen, einhundertfünfzig Packungen Papiertaschentücher, den gesamten Ohr- und Halsschmuck. Ich habe also mit absoluter Höchstgeschwindigkeit den kolossalen erotischen Trieb der Afrikaner vom Körper meiner Schwester auf Geld gelenkt.

Wissen Sie, was diese Dirne von Anemone zu mir gesagt hat? »Du bist wohl die Madonna von Pompeji!« Und ich hatte auf ein Wort der Dankbarkeit gewartet oder auch nur auf eine Geste, einen Blick, eine Handbewegung, kaum wahrnehmbar, also irgend etwas, das bedeuten würde: Danke, ich bin dir dankbar. Doch wie es scheint, ist die Welt nicht so; wie es scheint, habe ich auf nichts ein Recht. Solche wie Any werden immer ein leichtes Leben haben, solange sie auf ihrem Weg Dumme wie mich finden.

Manola, ich spüre, daß die Psychoanalyse mich bei der Rebellion nicht unterstützt; mein Unbewußtes macht sich darüber lustig, und in mir staut sich immer mehr an. Ich möchte, daß Sie mir helfen, in der Kabbala die Formel zu entdecken, mit der ich die diffusen Dinge, mit denen meine Schwester mich quält, umwandeln kann. Ich muß den Mut, ja, sagen wir ruhig: den Zynismus finden, mein Handtuch zu packen, es in die Tasche zu werfen und mich in meinem schwarzen Olympiabadeanzug an der Strandlinie entlang zu entfernen, um zuzulassen, daß hinter meinem Rücken die Dritte Welt diesen schändlichen Fetzen Tanga von den Hinterbacken meiner Schwester zerrt und sie vergewaltigt!

O Gott, was ist mir da herausgerutscht? Es ist nicht möglich, daß ich wirklich so heruntergekommen bin. Ich muß mir schnell den Mund mit Salzsäure ausspülen. Wo endet diese ganze schmutzige, verdrängte Wut? Wo? In dem einzigen Raum, den ich zur Verfügung habe: in mir selbst, in meinem Bewußtsein. Ich bin auf dem Latrinenniveau meiner niedersten Instinkte angelangt. Manola, ich muß rasch mein Immunsystem stimulieren, damit es einen energischen Sühneprozeß in Gang setzt. Doch ich spüre schon, daß unter der

Lippe ein phantastischer Herpes mit einer ganzen Traube von Bläschen keimt. Lucianella hat mir gesagt, daß sich das Gesicht symbolisch in drei Bereiche unterteilt: Der Mund entspricht den Genitalien. Ich bin gerettet!

Anemone

Das wirklich Schlimme bei meiner Schwester ist, daß sie jeden Tag, den Gott werden läßt, mit dem Rucksack auf dem Rücken zu einer Höhle voller Fledermäuse klettert, wo eine gewisse Lucianella auf sie wartet. Orty behauptet, daß es sich um eine hochangesehene Psychoanalytikerin handelt, doch sie lebt wie ein Wildschwein. Sie ernährt sich von Beeren und Larven und steigt nur selten ins Tal hinunter. Dann schwenkt sie unter einem Mantel aus Moos und Spinnweben eine riesige Schere. Auf den Bauernhöfen ist sie sehr gefragt: Sie kastriert Kälber, Pferde, Schweine, Stiere, Kater, Mücken und alles, was sie zu fassen kriegt. Ich habe nichts gegen sie, und außerdem müssen diese armen Leute ja irgendwie zurechtkommen, seit die Irrenhäuser dichtgemacht worden sind, nur scheint sie mir die am wenigsten geeignete Person zu sein, um sich um Orty zu kümmern, das ist alles.

Einmal hat meine Schwester mich so sehr bedrängt, daß ich schließlich zu einem Kongreß dieser Psychoanalytiker mitgegangen bin. So was von Mösenhunger ist mir noch nie untergekommen, Manola! Als ich hereinspaziert bin, haben sich alle wie hungrige Wölfe umgedreht, denen floß schon der Sabber aus dem Mund. Und dabei hatte ich mich für den Anlaß ganz bewußt schlicht angezogen – keine Strumpfhalter, nur ganz normale Strümpfe mit Gummirand –, um nicht zu sehr aufzufallen. Zwei von diesen Deppen unterhielten sich beim Mineralwasser über etwas Absurdes: Sie sprachen über ein inneres Kind, vergewaltigt, verirrt. Voller Sorge habe ich herumgefragt: »Wer ist denn dieses arme Wesen? Wenn man es nicht findet, muß man doch die Polizei holen, oder?«

Dann habe ich kapiert, daß es nur ein Vorwand war, sie schwafelten ins Blaue hinein, in Erwartung des Büfetts mit herzhaften Speisen und kleinen Leckereien, wo sie sich vollgefressen haben wie die Schweine. Ortensia wollte mir unbedingt Lucianella vorstellen, das war ihr sehr wichtig, der Armen, und deshalb war ich ja überhaupt hier. Sie hatte viel von mir erzählt, in all diesen Sitzungen, das wußte ich. ›Wer weiß, wie viele liebe Dinge sie gesagt hat …‹, dachte ich. Zur Feier des Tages hatte ich ihr geholfen, sich zurechtzumachen, hatte ihr eine schöne große Schleife auf den Kopf gesetzt. Ich muß zugeben, daß sie präsentabler ist, seit sie sich die Körperhaare bleicht. Und schließlich ist sie meine Schwester, mein Haarbäuschlein: Wehe dem, der sie anfaßt. Ich habe mich also Lucianella gegenüber freundlich gegeben: »Hallo!« habe ich gesagt. »Was ist denn das Schönes auf dem belegten Brötchen?« Das Wildschwein mit dem Mayonnaiseschnurrbart über der Lippe zischte wütend: »Artischocken, Artischocken, Artischocken!«, und starrte mich aus zwei vor Groll geröteten Augen an, als hätte sie den Teufel gesehen. Ich tat einen Satz zurück. Die hatte einen Sarkophagatem, Manola! »Und was hast du in dich reingeschlungen, den toten Tutanchamun?«

Ortensia sagt, daß Lucianella wenig spricht, denn Psychoanalytiker hören hauptsächlich zu. Zum Glück. Ich würde mir von den Freudianern, die da um mich herum waren, nicht mal ein Hühnerauge entfernen lassen. Wir wollen doch mal ehrlich sein: Das sind die Allerschlimmsten. Er, der Stammvater, hatte dieses kleine Problem mit dem Kiefer; Krankheit macht böse, wissen Sie? Und häßlich! Er häßlich, seine Frau häßlich, die Tochter Anna häßlich, eine potthäßliche Familie. Ich mißtraue solchen Leuten immer, an irgendwas knabbern die mit Sicherheit übel herum. Für sein Gewerkel als Schornsteinfeger hypnotisierte der Alte die Patienten, wie es diese Fakire im Fernsehen tun, die Hausfrauen das ganze Wochenende über mit verdrehten Händen dasitzen lassen. Außerdem – das ist ja allgemein bekannt – schnupfte er regelmäßig Kokain, und deshalb sagte er eine Menge Unsinn, so von der Art, daß Frauen was fehlt und daß sie – hören Sie sich das einmal an, Manola – unter *Penisneid* leiden!

Zum Glück sieht es so aus, als wären die Tage der Freudianer gezählt: Sie stehen mit einem Fuß im Grab. Das kapierte ich später, als ich mich mit einem Gläschen Spumante in der Hand ein bißchen umhörte: Langsam schiffen sie ab, weil kein Mensch mehr auf ihre Couch kommt. Die machen den Laden bald dicht, rollen die Matratze ein und gehen nach Hause.

Das scheint mir kein großer Verlust, Manola, und schließlich haben sie ja ein ganzes Jahrhundert durchgehalten. Sie graben zu tief und wühlen zuviel herum. Heutzutage muß alles schnell gehen, es ist keine Zeit mehr für derlei archäologische Arbeiten. Was mich angeht, so habe ich diese Obsession für die Vergangenheit nie verstanden, ich finde Museen gräßlich. Ortensia sagt, ich sei ungebildet und solle den Mund halten. Aber es gibt jedenfalls viele Leute, die so denken wie ich, meinen Sie nicht? Scheint so, daß es mit diesen neuen »Pit-Stop-Therapeuten« besser läuft, die, statt tief zu bohren, ein paar Ratschläge fürs Überleben erteilen und einen dann wieder nach Hause schicken. »Geh doch mal zu diesen neumodischen Therapeuten«, habe ich zu Orty gesagt, »du hast alles probiert, dann kannst du das auch ausprobieren, man weiß ja nie ...«

Hätte ich das doch nie gesagt, Manola! Orty hat mich beim

Wort genommen. Hinter dem Rücken von Lucianella ist sie zu einem Kurs in Psychodrama gegangen: Gruppensitzungen, lauter wildfremde Leute, in einem geschlossenen Raum. Sie sitzen ruhig im Kreis, bis plötzlich einer aufspringt, mir nichts, dir nichts einen anderen packt und auf ihn einschlägt, weil er ihn an seinen Vater, seine Mutter, dieses Luder von einer Schwester oder irgendeinen sonst erinnert. Ortensia kommt immer geschwollen wie ein Dudelsack aus dem Zimmer raus. Alle suchen sich sie aus! Ich habe Grogo gerufen und zu ihm gesagt: »Du, ihr gefiederter Freund, gehst jetzt zu diesen Irren, holst Orty da raus und bringst sie zurück ins Hotel.« Grogo, den man in gewissen Momenten wirklich schätzen lernt, hat mit einem kurzen Besuch beim Guru der Psychodramatiker angefangen. Er klemmte ihn an die Wand, fuhr seine Krallen aus und schlug sie ohne viel Federlesens in ihn rein, fürchte ich. Ortensia wurde aus dem Kurs ausgeschlossen. Zu spät, Manola. Jetzt hat diese Masochistin von meiner Schwester Geschmack daran gefunden.

Heute morgen ist sie ganz verstört zu mir gekommen: »Sag, daß ich ein Monster bin!«

»Aber nein, Orty, du bist etwas Besonderes, ein Original, du bist ...«

Sie sah mich weiter an wie eine Besessene: »Nein, du blöde Heuchlerin mit Locken, ich will die Wahrheit hören! Ich will wissen, was du wirklich über mich denkst. Ich bitte dich, sag es zu mir: du Riesendromedarscheißhaufen!«

Ich habe versucht, es ihr auszureden: »Ortensia, ich habe Schlimmeres gesehen ...«

»Dann sag zu mir: Spitzlöffel, Eiterfresse, Zotte, Filzfell, Bolle – laß die ganze Wut raus, die ganze Galle, die in dir drin ist. Befrei dich! Sag Belfagor zu mir.«

Manola, sie gab keine Ruhe, sie verfolgte mich durchs Hotel mit dem Feuerlöscher in der Hand. Ich mußte tun, was sie wollte. »Monster«, flüsterte ich, »Monster ...«

Und sie, mit strahlender Miene: »Danke, meine Liebe ... bitte, mach weiter ...«

Als ich sah, daß es ihr besserging, habe ich Mut gefaßt: »Kahlköpfige Dickbirne! Du vergiftest mein Leben, du ekelst mich an!«

Ortensia fing an, mich zu küssen, warf sich auf die Knie, wälzte sich vor Lust: »Ich bitte dich, schlag mich, da du dich so vor mir ekelst, wirf mich zu Boden, quäle mich, mach mich fertig, lösch mich aus ...«

Nun ja, ich wußte nicht mehr, was Sache war, und habe ihr gegeben, was sie wollte. Kurz gesagt: Ich habe sie mißhandelt.

Manola, ich habe all Ihre Ratschläge befolgt, ich habe händevoll Verus Salus überall verstreut. Ich habe die Kristalle im Mittagslicht aufgeladen, ich habe die Alraune mit dem knotigen Kopf nach oben unter Ortys Kopfkissen versteckt, doch nichts, keine sichtbaren Ergebnisse. Sie müssen mir gezielter helfen. Ich bin zum Beispiel davon überzeugt, daß sich das Leben meiner Schwester, und folglich auch das meine, ändern würde, wenn sie einen Mann fände. Ich weiß, daß es nicht gut ist, wenn man zu lange einen leeren Bauch hat.

Ortensia

Danke, Manola. Der Zauber mit dem Silbermond hat funktioniert. Ja, ich bin leicht angeschlagen, aber das ist nichts, ein kleiner therapeutischer Unfall. Körperliche Wunden sind lächerlich, aber oft trostreich. Es stimmt, mein Halswirbel ist gebrochen, aber das kommt schon wieder in Ordnung, und wenn nicht, ist es auch nicht so schlimm. Ich habe nie große Sympathie für diese Röhre empfunden, die den Kopf mit dem Rest des Körpers verbindet, völlig überflüssig, soweit es mich betrifft. Und der weiße Kragen sieht zu schwarz außerdem gut aus, kann ich Ihnen sagen. Er gibt der Persönlichkeit diesen geistlichen Touch, der niemals schadet.

Hören Sie zu, Manola. Es ist etwas Außerordentliches geschehen. Lucianella stellt mir normalerweise Aufgaben, die ich selbständig erledigen muß. Diese Woche hat sie mir aufgetragen, mich in eine Situation zu begeben, in der ich normalerweise Panikattacken bekomme. Sie meint, ich müsse mich mit der Angst vertraut machen, um sie abzubauen. Ich habe mich gleich bemüht, einen Ort zu finden, der mir vom Geruch her hilft, einige traumatische Erlebnisse neu zu durchleben, um mir eine anständige Abreaktion zu ermöglichen. Also bin ich frühzeitig aufgebrochen und eiligen Schritts zur Rosticceria gegangen.

Ich überlasse es Ihnen, sich das Aufeinandertreffen einer

schlichten Erscheinung, wie ich es bin, mit der gescheckten Kundschaft an diesem fettigheißen Ort vorzustellen; doch da ich außergewöhnlich motiviert bin, kämpfe ich mit stolzer Würde den aufwallenden Brechreiz nieder, der aus der zonenreichen Magenschleimhaut in Wellen hochsteigt. Ich schlage das Buch auf, das ich mitgebracht habe – eine kleine Abhandlung über die symbiotische Persönlichkeit –, und stelle mich ans Ende der Schlange. Es ist nicht leicht, sich zu konzentrieren, wenn die Intensität der Lektüre ständig dadurch bedroht wird, daß sich um einen herum die Gerüche von aufgehendem Teig, Soße und Würstchen ver mischen.

Ich bin fast an der Reihe, als ich ein seltsames Phänomen wahrnehme: Die mit Tinte geschriebenen Zeilen auf der Seite lösen sich in einem Säurebad auf, das nicht ganz geruchlos ist. Als ich nach der Quelle Ausschau halte, entdecke ich, daß es sich um ein trübes Wässerchen aus der irgendwie ranzigen Achselhöhle meiner Nachbarin handelt, die sich einen Weg nach vorn zu bahnen versucht. Ich habe nichts Persönliches gegen matronenhafte Hausmeisterinnen, also lasse ich die keuchende dicke Acrylhausfrau vor – und was macht es schon, daß mich nach ihr zwei prächtige farbige Jungs überrennen, die von dem geschmorten Lamm angezogen werden?

Wie dem auch sei, für mich ist jedes Vorrücken unmöglich: Zwei Panzer belagern inzwischen meine knochigen Extremitäten. Ich schaue ängstlich nach oben, um dem kriegerischen Druck ein Gesicht zu geben. Rasch fliegen meine Blicke über zwei stämmige Beine in schwarzem Nappa, die in der Körpermitte in einer gestanzten Stahlmuschel zusammenkommen, und erreichen schließlich ein wächsernes Gesicht, harpuniert mit zahlreichen Sicherheitsnadeln, und einen Kopf mit terrassenförmig angelegten Schmuckrasuren, die in einem pistazienfarbenen Mohikanerkamm gipfeln.

Mir genügt dieser flüchtige Eindruck, um zu begreifen, daß es nicht angebracht ist, gegen die Invasion verbal zu rebellieren, auch weil Pistazienkamm mein Fußkatapult braucht, um sich auf die letzte Wurst-Gorgonzola-Calzone zu stürzen. Mitten im heißhungrigen Flug bleibt ihm allerdings doch noch Zeit genug, mein Buch zu packen und es mit dem Ruf »Was liest du denn da, häßliche Kröte?« über die Theke exakt auf das Blech mit Pizza Bianca zu schleudern, wo meine Aufmerksamkeit von einem einsamen kleinen Rechteck trockener Pizza – mit diversen Identitätsproblemen – angezogen wird, das auf mich zu warten scheint.

Mit meinem Eckchen Pizza Bianca und der beträchtlichen damit verbundenen sexuellen Problematik setze ich mich neben den Getränkeautomaten. Jetzt muß ich nur essen, muß systematisch abbeißen, ohne an die Folgen zu denken, wenn ich triumphierend zu Lucianella zurückkehren will. Ich schließe die Augen, reiße den Mund auf, spüre aber, daß irgend etwas sich fest auf meinen aufgesperrten Mund preßt. Ich öffne die Augen wieder und bemerke erfreut, daß es sich nicht um eine von meinem quicklebendigen Unbewußten inszenierte Hemmreaktion handelt, sondern um den vorgestreckten Wanst der matronenhaften Hausmeisterin, die, wie ich erst jetzt durch den paralysierenden oralen Kontakt bemerke, guter Hoffnung ist. Die werdende Mutter verschlingt eine Reiskrokette mit Hackfleisch und kratzt sich dabei mit entsprechender Heftigkeit durch ihr dünnes synthetisches Kleid hindurch im Schamhaar, wo sie irgend etwas zu quälen scheint, was mit ihren anderen Umständen zu tun hat. Ich beschließe aufzustehen, um ihr meinen Platz zu überlassen, aber das ist nicht so einfach, denn die beiden Schwarzen haben sich inzwischen auf die Bank gesetzt und machen sich mit ausgebreiteten Ellbogen über ihr geschmortes Lamm her.

Ich darf mich nicht durcheinanderbringen lassen. Ich

lächle, während ich versuche, aus diesem Ellbogengefängnis zu entkommen, und dank meines positiven Denkens gelingt es mir schließlich. Ich schaffe es. Die werdende Mutter sinkt auf den Sitz und grunzt: »Das wollte ich doch sehen, wird Zeit, daß du aufstehst, Rotzgöre! Ich bin schwanger, und es kann sein, daß ich jeden Moment unter mich mache …«

»Das fehlte gerade noch, Signora«, flüstere ich.

Lucianella wird überhaupt nicht zufrieden sein: Ich zügle meine Triebkräfte. Dafür bin ich nicht hier. Ich konzentriere mich und suche die klare Stimme meines Es. »Entschuldigen Sie, da sind all diese netten Männer, einer von denen könnte aufstehen …«

Doch die werdende Mutter stimmt nicht mit meinem Es überein. »Die arbeiten und bringen das Land voran, die müssen sich ausruhen. Du dagegen, was tust du, häßliche Krähe? Du ißt Pizza auf anderer Leute Kosten.«

Ich möchte etwas antworten, aber meine Kraft reicht nicht aus. Ich bin für solche Experimente noch nicht gerüstet. Ich werde mit gesenkten Kopf zu Lucianella zurückkehren. Um uns zu trösten, werden wir Monopoly spielen, und es macht fast nichts, wenn sie mir nur die Badstraße und die Turmstraße gibt, wenigstens werde ich mich bei ihr in der Höhle zu Hause fühlen. Ich mache den ersten Schritt auf den Ausgang zu, doch da werde ich mit einem Tritt in den Nacken gestoppt: Es ist das Kriegsschuhwerk von Pistazienkamm, dem der Inhalt seiner eben ausgetrunkenen Dose nicht geschmeckt hat und der gegen den Getränkeautomaten wütet, damit der die Münze wieder ausspuckt.

Wahrscheinlich habe ich ihn gesucht, diesen Tritt, Manola, wahrscheinlich hatte ich ein Bedürfnis danach, ein Bedürfnis, sicherlich ausgehend von meinem Es, doch der körperliche Schmerz ist für mich ein Quell des Heils und entfernt mich vom Schmerz der Seele. In gewisser Weise entschädigt er mich. Wie Sie sehen, habe ich schon einen Schritt voran gemacht: Ich rebelliere nicht mehr, ich nehme zur Kenntnis, ermittle, prüfe und lächle. Ja, ich lächle.

Dieser Kettentritt ins Genick war ein göttliches Geschenk. Ich lag dort auf dem Boden, Manola, im Sägemehl, mit meinem geretteten Stück Pizza in der Hand – und da habe ich ihn gesehen, meinen Prinzen, einsam in den gastronomischen Schwaden stand er da und las, umgeben von einer spirituellen Hülle. Die Welt ringsumher war verschwunden, verschluckt in ihrem Speisesaalnichts, während ich auf ihn zuging: Die Einzelbilder meines Lebensfilms wurden langsam größer, geblendet von diesem Licht. Und so bin ich in die Zeitlupe eingetreten.

Brille und wulstige Lippen, Modell Sartre, dünnes Haar, Schuppen auf dem Pullover, jenes Etwas, das eine wundervolle Kahlheit erwarten läßt. Jetzt erkenne ich das Buch. Er liest die *Traumdeutung*. Ich strecke eine Hand nach meinem Traum aus und lasse zerstreut das Stück Pizza bianca auf Irmas Traum fallen. Er hebt die Augen vom Buch, zwei stechende Augen, packt die Pizza und ruft: »Du bepißte Papp-Pizza, jetzt verschlinge ich dich auf der Stelle.« Energisch verschlingt er mit einem einzigen Biß die Pizza und all ihre sexuelle Problematik und befreit mich von dieser Qual. ›Er ist es!‹ denke ich. ›Das ist der Mann meines Lebens ... ‹, und so schiebe ich geradewegs meine Zunge in seinen Mund, der schon voller Peperoni und Sardinen ist. Wir küssen uns leidenschaftlich, Manola, Sie werden es nicht glauben, doch so ist es, ich, die kleine Ortensia, küsse! Mein Leben hat einen Sinn gehabt, wenn es mich bis hierher geführt hat!

Er bittet mich um mehr, und im Nu bahne ich mir einen Weg, springe über den Bauch der dicken Acrylhausfrau, die jetzt auf den Schultern der Schwarzen in einer Prozession über die Köpfe der herumstehenden Kunden getragen wird und schreit: »Platz da! Platz, ich habe unter mich gemacht!

Und ich kacke die Kinder aus, ich bin nicht der Typ für Kaiserschnitt. Ich will noch eine Reiskrokette!«

An der Theke angelangt, trage ich ein glasklar zynisches Verhalten zur Schau, ignoriere den gellenden Schrei der schwangeren Madonna und kaufe die restlichen Reiskroketten auf. Dann kehre ich zu ihm zurück und halte ihm triumphierend die Tüte mit Fritiertem hin. So geschah es, Manola, daß wir angefangen haben zu reden, und wir haben nicht mehr aufgehört.

Poldo hat mir gestanden, daß er seit Monaten in der Rosticceria auf mich wartete: Er wußte, daß er mich treffen würde. Wir waren füreinander bestimmt: Das haben wir sofort verstanden, es gab kein Entrinnen. Es ist unglaublich, Manola, wie sich die wichtigen Dinge unvermeidlich von ganz allein einstellen. Poldo hat einen prähistorischen Hunger. Natürlich ist das kein vulgärer Appetit. Es geht um eine andere Fülle, eine Kompensation für die unzähligen psychischen Probleme, mit denen er gesegnet ist. Wie ich hat er viele Enttäuschungen erlebt und spürt ganz tief in seinen Eingeweiden lebhaft die von der würdelosen Verbindung materiellen Überflusses und geistigen Mangels erzeugte Leere, die das Ende dieses Jahrtausends charakterisiert.

In der Familie hat sich niemand um diesen ungewöhnlichen Jungen gekümmert. Baby Poldo hatte eine schwierige Beziehung zu seiner Mutter Helmutta, einer Deutschen slawischer Abstammung mit Kaufzwang und kleptomanischen Anwandlungen. Ihre Beziehung zu Poldo war nur rein äußerlich und gefühlskalt. Sie ging auf ihre verschwendungssüchtigen Touren und ließ ein riesiges Vorhängeschloß am Griff des Kühlschranks zurück. Ich muß weinen, wenn ich an meinen Liebsten denke, wie er einsam und hungrig vor der versperrten eisigen Tür sitzt.

Unbewußt hat Poldo die Mutter mit der Nahrung identifiziert, Symbol der materiellen Werte, deren Trägerin sie ist.

Pausenlos, Reiskrokette auf Reiskrokette, verschlingt er die Mutter-Speise. Glauben Sie nicht, daß es einfach ist, das ganze Leben damit zu verbringen, sich zu ernähren, wenn man jenes Objekt-Subjekt verinnerlicht hat, das nach dem ersten Gefühl der Fülle nur Schmerz hervorruft. Mein Poldo ist sehr beschwert, er hat einige Kilo zuviel, Herzrhythmusstörungen, Paradentose, Risse in der Speiseröhre, Spalten in den Knochen, ein paar Thrombosen und ziemlich argen Mundgeruch. Aber für mich ist sein Mund ein Garten der Lüste.

Das Leiden hat bei ihm eine gewaltige kreative Ader entwickelt. Ja, Manola, Poldo ist ein Dichter, und ich biete mich als seine demütige Muse an. Sein Schatten wird mein Platz an der Sonne sein. Er ist in jedweder Hinsicht ein Mann des Geistes. Jetzt zum Beispiel arbeitet er an einem Essay über die Semantik der halben Portion und an einem Pamphlet gegen Gargantua. Er ist Anhänger jener Denkschule, nach deren Meinung der Mensch einst ein Riese war, dessen Größe sich, als Folge des fortschreitenden geistigen Verfalls, nach und nach verringert hat.

Nun dürfen Sie aber nicht glauben, Manola, mein Liebster sei ein kalter Intellektueller, in den Freuden des Geistes erstarrt. Nein, Poldo ist vor allem ein Mensch mit körperlicher Ausdünstung. Gleich als ich mit seinen ersten übelriechenden Dunstwolken Kontakt hatte, verspürte ich eine tief verwurzelte Angst vor Wasser bei ihm. Seine glasklare Intelligenz macht aus ihm einen unermüdlichen Polemiker; es ist also mehr als natürlich, daß er mit dem Element des Wassers eine konfliktreiche Beziehung pflegt. Poldo ist der Meinung, daß die Welt heute von einem einzigen widerlichen Gestank erfüllt ist. Deshalb hat er mutig beschlossen, seinen ursprünglichen Geruch zu behalten und ihn nicht durch Waschungen und Reinigungen abzuschwächen. Ich gebe zu, daß die erste Begegnung damit nicht ganz einfach war; ich entdeckte, daß ich eher konformistisch im zwanghaften Gebrauch von keimtötenden Mitteln, Flüssigwasserstoff und meinen hautabschürfenden Gerätschaften war. Doch ich habe gleich begriffen, wie rigoros und revolutionär seine Haltung ist, und ich überwinde, wenn auch langsam, jede Schwierigkeit.

Wir gehen ganz in unserer Beziehung auf, ich würde sogar wagen zu sagen: sie ist symbiotisch. Wir spiegeln uns vollkommen, ich bin eine so dünne Sardine, er ist so stattlich. Manola, Ihnen kann ich es sagen: Ich hege die furchtlose Hoffnung, meine abgeschnittene Hälfte gefunden zu haben. Es ist schön, jemanden neben sich zu haben, der einen beschützt, der einem zuhört; für mich ist es ein absolut unbekanntes, erstaunliches Gefühl. Wir verbringen ungemein intensive Abende, *extrem dialogreich,* ich mit meiner Thermosflasche Blasentangtee, er mit seinen riesigen Tüten mit Fritiertem. Wir brauchen nicht viel, wir sind zwei einfache Menschen, beide lieben wir das Wesentliche, die Intensität, die sich in den schlichten Dingen ausdrückt.

Topographisch ist er sehr viel weiter als ich, er dringt zu unwirtlichen Orten vor, zum Fest des Ferkels im Speckteigmantel, zur Feier der Pferdeblutwurst, zur Höhle der Nierenwurst, zum Weichkäsetunnel in Polenta. Ich stecke mir eine kleine Klammer zum Dämpfen der Gerüche auf die Nase und begleite ihn. Ihm gefällt meine olfaktorische Zurückhaltung, er findet sie sehr *feminin.*

Anemone

Hilfe, Manola! Ich fürchte, ich habe bei dem Zauber mit den sieben Haarnadeln etwas durcheinandergebracht. Ortensia hat sich verlobt. Ich bin völlig verzweifelt.

Er heißt Poldo. Ich habe noch nie etwas ähnliches gesehen. Er ist das »Ding«, ein weiches und schmutziges Etwas, das sich überall ausbreitet. Ich bin regelrecht erschüttert. Nein, ich glaube nicht, daß er von dieser Welt ist; ich glaube eher, daß man ihn aus einer fliegenden Untertasse geworfen hat, die in unserer Atmosphäre unterwegs war. Poldo ist das klassische Ekelteil, das nicht mal ein Außerirdischer haben wollte.

Ich weiß nicht, wie ich ihn beschreiben soll. Können Sie sich dreihundertfünfzig Kilo stinkende Kutteln, verteilt auf einhundertvierzig Zentimeter Höhe vorstellen? Immer dieselbe Jeans, steif von Körperschmiere, ein paar dünne, von Schweinefett glänzende Haare, flockengroße Schuppen, Pilze auf den Zähnen, moosiges Zahnfleisch, knubbelige Nase. Ein Gestank, den man nicht mal aus zehn Meter Entfernung aushält, ich weiß nicht genau, wonach: eine Mischung aus verwesendem Tierkadaver, öffentlicher Toilette, Gummischlappenfußschweiß und Anus. Knatternde Fürze ... Das Ganze präsentiert mit einer Art Computerfreakdünkel.

Aber ich sage ihm ins Gesicht, was ich von ihm halte, Manola. Ich sag's ihm sicher nicht durch die Blume!

»Lern erst mal ein paar einfache Dinge«, sage ich zu ihm, »statt die Nase in irgendeine CD-ROM zu stecken!«

Der holt sich vielleicht Kletterpflanzen aus den Nasenlöchern! Ah, aber ich verwahre alles, um es zu den Ufologen zu bringen!

Er nennt mich *Subidiotin,* richtet nie direkt das Wort an mich, spricht nur über Ortensia mit mir: »Sag dieser *Subidiotin* von Schwester, daß ihre öde und blöde Art der Unterhaltung keinen Stimulus für meinen Willen, eine Beziehung zu ihr aufzunehmen, darstellt ...«

»Mach's kurz, du Freßsack von einem Außerirdischen, mich beeindruckst du nicht! Sag mir lieber, wo der Affe aus meiner Schublade geblieben ist ...«

Der ißt alles, Manola, der kaut auf allem herum! Ortensia hat mir erzählt, daß der Kuttel seine Mutter essen wollte, aber weil das nicht geht, ist er nervös geworden und muß Tag und Nacht alles wiederkäuen.

Das wäre nicht die Bohne schlimm, die zu verschlingen, Helmutta, diese diebische Elster, vollgehängt mit dicken Klunkern. Sie arbeitet in einem Zirkus, sie macht diese Nummer mit den Haaren. Orty hat sie zum Essen eingeladen. Sie ist mit Poldo an der Leine und mit einem freilaufenden Leguan gekommen. Finden Sie das normal, Manola, den Sohn an der Kette und das Reptil auf freiem Fuß?

Poldo schwänzelte ständig um sie herum: Mutter hier und Mutter da. Nach dem Essen hat sie sich die Schuhe ausgezogen, und er hat ihr die Füße mit Marsala massiert. Ich behielt ihn im Auge, immer wieder riß er den Mund auf und fletschte die Zähne. Ich hatte Angst! Der eklige Leguan versuchte in der Zeit, sich in das Herz des armen Grogo zu stehlen, der unter Depressionen leidet, seit Orty sich verlobt hat. Er verschmäht sogar *Apple pie* mit Gewürznelken, seinen Lieblingskuchen.

Ich habe Helmutta genau beobachtet. Die überzeugt mich

auch nicht sehr. Sie hat ein Gesicht aus Gummi, mit Klammern ringsherum. Orty sagt, sie mußten sie mit festen Stichen nähen, weil sie im Zirkus, bei der Nummer mit den Haaren, oft gerissen ist. Ich dagegen sage, daß ihr Sohn sie mit den Zähnen gepackt hat. Jedenfalls ist sie unter der Haut ganz aus Blech: Das sieht mir sehr nach ausquartierter Venusianerin aus. Sie ist mit zwei silbernen Kandelabern abgezogen, die sie sich in die Ohrläppchen gesteckt hat; ich wollte sie mir zurückgeben lassen, wir brauchen sie, wenn Orty die ganze Energie auf sich zieht und der Strom im Hotel ausfällt, doch meine Schwester will nicht, daß ich das Verhältnis zu ihrer Schwiegermutter verderbe.

Manola, ich bin besorgter als zuvor. Orty hatte nie Beziehungen, sie kann nicht mal Menschen von Tieren unterscheiden; hätte sie eine Python getroffen, dann hätte sie mir sehr wahrscheinlich die ins Hotel geschleppt. Die Arme sagt, sie habe eine geistige Gemeinschaft mit dem Kuttel: von wegen Gemeinschaft, das *Ding* denkt nur daran, sich vollzustopfen! Sie schwätzt und schwätzt, und er hört ihr überhaupt nicht zu. Er ist immer auf dem Sprung, sich irgendwas zu schnappen, um es sich zwischen die bepilzten Zähne zu schieben. Er fängt sogar mit dem Mund die Fliegen aus der Luft; es gibt keine Fliegen mehr im Hotel, er hat sie alle verschlungen.

Und oft bemerke ich, daß er Ortensia seltsam ansieht. Ich habe Angst, daß dieser Menschenfresser sie eines Tages mit den Zähnen zerreißt. Obwohl Orty einem zum Glück nicht das Wasser im Mund zusammenlaufen läßt, sie ist nur noch behaarte Haut und Knochen. Aber ich habe trotzdem Angst: Er könnte sich eine Brühe aus ihr machen.

Ortensia

Haben Sie vielleicht ein Mittel gegen *Aerophagie,* Manola? Mein Liebster hat schreckliche Verstopfung.

Anemone, die ja alles nur zu schnell vereinfacht, ist sogleich mit Erklärungen bei der Hand: »Das sind die Cremetörtchen, die Kutteln, die gefüllten Schweinsfüße, die Speckschwarten, das ist der Affe.« Ja, wenn es sich bloß um ein banales Magen-Darm-Problem handelte! Leider ist es nicht so einfach. Poldo hat Blähungen, weil er in sich, ganz tief in seinem Inneren, die Versteppung der Welt spürt, die ideelle Dürre.

Zum Glück hilft ihm der Buddhismus. Er hat im Augenblick die Phase der Angst vor dem Wasser überwunden und sich in einen Meeresforscher verwandelt. Er muß die Ströme des Lebens zurückverfolgen, um die Quelle zu erreichen und seinen eigenen heiligen Ursprung zu entdecken, das göttliche Innere. Sie wissen, Manola, daß alle hydrotherapeutischen Verfahren eine reinigende Wirkung auf die Seele haben. Poldo möchte an den Ufern des Ganges baden, doch da ich wegen meiner Akrophobie nicht fliegen kann, ist er auf die örtlichen Flüsse ausgewichen. Er zieht sich vollkommen nackt aus, taucht ein, um sich vom Schmutz des Westens mit dem *Basti,* einem Ritus des Wasseryoga, zu reinigen. Es handelt sich um eine spezielle Darmwaschung: Dank eines präzisen Einsatzes der Darmmuskulatur gelingt es meinem Liebsten, durch den Anus Wasser in den Körper einzusaugen.

Ich sehe gerne zu, wie mein Mann zwischen dem Farn badet. Ich bleibe am Ufer, um mich zu sonnen und die Probeabzüge seiner Essays zu korrigieren. Dann kehrt Poldo triefend zurück, beginnt mir den Hals zu küssen, und ich spüre die Tropfen, die von seinen Lippen meinen Rücken hinunterlaufen ... das ist ein wunderbares Gefühl. Mehr kann ich nicht erzählen, Manola, verzeihen Sie mir. Ich glaube, daß die Art, wie ein Paar sexuell interagiert, absolute Privatsache ist. Jedenfalls bin ich wirklich befriedigt. Poldo und ich reden viel. Für mich ist der Dialog in der Liebe grundlegend.

Dies ist meine erste Erfahrung, und die sexuelle Initiation ist für jeden eine eher problematische Angelegenheit. Poldo wußte meine Jungfräulichkeit zu schätzen, denn er haßt Konsumverhalten und ekelt sich vor sexuellem Ausverkauf. Er hat sich mir mit äußerster Behutsamkeit genähert. Er war sehr zart: Ich habe ihn nicht einmal gespürt. Oh, er ist sehr maßvoll. Von den Proportionen her, meine ich. Mein Verlobter hält ein großes Glied für äußerst unästhetisch, jenseits des Kanons klassischer Schönheit und ganz eindeutig politisch rechts. Doch, der robuste, kraftstrotzende, unbeugsame, knochenharte Prügel gehört grundlegend zur Kultur der politischen Rechten. Links unterliegt das Glied dem Zweifel, der Last einer weitergehenden philosophischen Interpretation der Existenz; es beugt sich, es verkriecht sich im Hagel der Verunsicherung.

Poldo betet mich an. Nur ich kenne die Grillenstellung, die unsere Art der Vereinigung ist. Die einzige. Die Grille bin natürlich ich. Poldo legt sich auf den Rücken, und ich springe, springe, springe wie eine kleine Grille! Er entspannt sich derart, daß er oft einschläft. Es ist alles so zauberhaft! Doch ich mache mir überhaupt keine Sorgen, Manola. Heutzutage gibt es Abhilfe, die Wissenschaft hat in diesem Bereich gigantische Fortschritte gemacht. Der Androloge hat uns keine Arznei verschrieben, vielmehr hat er uns empfohlen, der Situation mit einer soliden Penisprothese zu begegnen. Ich weiß, wo das wirkliche Problem liegt, Manola: Es mangelt Poldo an Selbstwertgefühl, Schuld seiner deutschen Mutter Helmutta, und leider sackt das Testosteron ab, wenn der Mann frustriert wird.

Ich beobachte meinen Mann oft. In einer Beziehung ist es wichtig, sich nicht aus den Augen zu verlieren. Kürzlich habe ich bemerkt, daß Poldo gewisse Accessoires von Anemones Garderobe sehnsüchtig betrachtet. Ich habe mit Lucianella darüber gesprochen: Sie hat mir gesagt, daß alles in Ordnung ist. Poldo hat ein unbewußtes Verlangen, sich zu verkleiden, denn so würde er die Trennung von der Mutter negieren und die Verlustangst dämpfen.

Mir ist auch aufgefallen, daß er ständig nach kleinen Gegenständen sucht, um sich zu erregen. Es handelt sich um einen ganz leichten Hang zum Fetischismus, dessen Ursprünge in der frühen Kindheit liegen sollen, in einer Störung der Mutter-Kind-Beziehung. Als Poldo klein war, ließ Helmutta ihn immer allein, um Tag und Nacht ihr zwanghaftes Shopping zu betreiben, und Poldo klammerte sich in morbider Weise an ein kleines Ersatzobjekt. Jedes Kind hat so etwas, es ist wie die Schmusedecke von Linus … Doch es scheint, daß es in seinem Fall ein Schuh war.

Nicht daß Sie jetzt etwas Falsches denken, Manola. Poldo verabscheut Anemone, ihren Exhibitionismus, ihre Oberflächlichkeit. Dieses in alle vier Himmelsrichtungen zur Schau gestellte Fleisch widert ihn an. Er ist ein Mann mit Geschmack, er mag das Verborgene, Schlichte … das Knochige … leere Brüste. Er ist wahnsinnig eifersüchtig und sehr froh, daß die anderen meine verborgene Schönheit nicht bemerken, denn er will mich ganz für sich. Er weiß, wie großzügig ich im Intimen sein kann. Die konkave Frau, Manola, nimmt intensiv an der Lust des Mannes teil. Die konvexe Frau dagegen verlangt viel, ohne irgend etwas dafür zu geben.

Meine Schwester täte besser daran, ihre üppigen Formen zu bedecken, statt sie zur Schau zu stellen. Die Wahrheit ist, Manola, daß sie von Poldo bemerkt werden will, koste es, was es wolle. Sie kann es nicht verkraften, daß mein Mann nur Augen für mich hat. Sie hatte sich daran gewöhnt, mich in die Zwangsjungfernschaft verbannt zu sehen, und jetzt fürchtet sie, daß ich, der jüngere Zwilling, vor ihr heiraten könnte. Außerdem ist Any fertig, sie hat mit fast allen Männern der Gegend sexuelle Beziehungen gehabt. Um hier noch einen neuen Gefährten zu finden, müßte sie auf ein Tier zurückgreifen. Jetzt ist sie mit ihrer sexuellen Enthaltsamkeit schon in der dritten Woche: ein Rekord für sie. Und Sie müßten einmal sehen, Manola, mit welcher Begierde sie ihren Schwager betrachtet, wenn er im Brunnen sein *Basti* trainiert …

Poldo und ich wollen so schnell wie möglich weg aus dem Hotel. Wir haben bestimmte Schlüsse gezogen und möchten in heiligem Frieden darüber reden. Davon ausgehend, daß der sexuelle Reiz ein alter Trick ist, von Mutter Natur inszeniert, um das Überleben der Art zu garantieren, sind wir der Meinung, daß es heutzutage vorzuziehen ist, sich wie die Amöbe durch Knospung fortzupflanzen oder überhaupt nicht. So haben mein Verlobter und ich übereinstimmend beschlossen, mit dem realen Eros Schluß zu machen. Wir transferieren unser Bild auf CD-ROM, um den Rausch virtueller Umarmungen zu erfahren. Poldo hat sich inzwischen mit großer Würde in einen solipsistischen Onanismus zurückgezogen.

Anemone

Ortensia und Poldo sind beim Sexologen gewesen, weil es so aussieht, als hätte er Versagensängste. Wem will er das denn weismachen? Das einzige männliche Wesen, an dem Ortensia ihn messen könnte, ist Grogo. Was für Vergleiche kann die Arme da schon anstellen?

An Sex zwischen den beiden darf ich nicht mal denken, Manola. Ich weiß wirklich nicht, wie Ortensia es macht, es bei ihm zu finden, dieses Kuttel-Ding, mitten in all dem stinkenden Speck. Immer angenommen, daß er eins hat. Mit bloßem Auge sieht man nichts. Er sagt, er habe ein *Überraschungsglied.* Ich glaube, die wirkliche Überraschung ist, daß er kein Glied hat. Ich weiß nicht, wie Sie darüber denken, Manola, doch für mich spielt die Größe eine Rolle.

Jetzt ist er Buddhist geworden, der Untertäßler, meine ich. Er läuft in einem weiten Hemd aus Mull herum und läßt die Eier baumeln. Er hat Ortensia erklärt, daß es zwei Arten von Buddhisten gebe: die Mystiker – die keinen Hunger haben, keinen Durst, nur irgendwelche Sinnestäuschungen – und die dicken wie Buddha. Poldo gehört ganz klar zur zweiten Kategorie. Er sagt, er gehe in die Berge, um zu meditieren, doch er schafft es, jedes Dorffest aufzuspüren, und verpaßt kein einziges. Er stopft sich voll und furzt dann in die Bäche. Weil er nämlich Buddhist ist, muß er sich nach der Meditation den Darm reinigen. Also kauert er sich brav hin und zieht sich hinten Wasser rein. Manola, mein Schwager, ist ein Arschsauger!

Gestern nacht ist was Ekelhaftes passiert. Ich konnte meine violetten Abendschuhe mit den dreißiger Plexiglasabsätzen und eingeschlossenem Bonsai nicht mehr finden. Ich suche und suche: nichts. Aber ich war mir sicher, daß ich sie im Eisfach gelassen hatte; ich hänge sehr an diesen Schuhen und will sie mir so lange wie möglich erhalten. Dann kommt mir ein Gedanke: ›Der außerirdische Freßsack hat sich doch nicht etwa auch meine violetten Schuhe reingeschoben ...‹

Ich konnte wirklich nicht schlafen, so wütend war ich. Ich habe mich im Bett aufgesetzt und bin dann in die Küche runtergegangen, weil ich eine trockene Kehle hatte und was trinken wollte. Ich komme an der Speisekammer vorbei, und die Tür ist einen Spaltbreit offen. Im Halbdunkel sehe ich die total zerrupfte Ortensia, wie sie sanft über die mit Abbildungen von Gesäßausschlag wimmelnden Seiten des Lexikons Buggioni streicht und dabei mit dem Kopf wackelt. Mich hat fast der Schlag getroffen. Wenn Ortensia mit solchen Stereotypen anfängt, ist das ein schlechtes Zeichen, Manola. Ich sehe also genauer hin und entdecke, daß Poldo hinten an der Speckbacke hängt, verkleidet als Luana, die Jungfrau auf der Banane: Lippenstift, falsche Wimpern, ein Sammelsurium von Sadomasozubehör, ganz abgesehen von den einzigartigen individuellen Ergänzungen (so was wie Ortys Rasierpinsel in einem Netzsuspensorium). Er onanierte wie ein Wahnsinniger. Mit meinem violetten Schuh ...

Manola, so kann es nicht weitergehen. Mein Leben war schon kompliziert genug. Ortensia ist meine Zwillingsschwester, wir sind aus ein und demselben Liebesakt hervorgegangen, aber mit dem *Ding* will ich nicht verwandt sein. Der außerirdische Freßsack muß einfach weg, Manola!

Ich habe die ganze Nacht wach in der Halle verbracht, und

im Morgengrauen ist mir die richtige Idee gekommen: Beim Frühstück habe ich gesagt: »Na, du Freßsack, du hast also ein Überraschungsglied?« Er ist ganz rot angelaufen, hat sofort aufgehört, über den Dalai Lama, Trotzki, Sartre und die Datenautobahn zur reden, ist mir zwischen die Titten gerutscht und hat geschrien: »Zeig sie mir! Zeig sie mir!« Ich habe natürlich meine Bedingungen gestellt. Ich habe zu ihm gesagt: »Nur die Ruhe, du Freßsack. Geh in den Zirkus zu deiner Mutter, nimm eine Dusche mit dem Reinigungsmittel für Elefanten, besser: Nimm dreißig Duschen mit dem Reinigungsmittel für Elefanten, dann kratzt du dir das Fett ab, und zwar mit dem Schrubber, mit dem ihr die Käfige saubermacht, und springst danach ins Seehundbecken. Und laß ja nichts aus, geh mit der Sauerstoffflamme über deine Zähne, mach deine Knubbelnase sauber, befreie das haarige Nasengestrüpp von den Kletterpflanzen. Und dann widme dich entschlossen diesem unwahrscheinlichen Ding zwischen deinen Beinen, leg es frei und tauch es in den flüssigen Wasserstoff von unserem Orang-Utan Ortensia … und vielleicht werde ich heute nacht dein sein!«

Es ist verrückt, Manola, ich weiß, aber ich muß es tun, ich muß den Mutanten entlarven. Ich habe das ganze Aphrodisiakum in mich reingegossen, ich brauche viel Mut. Es wird ein Kampf bis zur letzten Runde. Andererseits ist das Bett mein Ring, und ich bin sicher, ich werde ihn vernichten. Ich fühle mich sehr aggressiv. Meine Klitoris ist ein zugespitzter Stachel. Es ist Vollmond, die weiblichen Säfte folgen den Mondzyklen. Auch der Mond ist auf meiner Seite. Heute nacht werde ich den stinkenden Kuttel von der Venus erledigen …

Ortensia

Letztes Wochenende sind Poldo und ich in Paris gewesen, mit dem Sidecar. Wir haben alle heiligen Orte des Existentialismus besucht. Im Deux Magots haben wir uns an den Tisch von Sartre und der Beauvoir gesetzt. Es war sehr romantisch. Poldo hat sich gleich in die Lektüre von Jean-Pauls *Das Sein und das Nichts* vertieft, während ich kopfüber in die Seiten von Simones *Das andere Geschlecht* eingetaucht bin. Irgendwann hat Poldo meinen schmalen Arm gestreichelt und geflüstert: »Mein kleiner Castor, wir sind verdammt, frei zu sein«, und ich war ganz gerührt.

Zurück von der Reise, hat Poldo den Wunsch geäußert, Jean-Pauls Philosophie der Freiheit blind zu übernehmen. Er will alles mit Sartre teilen, auch die privaten Qualen des aufgeklärten Intellektuellen, diesen ständigen Anspruch, seine eigenen Gefühlshorizonte zu erweitern, wie ihn der französische Philosoph verspürte. Mein Verlobter meint, daß wir zu symbiotisch gelebt und jetzt die Pflicht hätten, uns für neue Erfahrungen zu öffnen. Er hat das Bedürfnis, ein paar Tage allein zu bleiben, um nachzudenken, weil wir – so sagt er – zusammen schwer und hirnlastig sind, er jedoch Lust auf Leichtigkeit hat. »Du, Castor, bist eine wichtige Frau, doch ich bin ein Kreativer …«, hat er gesagt.

Ich habe gelitten, Manola. Doch andererseits litt Simone wie ich. Auch für meinen Jean-Pold wird es nicht leicht werden. Ich bin besorgt, Manola. Wir leben in einer Welt der Vermassung, die Frauen haben keinen eigenständigen Geschmack und stehen verwirrt vor der Körperfülle meines Verlobten … Und dann ist da das Problem der Körperausdünstungen. Ich habe ihm geraten, mit den Wasserriten in den Flüssen aufzuhören und richtig mit Seife und Schwamm zu duschen. Poldo hat sich hartnäckig geweigert. »Entweder *nature* oder nichts«, hat er gesagt. Wie streng, wie konsequent dieser Mann doch ist, Manola! Er meint, daß alle Frauen sich verhängnisvollerweise von ihm angezogen fühlen, aber weil sie ihre tiefsten Instinkte fürchten, schrecken sie vor ihm zurück.

Heute mittag hat Poldo mich mit einem sonderbaren Blick gefragt, ob ich ihm ein Dutzend Flaschen meines flüssigen Wasserstoffs leihen könne … und heute nacht hat er zum erstenmal, seit wir verlobt sind, nicht bei mir geschlafen.

Es war eine grauenvolle Nacht, furchtbar unruhig. Meine Nerven lagen blank und begannen wie verrückte Federn herumzuspringen, schleuderten mich in alle Richtungen. Da habe ich mich für den Rest der Nacht an den großen Kronleuchter im Festsaal gehängt. Dort träumte ich, daß unter meinen Fußsohlen ein finsteres, unheimliches Meer sei, aus dessen Fluten Schwärme von toten Katzenwelsen auftauchten, ein Teppich aus Körpern. Ich hielt mich an den Tropfen des Kronleuchters fest, voller Panik, in das faulige Meer unter mir zu stürzen, ich, das einzige lebendige Wesen in jener riesigen Lagune des Todes. Sie wissen natürlich, daß tote Katzenwelse ein Vorzeichen schrecklicher Naturkatastrophen sind.

Ich habe Angst, Manola. Ich möchte, daß die Sonne bald aufgeht, weil ich fühle, daß irgendwo auf der Welt etwas Furchtbares geschieht. Und es ist wohl nicht einmal weit von uns entfernt. Ich spüre es in meinen Knochen. Meine schlaffe Haut spannt, als wolle jemand aus meinem Inneren heraus. Das ist meine bebende Energie, Manola. Fluoreszierende Pfade breiten sich in mir aus, durchziehen mich, indem sie die gelatinöse Wand jeder meiner Zellen durchbrechen. Ich muß ein Bioenergetik-Acting machen, ein Grounding, um meine Energien zu befreien und zu versuchen, auf der Erde verankert zu bleiben. Manola, helfen Sie mir, ich will nicht in die Luft aufsteigen.

Vielleicht wird es einen Krieg geben: den letzten. Die Apokalypse ist schon lange angekündigt, der Übergang zum *Goldenen Zeitalter* wird mit Gewalt erfolgen, das ist bekannt. Gewalt geht um, es riecht nach verknäulten Körpern. Etwas Schreckliches geschieht, Manola, hören Sie den Donner? Dort oben ist ein aufbegehrender Gott. Nur ein Häuflein reiner Menschen ist für die Ewigkeit bestimmt. Ich werde unter ihnen sein. Wenn es eine Gerechtigkeit dort oben gibt, in diesem finsteren Himmel, werde ich zu den Überlebenden gehören.

Wenn wenigstens Anemone hier bei mir wäre, doch diese Schlampe ist in die Diskothek gegangen. Ich werde dem Feind allein die Stirn bieten müssen. Manola, es regnet in Strömen, und ich habe solche Angst. Ich rufe den großen Geist an! Wachst, ihr Nägel, wachst, ihr Haare, wachst, ihr Zähne! Es ist Vollmond, ich spüre, wie ich körperlich und geistig mehr und mehr zum Werwolf werde. Ich werde meinem Fell vertrauen, und ich werde mit entschlossenem Schritt den Marsch in die Traumzeit antreten, wo alles schon geschehen ist, wo alles noch geschehen muß. Ich brauche ein Rolfing, eine Tiefenmassage. Manola, versetzen Sie mir einen ordentlichen Faustschlag. Ich flehe Sie an, schlagen Sie mich auf der Stelle. Ich muß meine wahre Stimme, mein wahres Selbst herauslassen. Ich muß der ganzen Welt an diesem dunklen Meer zurufen: »Ich bin allein wie ein Hund, ich will eine Mama. Auch ich will eine Mama …«

Anemone

Ich habe Ihnen Hochzeitskonfekt mitgebracht, Manola. Ja, ich habe geheiratet. Ich kann Ihnen nicht genau sagen, was passiert ist, doch es ist sicher, daß ich vom Taifun Poldo regelrecht mitgerissen worden bin.

Sagen Sie die Wahrheit: Nicht einmal Sie mit Ihrer Kristallkugel, dem Pendel und dem halluzinogenen Räucherwerk hätten ein solches Ereignis voraussehen können. Das Leben ist tatsächlich wunderbar, ich meine verblüffend. Alles ist in einer Nacht geschehen, in der sensationellsten Liebesnacht, die ich je erlebt habe. Ich und Poldo, wir haben uns nackt ausgezogen, die Feindseligkeit, die einer für den anderen hegte, die entsprang nur der Angst, denn unsere Begegnung stand schon oben in den Sternen. Man kann nicht gegen das Schicksal kämpfen, es ist ein ungleicher Kampf. Die Liebe ist eine mysteriöse Kraft, ein Aufstand der Sinne, man schwebt davon, zusammen mit dem Menschen, den man liebt, in einem Ballon der Seligkeit, und es bedeutet nicht viel, wenn man sich gezwungen sieht, ein haariges Opfer auf der Erde zurückzulassen.

Ich und mein Mann, wir passen perfekt zusammen, er ist meine fehlende Hälfte. Bevor ich ihn im biblischen Sinne erkannte, ahnte ich nicht, so verstümmelt zu sein. Poldo wollte mich unter Wasser heiraten, er hatte die Krakessa Giacomessa, eine Zirkuskollegin von Helmutta, gebeten, die Trauung zu vollziehen. Ich habe zu ihm gesagt: »Bring mich, wohin du willst: ins Wasser, in die Wüste, in einen Vulkan, auf den Gasometer. Ich folge dir bis ans Ende der Welt.« Leider erlitt Poldo bei der Generalprobe eine Embolie, also sind wir wieder hochgekommen und haben in der Kirche geheiratet. Ich muß zugeben, es hat mir gefallen. Denn – sehen Sie, Manola – für eine Frau, und sei sie noch so unangepaßt, ist das Brautkleid ein weißer Traum in einer herzförmigen Schachtel. Ich selbst habe das Modell entworfen: etwas Schlichtes, Zartes, ein Flüstern, ein Zitat.

Es war eine ausgesprochen traditionelle Hochzeit. Ich bin mit sieben Stunden Verspätung gekommen. Ich wollte, daß die Gäste schon alle in der Kirche wären, zerknittert und schwitzend, um meinen triumphalen Einzug zu halten und sie vor meiner endlosen Schleppe verstummen zu lassen. Poldy stand neben dem Altar, er erwartete mich mit Sternchen in den Augen, ganz von Weihrauch umhüllt. Wie ein Räucherkerzchen! Als ich hereinkam, fing die Orgel an, La Ola zu spielen: »Ale-ooo! Ale-ooo!« Ich hörte das Geflüster: »Die Braut ... Die Braut ... Die Braut ist gekommen ... « Wirklich alle waren da, auch Mama und Papa.

Ja, ich hatte wirklich das Gefühl, sie zu sehen, Mama mit ihrem lila Haar, den mit Lippenstift verschmierten Zähnen, dem aprikosebonbonfarbenen Kostüm mit den passenden aprikosebonbonfarbenen Schuhen. Und dann ihre Ratschläge: »Any, du bist die Braut, vergiß das nie: Brust raus, energisches Kinn, Blick fest nach vorn. Ich habe die Verwandten deines Vaters in die Bänke rechts gesetzt, sie sind leicht an der ordinären Masse von Sommersprossen auf ihren Gesichtern zu erkennen, und wenn jemand von ihnen versucht, dich zu grüßen, und mit Tröten und Papierzungen herumfuhrwerkt, tu so, als würdest du sie nicht erkennen, es ist eine Bande von Hungerleidern.«

Papa wäre an meiner Seite gewesen, in Galauniform mit

der roten Schärpe des Haidompteurs und den Kastagnetten. Er hätte um den Altar herum den Maori-Tanz aufgeführt. Ja, das hätte er sicher getan. »Tum! Tututum! Tutututututum!« Meine Alten wären in Tränen zerflossen, Manola. Papa hätte angefangen, ganze Ströme gelben Rotz auf Mamas lila Haare zu heulen, und sie hätte wenigstens einen ihrer beiden falschen Wimpernkränze aus echtem Gürteltier verloren. Dann hätten sie angefangen, laut zu streiten. Mama hätte ihre aprikosebonbonfarbenen Schuhe ausgezogen und wenigstens einen ihrer beiden Stilettabsätze in wenigstens einen der beiden Hoden Papas gerammt, und niemand hätte sich mehr für mich und für die unglaubliche Länge meiner Schleppe interessiert.

Bruder Starosta, ein trotzkistischer Pater, hat uns getraut. Bei der Kommunion war Poldo so aufgeregt, daß er nicht nur in die Monstranz gebissen hat, sondern auch in Bruder Starostas Hand. Der trotzkistische Pater blieb seelenruhig, zog aus dem Talar die Kalaschnikow und schoß auf ihn. Zum Glück haben die Kugeln den unempfindlichen Körper meines Bräutigams nicht verletzt, sondern Ortensia getroffen, doch nur beim Rückprall. Die Eiterfresse hatte natürlich nicht kommen wollen.

Mit Tritten habe ich sie aus dem Hotel hinausgetrieben! »Versuch nur nicht, mir den schönsten Tag meines Lebens zu ruinieren, versuch das nur nicht ...«, habe ich zu ihr gesagt.

»Ich müßte an deiner Stelle stehen ...«, wimmerte sie.

»Nein, Schätzchen, es ist nicht meine Schuld, daß Poldo dich sitzengelassen hat, geh einmal in dich. Los, Filzfell ...«

Sie kam ebenfalls ganz in Weiß, in ihrem Kommunionkleid. Es paßt ihr noch haargenau. Sie sah echt peinlich aus, nur Schleier und Fell, ein Affe, verkleidet als Mussolinis Tochter. Sie sagte, die Brautjungfern müßten sich genauso in Weiß kleiden wie die Braut. Ich habe geantwortet: »Mach es so, wie du es für richtig hältst, ich kann mich nicht mehr um dich kümmern, das sorglose Leben mit doppelten Schwimmflügeln ist vorbei.« Sie ist weggegangen und mit dem Vogel von Großmutter Refola auf dem Kopf wiedergekommen. »Der Flügel von Großmütterchen wird mich beschützen, sie hatte mich gern, ich war ihre liebe Kleine ...«

»Los, meine liebe Kleine, los ...«, habe ich zu ihr gesagt und ihr einen ziemlich heftigen Schlag verpaßt.

Als sie zum Schluß gekommen ist, war sie ganz ängstlich und hat keinen Ton von sich gegeben. Ortensia muß man schlecht behandeln, damit sie sich anständig benimmt. Wenn man sanft mit ihr umgeht und sie bemitleidet, scheißt sie einem auf den Kopf. Das habe ich zu spät herausgefunden ...

Ziemlich nervig, sie hinter sich zu haben, diese Waldohreule! Sie hat mit allen Mitteln versucht, mich über die Schleppe stolpern zu lassen. Manola, ich habe es satt, mir das Leben von meiner beschränkten Zwillingsschwester vergiften zu lassen. Ich habe jetzt einen Mann, ich habe Pflichten, ich muß an mich und an ihn denken. Alles andere ist Nebensache.

Doch die Feier war wirklich romantisch: Werfen von Reis mit Ossobuco auf dem Kirchplatz, Erinnerungsfoto vor dem ausgetrockneten Wasserfall, Korso mit hupenden Autos, die in der Sommerhitze standen, weil bei Kilometer zwölf auf der großen Umgehungsstraße ein Unfall war. Dann haben die Brautleute Freunde und Verwandte zum Großen Fressen begrüßt: dreißig Gänge, Wolkenkratzermeringuetorte, drei gewalttätige Auseinandersetzungen (nur eine mit Verletzungen durch eine Schußwaffe), ein Iktus wegen Glykämie, Kaffee, Likörchen, ein Kind, das in den Gänseteich gefallen ist (zum Glück geht es allen Gänsen gut), Freßpakete mit den Resten. Küßchen, Küßchen, Küßchen ... Heftiges Furzen der Freunde, die noch ledig sind.

Ortensia

Manola, ich habe Anemone zum Altar geführt. Eigentlich sollte das Onkel Dodo tun, Papas blinder Bruder, doch er ist Kampfraupenzüchter und hatte gerade an jenem Tag Wettkämpfe. Also war es meine Aufgabe. Ich konnte mich nicht weigern. Wir sind zwei Waisen.

Es war schwierig, während der gesamten Zeremonie hinter den Brautleuten zu bleiben. Poldo war sehr nervös und setzte eine Menge Gas frei. »So ist das Leben«, habe ich mir gesagt, »und das Leben läßt sich nicht aufhalten …« Man kann nicht sagen: »Entschuldige, Leben, neben diesem wunderbaren Mann im Gehrock, da sollte ich stehen, nicht diese aufgedonnerte Brautschlampe in Spitze, Chenille, Brokat, Drap, Perlenstickerei, Geblümtem und Pelseide; laß ihre Fresse gegen eine verdammte Kante knallen und mach sie ein für allemal fertig!« Nein, das kann man nicht sagen, denn sonst hieße es noch, man wäre mißgünstig.

Aber man soll nicht kommen und mir erzählen, das Leben sei gerecht, Manola, denn das ist es nicht. Du mußt mit gefalteten Händen dastehen, einen seligen Ausdruck auf dem Gesicht, denn die Augen des Herrn mustern dich, du bist in seinem geweihten Hause: Halt die andere Wange hin, trage die Schleppe deiner Schwester, gehe darin unter, falls nötig, damit möglichst gut zur Geltung kommt, wie schön sie in Stufen fällt, und alle anwesenden alten Jungfern so richtig vor Neid platzen, denn du bist die Brautjungfrau.

Sie dachte an nichts anderes, diese Ungläubige, sie dachte nur an ihre Riesenschleppe. »Die Schleppe, die Schleppe, bausch die Schleppe auf! Blas, blas!« zeterte sie. Wirklich eine Schande, Manola, all dieser überflüssige Stoff hinten, und vorne, wo man welchen gebraucht hätte: nichts. Anys üppiger Busen wogte frei vor den Augen des Priesters, in dessen Iris sich die beiden durch die Brustwarzen gepiercten Tropfenperlen spiegelten und hin und her schaukelten, weil diese Schlampe während der ganzen Feier ununterbrochen lachte. Vielleicht stand sie unter Drogen. Jedenfalls haben das bestimmt alle gedacht, ohne sich besonders zu wundern. Großmutter Refola kaute ja auch immer auf einem Opiumpriem herum, und ihr Vater Delfo war Morphinist.

In der Gemarkung hatte man noch nie eine derart vulgäre und liederliche Braut gesehen. Es fällt mir wirklich schwer zu verstehen, wie Poldo sich von einer solchen Person einwickeln lassen konnte. Ich hätte nie gedacht, daß seine Arglosigkeit und sein Altruismus so weit gehen würden. Manola, ich fürchte, daß sein Wunsch, persönlich die Leere der Epoche zu erkunden, ihn an Gestade wirft, wo er selbst Schaden nimmt. Es ist mir noch nicht gelungen, mit ihm zu sprechen, doch ich habe den schrecklichen Verdacht, daß die anemonische Entscheidung eng mit der Lust korreliert, sich selbst zu bestrafen. Mein armer Liebster! In der Kirche hat er mich kein einziges Mal angeschaut, er hat nicht den Mut dazu gefunden. Ich war von so schlichter Eleganz, in meinem kleinen Organsin-Kleid im Stil des Fin de siècle.

Ich habe den Raubvogelhut aufgesetzt, er gehörte meiner Großmutter. »Mein Gott, wie ähnlich du ihr siehst!« habe ich zu mir selbst gesagt, als ich mich im Spiegel anschaute. Es ist unglaublich, Manola, wie sich im Laufe der Zeit auf unserem Gesicht die gleichen Runzeln einstellen wie bei unseren Vorfahren. Bis zu einem gewissen Zeitpunkt glaubst du, nur dir selbst ähnlich zu sein, dann, eines Tages, entdeckst du plötzlich, daß dem nicht so ist. Ich habe meine Hand angeschaut und die Hand meiner Großmutter gesehen, wie sie auf meiner Stirn liegt: »Meine liebe Kleine, du hast Fieber, jetzt macht dir die Oma einen Glühwein mit Honig und Nelken, meine liebe Kleine ...«

In der Kirche habe ich die Augen geschlossen und mir vorgestellt, daß es meine Hochzeit wäre, daß die Orgel nur für Poldo und mich spielte, und da habe ich leise zu weinen begonnen. Liturgische Feiern, geschmückte Altäre, all das rührt mich, Manola, ich habe eine sehr religiöse Sicht der Dinge. Auch eine Ameise rührt mich.

Man hat auf mich geschossen. Ja, der Priester war wohl ein Jäger: Er hat auf meinen Raubvogel geschossen, ihn aber verfehlt. Ein Rinnsal von Blut floß von meiner Stirn, wie bei Jesus am Kreuz. Und doch habe ich nicht mit der Wimper gezuckt, verharrte regungslos in meiner Seligkeit. Wenn es eines Opfers bedurfte, um allen Gelegenheit für ein orgiastisches Bacchanal zu bieten, so habe ich, wie immer, meinen Teil dazu beigetragen.

Nach dem Schuß bin ich in einer Art Erschlaffung eingenickt. Da hat der schräge Vogel auf meinem Kopf angefangen, zu mir zu sprechen. »Warum hat Poldo dich auf so brutale Art verlassen, du Trockenmöse?« wollte er wissen. »Vielleicht hast du ihn mit deiner ständigen Frage: ›Liebst du mich? Liebst du mich? Liebst du mich?‹ verrückt gemacht und eingeengt«, setzte er hinzu.

»Es stimmt, das habe ich gern von ihm gehört, und daran finde ich nichts Falsches«, habe ich geantwortet, nur um die Sache kurz zu machen.

Doch der Vogel hatte die Absicht fortzufahren: »Du dumme Schüssel! Man darf sich nie zu abhängig von einem Mann zeigen ...« Er legte eine ziemlich beunruhigende Pause ein, bevor er nachsetzte: »Und außerdem, entschuldige, was soll's? Man muß ja nicht darauf bestehen. Wenn ich mich recht erinnere, hat er nie ›Ich liebe dich‹ zu dir gesagt, oder?!«

»Stimmt, aber ich fühlte, daß es so war.« Und jetzt fühlte ich, daß ich dabei war, Boden zu verlieren.

»Du tätest wahnsinnig gut daran, mit dem Fühlen aufzuhören! Du hast kein Gespür, Ortensia, dein Leben ist nichts anderes als eine endlose Folge von Pleiten. Sogar der Großfurz hat dich sitzenlassen!«

»Nenn ihn nicht so, das tut mir weh. Zwischen uns gab es eine tiefe intellektuelle Übereinstimmung.«

»Das genügt nicht, Ortensia, das genügt nicht. Und behaupte nicht, daß dir nicht aufgefallen ist, wie er nach Fliegen, Mücken und Schnaken geschnappt hat, während du geredet hast.«

»Ich kannte seine Bedürfnisse.«

»Man muß den schwärenden Fuß amputieren, um den ganzen Körper zu retten, Ortensia.«

»Laß mich in Ruhe, du Vogel.«

»Wenn ich mich nicht irre, kam Sex bei euch sehr selten vor ...«

»Wie sehr?«

»Sehr, sehr. Wie konntest du nur glauben, daß du dein ganzes Leben lang mit einer einzigen Stellung auskommen würdest? Die Grillenstellung ausgerechnet! Gib zu, er hat ihn nie reingesteckt.«

»Das stimmt nicht.«

»Er hat ihn in die Schuhe deiner Schwester gesteckt. Poldo hat eine echte sexuelle Obsession, und du bist sicher nicht der Typ für Strapse ...«

»Ich fürchte, nein.«

»... der Typ für Anal-, Oral-, Ohren-, Nasen- und Augenspiele ...«

»Ich verstehe nicht …«

»Aber vielleicht kochst du gut …«

»Hab bitte ein Fünkchen Erbarmen!«

»Soweit ich weiß, Ortensia, kannst du nicht mal ein Ei in der Pfanne braten.«

»Hör mir auf mit Eiern. Wenn meine Mutter sich mit den Eiern ein bißchen zurückgehalten hätte, wäre mein Leben anders verlaufen, verstehst du?«

»Nun ja, wie wolltest du denn einen solchen Mann halten?«

»Ich dachte wirklich, er interessiert sich für meine Seele.«

»Deine *was*?«

»Meine Seele …«

»Mach dich nicht lächerlich, Ortensia! Die Seele ist gegen Ende dieses Jahrtausends vollkommen aus der Mode.«

»Das ist nicht wahr, man fängt wieder an, darüber zu reden …«

»Ortensia, ich wundere mich über dich. ›Wo das Wort beginnt, beginnt die Lüge‹, erinnerst du dich?«

»Der Boß der Freudschen Schule von Paris …«

»Genau der. Also gib es auf und versuch lieber, die Schleppe deiner Schwester höher zu halten. Sie fällt zusammen!«

»Ja, die Schleppe …«

»Los, den Ablativ, du Trockenmöse!«

»Mea culpa, mea culpa, mea maxima culpa …«

Anemone

Die Ehe ist eine absolut phantastische Erfindung! Ich hatte mein unruhiges Leben so satt. Aber nein, ich stehe zu meiner Vergangenheit, doch es kommt der Tag, Manola, da hat man nur noch den Wunsch, sich mit seiner großen Liebe auf ein Sofa zu kuscheln, sich vor dem Fernseher Nußpralinen reinzuschieben und die Boxhandschuhe des Bad Girl an den Nagel zu hängen. Und außerdem quellen die Pisten in den Discos von Fünfzehnjährigen über, die jede Menge Tätowierungen und Hormone haben. In einem gewissen Alter fängt man an, sich fehl am Platz zu fühlen.

Poldo verabscheut schwitziges Gedränge und zufälligen Körperkontakt; er mag ruhige, überschaubare Orte, also bleiben wir abends im Hotel, um zu schlemmen.

Mein Mann liebt alles an mir, mein Zuspätkommen, meine übervolle Handtasche, meinen Körper. Er verehrt meinen Körper absolut. Er leckt mich von oben bis unten ab, überzieht mich mit Speichel, bis ich richtig heiß bin. Sex zwischen uns ist ein Rausch ohne Ende. Ich hatte keine Ahnung, wie viele und was für Orgasmen ein fetter Mann einer Frau besorgen kann. Poldo ist außerdem nicht weichlich, wabbelig fett. Er hat hartes, dickes Fett: ein fester, echt handfester Liebesbrocken.

Sie können sich nicht vorstellen, Manola, wie stimulierend Poldos Intimgeruch ist. Er ist so urtümlich. Wissen Sie, daß das Androsteron, das Geschlechtsdrüsenhormon, das die weiblichen Schweine (die Säue) anlockt, das gleiche ist, das im Schweiß des Mannes steckt? Es ist ein starkes Aphrodisiakum. Poldo ist vollgesogen mit Androsteron. Ich schnüffle und werde ohnmächtig, schnüffle und werde ohnmächtig, komme wieder zu mir, schnüffle wieder und werde wieder ohnmächtig …

Mein Mann macht es gern in der Küche, tunkt dabei die Hände in die Soße und verschlingt einen Fasanenschlegel, ein herzhafter Biß ins Geflügel, ein zärtlicher Biß für mich. Ich schreie vor Lust. Als Philologe hat er eine ausgeprägte linguistische Phantasie. Gastro-erotische Zoten erregen ihn: »Streck dich, das Kaninchen springt! Dreh dich um, der lange Aal windet sich heran! Tu was an die Kartoffel, das Lamm kommt zur Weide!«

Schlimm ist, daß Ortensia immer hinter der Küchentür hockt und horcht. Ich finde die Vorstellung widerlich, daß meine Schwester uns beim Sex belauscht! Noch ärger: Sie reibt sich an der Tür und jault. Ich fürchte, sie onaniert ohne Ende. Für meinen Mann ist das sehr peinlich. Manola, wir sind zwei Frischvermählte, die das Recht auf ein bißchen Privatsphäre haben. Ortensia wollte in einem Bett mit uns schlafen, am Kopfende. »Ich lege mich da oben hin«, sagte sie. »Ich bin doch so klein, ich schütze euch wie ein Engelchen …« Früher hätte ich ihrer Bitte entsprochen, doch die Ehe hat mich verändert. Nach einem ganzen Leben des Erduldens kann ich es nicht mehr ertragen, wenn sich diese triste Fresse durchs Hotel schiebt.

Jetzt läuft sie mit einem schwarzen Schleier über dem Kopf herum, die Sterbekerze in einer, das Weihrauchfaß in der anderen Hand. Sie sagt, sie müsse die Trauer um Poldos Tod verarbeiten. Er faßt sich jedesmal an, wenn er sie trifft, und da er sie oft trifft, halte ich es nicht für richtig, daß mein Mann sein Leben mit den Hoden in der Hand verbringen muß. Manola, ich glaube, wir müssen für Orty eine drastische Lösung finden. Ich dachte daran, sie an die Japaner zu verkaufen.

Ortensia

Haben Sie die Geschichte von der fünfzigjährigen Hausfrau gelesen, die ihre fünfzehn Kinder in Tassen mit Milch und Corn-flakes ertränkt hat, weil sie sich wahnsinnig in einen neunzehnjährigen Karosseriebauer verliebt hatte, der nicht die mindeste Lust auf eine Vaterschaft aus zweiter Hand verspürte? Ich bewundere solche extremen Leute sehr. Heute leben wir nur von Surrogaten und inszenieren unechte Erotik, wenn man den Umfragen in Illustrierten glauben will; es gibt nichts, was der großen Liebe von einst gleicht: Paolo und Francesca, Abaelard und Héloise, Diabolik und Eva Kant. Die Menschen fürchten sich vor der umstürzlerischen Kraft der Liebe. Wie Schnecken am Felsen kleben sie an ihrem mühsam gefundenen Schwerpunkt.

Mein selbstloser Charakter bringt mich wieder einmal dazu, mich von der öden Masse der Liebesheuchler abzuheben. Wenn eine Liebe entsteht, die diesen Namen verdient, ziehe ich den Hut. Es ist unwichtig, ob unschuldige Opfer auf dem Schlachtfeld zurückbleiben, und noch unwichtiger ist es, ob ich dieses Opfer bin. Absolute Liebe ist wie Psychoanalyse: ein totaler Krieg des Individuums gegen sich selbst, ein alles erfassendes Gefühl, das alle anderen ausschließt. Ich fühle mich schrecklich ausgeschlossen, wie ein gebrauchter Tampon fühle ich mich.

Ich fürchte allerdings, daß Anemone übertreibt, Manola.

Das Hochgefühl der Liebe hat bei ihr jedes andere Gefühl aufgesogen. Zu mir ist sie grausam unmenschlich geworden. Wir schlafen nicht mehr zusammen im großen Bett. Sie hat mich gezwungen, endgültig in den Heizungskeller zu ziehen. Nachts lutscht sie nicht mehr meinen großen Zeh, und am Tag erträgt sie nicht nur nicht, daß ich da bin, sondern auch nichts, was sie an mich erinnert. Weder meine Algen noch meine Sprossen, noch meine Gärungspilze, noch die Essigmutter; sie hat meine Kleider aus dem Schrank genommen; sie hat meinen Taucherhelm kaputtgehauen. So habe ich von einem Tag auf den anderen nicht nur meinen Mann, sondern auch meine Zwillingsschwester verloren.

Anemone sagt, eine Liebe müsse am Anfang gepflegt werden wie ein kleiner Garten, sie müsse begossen werden. Deshalb steht sie immer am Herd und begießt die Nierchen und Innereien für ihren Mann mit Muskateller. Sie sagt, sie habe die moralische Pflicht, sich vor mir zu schützen, weil Poldo sie geheiratet habe und sich nicht auch noch mich traurige halbe Portion aufbürden könne. Wenn sie mich nicht sofort wegschickten, dann nur deshalb – so sagt sie –, weil sie verständnisvoll seien und mich gern hätten. Allerdings sei es besser, ich finge an, mich nach einer geeigneten Unterkunft umzusehen. Vielleicht in einer Anstalt oder im Zoo.

Ich habe zu ihr gesagt: »Entschuldige, Any, das Hotel ist groß, ich begreife wirklich nicht, wieso ich störe …« Sie hat mir geantwortet, ich sei jetzt alt genug, um zu verstehen, daß sich ein Paar in der ersten Zeit vollkommen frei fühlen möchte, weil sich das Verlangen in jedem Moment und an jedem Ort einstellen könne. Sie behauptet, ich spionierte hinter ihnen her. Alles Verleumdung, Manola. Ich lebe nun eingemauert in meinem Verschlag. Mit Tränen in den Augen blättere ich im Medizinischen Lexikon Buggioni, und um mir Gesellschaft zu leisten, onaniere ich hin und wieder.

Sicher ist es nicht meine Schuld, wenn ich am Abend gezwungen bin, auf einen Sprung nach draußen zu gehen, um zu kontrollieren, ob das Gas abgestellt ist. Manola, es geht alles drunter und drüber. Ich bin der letzte vernünftige Mensch im Hotel. Die Jungvermählten haben sich in der Küche verbarrikadiert, ihre Beziehung ist stark gastro-erotisch geprägt. Heute nacht habe ich stundenlang draußen vor der verrammelten Tür ausgeharrt und gejault. Ich hörte, wie das Gas zischte. Ich hatte es im Kopf, dieses durchdringende Pfeifen zusammen mit dem beißenden Geruch.

Ich habe geschrien und geklopft, aber keine Antwort bekommen. Nur sie hörte man in der Stille der Nacht. Sie mit dieser hämmernden Bitte: »Sag ›du Hure‹ zu mir, sag ›du Hure‹ zu mir, sag ›du Hure‹ zu mir ...«

»Mach auf, du Hure«, schrie ich unter Tränen. »Mach auf, du Riesenhure, es strömt Gas aus ...« Doch Eros und Thanatos verbünden sich.

Es ist schrecklich, wie allein man sich fühlt, wenn man die Geräusche der Liebe hört. Vielleicht ist Ihnen das auch passiert, als Sie klein waren. Das passiert allen Kindern. Es ist furchtbar, wenn man entdeckt, daß man aus dieser Raserei entstanden ist. Ich meinte, einer poetischen Intention entsprungen zu sein. Ich glaube, daß jeder, wie erbärmlich er auch sein mag, sich einzigartig fühlt. Man muß sich nur die Adern ansehen, diese perfekten kleinen blauen Leitungen. Man muß nur einen Gedanken fassen, einen dieser verblüffenden Gedanken, die sich plötzlich aus dem Nichts bilden und uns verdammt stolz machen. Dann, eines Abends – nur weil man sein Pipi nicht mehr bis zum Morgen halten kann –, platzt man zufällig mitten in dieses Gekeuche hinein. Dann versteht man, daß alles gar nicht wahr ist: Mama und Papa haben nicht genau dich erwartet. Du bist einfach so entstanden, zufällig, und wahrscheinlich hast du sie enttäuscht, wie sie dich enttäuscht haben. Aber du kannst dich mit dem Gedanken trösten, daß du nur dank dieser Lust der Lenden zu einem Teil des Universums geworden bist.

Als der Morgen graute, riß Poldo die Tür auf. Ich hab mich ihm entgegengestellt und zu ihm gesagt: »Ich bitte dich, wenn du geschlechtlich mit meiner Schwester verkehrst, sag ›du Hure‹ zu ihr. Dann juchzt sie, und ich kann in heiligem Frieden das Gas kontrollieren.«

Anemone

Die Flitterwochen sind vorbei. Poldo hat seine psychogastroanthropologischen Forschungen wieder aufgenommen. Er hat zu mir gesagt: »Liebes, du kannst dich nicht bis nach Mittag im Bett rekeln und darauf warten, daß ich dir den Kaffee und ein Stück Panzanella bringe. Du mußt dich auf die neue Lage einstellen.« So stehe ich jetzt auf, bevor es Tag wird. Und ich habe entdeckt, daß es mir keine Mühe macht. Nicht mehr so viel, meine ich.

Ich bin ganz aus dem Häuschen über mein neues Leben, Manola. Sicher, ein bißchen erschlägt es mich schon, wenn ich dem Schlachtfeld vom Vorabend gegenüberstehe. Ortensia fühlt sich außerdem schrecklich von mir gekränkt und will nichts davon wissen, mir zur Hand zu gehen. Ich lasse den Mut nicht sinken. Ich reibe mir den Schlaf aus den Augen und mache mich gleich an die Arbeit, auch wenn ich nicht genau weiß, wo ich anfangen soll. Außerdem muß ich achtgeben, daß ich leise bin, denn wenn Poldo irgendein Geräusch aus der Küche hört, rastet er aus. Er arbeitet bis spät nachts, und am Morgen ruht sich mein armer Liebling natürlich aus.

Es ist schön, allein aufzuräumen und zu wissen, daß man es sein ganzes Leben lang machen muß, das gibt einem wirklich Sicherheit. Man spürt, daß in den kleinen Gesten etwas Feierliches steckt, man fühlt sich nützlich und wiederholt sich ewig wie die Jahreszeiten. Ich will, daß alles auf die bestmögliche Art funktioniert. Wenn Poldo aufsteht, muß ich für unser Frühstück zu zweit fertig sein. Meine große Liebe sagt mir mit einem dicken Zungenkuß guten Tag, und ich bekomme sofort Lust, es zu treiben, doch er sagt, daß Sex auf nüchternen Magen Vergeudung sei, wie ein Klistier bei leerem Darm. Also setzen wir uns zu Tisch. Ich lege meine Halbmaske an. Ja, Poldo hat das kleine Problem mit dem Mundgeruch noch nicht gelöst, und ich habe körperlich nicht die Kraft, seinen Atem am frühen Morgen zu ertragen. Das ist mein Problem, ich bitte Sie! Ansonsten verläuft der Tag ganz wundervoll.

Ich bin dabei, ein neue Dimension zu entdecken, Manola: Ich koche Innereien. Hätten Sie das je gedacht? Poldo will, daß ich die dicke Wildschweinhaut mit in die braune Soße gebe, die Speckschwarte, wissen Sie? In wenigen Minuten ist auch das übrige fertig: Lauchsoufflé, Heuschreckenkrebs und Lamm, zum Schluß gefüllte Schnepfen: Ich entferne das bißchen Kacke, schneide die ganzen Innereien in kleine Stücke, gebe Koriander, Muskat, Muskateller, Frösche und eine Prise, nur eine winzige Prise Salz dazu.

Ich koche gern. O Gott, ich weiß nicht, ob ich einfach nur so gern koche, aber jedenfalls koche ich gern für Poldo. Man muß wissen, wie man einen Mann hält. Ortensia war nicht dazu fähig. Man kann nicht zulassen, daß ein Denker in der Rosticceria verkommt. Der Philosoph braucht eine ausgewogene Ernährung. Zum Glück weiß ich, wo ich einkaufen muß, denn bei diesem Stinkestiefel von Krämer an der Ecke setze ich keinen Fuß in den Laden. Bis vor einem Monat wußte ich nicht mal, was ein Brötchen kostet, doch jetzt achte ich auf »Zahle drei und nimm neun«. Ich nehme sieben Busse und fahre zum Großhändler auf der grünen Wiese. Bei Bedarf lasse ich mir auch Sachen ins Haus liefern. In Kürze müßte zum Beispiel der Großtransport mit Aalen aus Grönland kommen.

Sie finden, ich bin ein bißchen verschwitzt? Keine Sorgen, Manola: Ich laufe gleich ins Bad und mache mich ein wenig frisch, ziehe den Tanga an, die Strapse – ich habe absolut nicht die Absicht, mich gehenzulassen, ich nicht! Pobacken anspannen, Pobacken loslassen, und eins und zwei und drei und vier, Becken raus, Becken rein, Bizeps anspannen, Trizeps dehnen: Ich mache die Hausfrauengymnastik im Radio mit. Wußten Sie, Manola, daß man beim Kartoffelzerquetschen die Brustmuskeln trainieren kann?

Du kannst eine Menge Dinge machen, ohne deine vier Wände zu verlassen, so daß sich dein Mann, wenn er nach Hause kommt, wundert, wie ordentlich alles ist, wie sexy und fit du bist – und doch auch in der Lage, dich zu unterhalten. Ja, ich hänge mir den Kulturteil neben die Topflappen, werfe ab und zu ein Auge darauf und sehe mir zwischendurch Dokumentarfilme über die Tierwelt an; von Tieren kann man viele Dinge lernen, die sich im alltäglichen Leben als nützlich erweisen. Denn sehen Sie, Poldo hat mit mir nicht diese intellektuelle Übereinstimmung, die er mit Ortensia hatte.

Er hat wieder angefangen, mich Subidiotin zu nennen. Liebevoll natürlich … »Sprich nur dann, wenn du was gefragt wirst, dusselige Kuh.« »Du hast zuviel Pfeffer auf die Schnepfen gemacht, du Subidiotin …«, und … zack! gibt's eins auf die Nase. Jetzt verstehen Sie das um Himmels willen nicht falsch, Manola, mein Mann ist mir gegenüber sehr rücksichtsvoll, er läßt nie etwas auf dem Teller, leckt sogar die Marmorplatte und das Spülbecken ab. Für eine Frau ist es lästig, Reste zu verwerten, sie muß sie wegpacken, in den Kühlschrank stellen, alles Mehrarbeit … Finden Sie eigentlich auch, daß es nach Gas riecht?

Ortensia

Manola, es ist etwas geschehen. Heute nacht bin ich ein bißchen träge aus meinem Verschlag gekrochen, und dann hatte ich vor der verrammelten Küchentür einen komischen Gedanken: »Orty, niemand wird vor dem Morgengrauen aus dieser Tür kommen, du könntest dich ein bißchen schonen und erst in einer halben Stunde mit dem Jaulen anfangen ...« Ich habe die Augen geschlossen und mich unvorsichtigerweise vom Schlaf übermannen lassen. Als ich erwachte, war schon heller Tag; Any wusch in der Küche ab. »Ortensia«, sagte ich zu mir, »es ist doch nicht möglich, daß du so verantwortungslos geworden bist: Du bist eingeschlafen, ohne das Gas zu kontrollieren ...« Das ist mir in meinem ganzen Leben noch nicht passiert. Eine panische Angst durchfuhr meinen ganzen Körper, von oben nach unten, von links nach rechts.

Ich habe den Tarnanzug angelegt und bin nach draußen gegangen. Ich spürte das quälende Bedürfnis zu trainieren, bis zur totalen Erschöpfung. Es hatte gerade geregnet und roch nach klarem Himmel und alten Vogelexkrementen, vom Regen frisch gemacht. Ohne Vorsichtsmaßnahmen zu ergreifen, lief ich auf die Brücke zu. Es war meine Absicht, mich von einem kräftigen Akrophobieanfall erschüttern zu lassen: die finale Attacke. Ich stieg auf das Mäuerchen, beugte mich weit über diesen stinkenden Styx dort unten und meinte schon, den leicht bitteren Geschmack im Mund zu spüren, die Unruhe im Herzen. Doch es ist nicht passiert, Manola, es ist nicht passiert! Ich habe nach unten auf den Fluß geschaut, ohne daß es mich im geringsten verstört hätte.

Manola, ich frage Sie: Was geschieht mit mir? Es ist doch nicht möglich, daß ich mit einem Mal eine gewöhnliche dumme Plunze geworden bin, die von einer Brücke blickt, als ob nichts wäre, ohne auch nur das geringste Herz-Kreislauf-Pfeifen. Da mache ich nicht mit. Man kann doch nicht von einem Tag auf den anderen sein hochkompliziertes phobisches Universum in die Luft jagen. Ich stände ja plötzlich ohne Fundament da, ohne meinen soliden pathogenen Sockel. Außerdem sind die Phobien meine einzigen Freundinnen, sie haben mir die schönsten Gefühle meines Lebens geschenkt. Ich bringe es nicht übers Herz, sie so zu verlassen: Ich bin nicht undankbar. Es paßt nicht zu mir, wenn ich sage: »Wie schön, ich kann mit der gleichen Gelassenheit wie jeder andere durch eine Wüste gehen oder das Gedränge in den Städten ertragen.« Ich will nicht wie jeder sein. Es wäre so, als würde man seine Hände in siedendes Öl stecken und seine Fingerabdrücke verlieren.

Es sind die Unzulänglichkeiten, die uns kennzeichnen, und ich war immer deutlich gekennzeichnet. Ich kann diese jahrelange Arbeit nicht einfach wegwerfen. In meinem Inneren hat sich auch das kleinste Unbehagen klug geformt, um meine Persönlichkeit bestmöglich auszudrücken. Verstehen Sie, was ich meine? Die Phobien sind eins mit meiner Identität, durch sie unterscheide ich mich von allen anderen Menschen.

Ich habe mich verloren gefühlt, wie ein neugeborenes Kind. »Vielleicht hat es mich so demotiviert, daß Anemone mich verlassen hat …«, habe ich gedacht und dem Flug zweier Schwälbchen zugesehen, wie sie hoch oben den Himmel zerteilten, während in mir kleinem Persönchen eine warme Welle schwappte.

Nun, Manola, ich habe beschlossen wegzugehen. Hierzubleiben hat für mich keinen Sinn mehr. Ich werde das Boot, das ich Gräte für Gräte mit Papa gebaut habe, zu Wasser lassen; mein alter Vater wäre glücklich darüber. Ich dachte, mich zur mythischen Insel Thule aufzumachen, den nördlichsten Ort der Erde, sechs Tagesreisen von Britannien entfernt, dann noch eine vom Eismeer. Dort werde ich vielleicht den Frieden finden, den ich brauche. Ich wünsche mir einen weiten Blick ins Blaue, sonst nichts.

Ich muß Grogo an Land zurücklassen, er ist zu alt, und ich will ihm eine so beschwerliche Reise nicht zumuten. Ich mag keine Seebestattungen, über den Atlantik verstreute Federn. Ich werde ihm sagen, daß er mit Helmuttas Leguan auf dem Trockenen zurückbleiben soll, sie hat ihn gern. Lucianella dagegen werde ich nichts sagen. Ich schicke ihr eine Karte mit einem Orang-Utan im olympischen Badeanzug. Sie wird verstehen.

Können Sie mir Ratschläge geben, Manola? Was soll ich in den Koffer packen? Ich bin dabei, eine Aufstellung meiner Ersparnisse zu machen, wirklich nicht viel. Außer meiner Wenigkeit werde ich meinen ersten Rasierer, den Band des Medizinischen Lexikons Buggioni über Hautentzündungen im Analbereich, eine Feldflasche Rescue Remedy und vom Meister wenigstens eine der drei Abhandlungen über Sexualtheorie mitnehmen, auch wenn ich fürchte, daß ich sie nicht brauche. Ansonsten werde ich mich von Quallen ernähren, mich mit Salz wärmen und onanieren wie ein Seeigel. Ich verachte Besitz: Je mehr man hat, desto weniger hat man. Ich will ein freies, ein östliches Leben. Das Meer in mir ist aufgewühlt, Manola. Heute nacht habe ich nach Jahren des Stillstands wieder die rote Fahne gehißt.

Anemone

Schnitzeljagd. Poldos Sachen im Hotel aufzusammeln ist wirklich wie Schnitzeljagd spielen. Wenn er sich auszieht, kann es sein, daß er eine Socke auf den Kronleuchter und die andere in den Napf des Leguans wirft, das Suspensorium in den Schirmständer. Er ist ein Jongleur! Schließlich ist er im Zirkus aufgewachsen, und schon in zartestem Alter hat er eine Menge amüsanter kleiner Tricks gelernt.

Ich verstehe tatsächlich die Frauen nicht, die Minderwertigkeitsgefühle haben, weil sie zu Hause bleiben. Mein Mann sagt, in den östlichen Kulturen sei es genau umgekehrt. Das Hausfrauendasein ist so reich an Gefühlen. Gerade habe ich Poldos Boxershorts gewaschen und einen berauschenden Augenblick im Bad erlebt.

Es ist sehr entspannend, die Wäsche mit der Hand zu waschen. Durch die monotonen Bewegungen des Einseifens, Schleuderns und Auswringens kann man einen ruhigen inneren Rhythmus finden. Ich bin dabei, die Werte von einst wiederzuentdecken. Diese selige, verzückte Ruhe, die die Gesichter der Frauen im letzten Jahrhundert prägte. Sie wußten, daß sie den Mittelpunkt bildeten, und fühlten sich keineswegs minderwertig.

Poldo verabscheut die technologische Barbarei. Er sagt, der Fortschritt sei eine Lüge und unsere Zivilisation eine der wirrsten, die je existiert hätten. Er sagt, ich sei schrecklich wirr, eine Waschmaschine zu wollen, denn die wirkliche Freiheit bestehe darin, nicht von diesen nervenzerrüttenden Maschinen abzuhängen, da es in nicht allzu ferner Zukunft sowieso kein Öl und keinen Strom mehr geben werde und wir einem neuen Mittelalter entgegengingen. Er sagt, ich müsse mich vorbereiten, wenn ich überleben wolle. Außerdem macht ihn das metallische Getöse der Schleuder verrückt. Das ist normal, Poldo hört die Musik des Kosmos ...

So haben wir jede Bequemlichkeit aufgegeben. Pech für die Hände: meine werden immer rissiger. Ich habe entdeckt, daß ich allergisch gegen Gummihandschuhe bin, ich bekomme Bläschen davon. Ich kratze mich und kratze mich, doch es hilft nichts! Der Juckreiz läßt nicht nach. Haben Sie die Geschichte von dem Jungen gelesen, der allergisch gegen Plastik ist, Manola? Ein Tritt gegen einen Ball könnte fatal für ihn sein. Die Welt ist krank.

Mir geht es auch nicht gut. Heute morgen hatte ich sogar leichtes Fieber. Was meinen Sie, Manola, könnte es die chinesische Grippe sein? Ich kann mich nicht erinnern, daß ich je Grippe hatte, in meinem ganzen Leben nicht. Aber so ist das nun mal. Die Jahre vergehen, das Immunsystem wird schwächer, man wird stärker beansprucht, das ist alles normal. Man kann sich nicht für alle Zeit unverwundbar fühlen. Wenn man erwachsen ist, wird die Wahrnehmung zwangsläufig schärfer, und dann wird man auch ein bißchen ängstlich. Man hat vor vielen kleine Dingen Angst, ohne Grund, aus Erschöpfung. Nehmen wir einmal an, da steht eine an der Friteuse, ganz ruhig, und holt die Reiskroketten raus, und plötzlich hat sie diese Vorstellung, daß ihr Gesicht in das kochende Öl fallen könnte. Nur das Gesicht, die Haare nicht. Aber das ist schon ein ganz schöner Schlamassel.

Ich bin zufrieden, ich denke, daß ich um einiges reifer werde, ich bin bewußter. Sie müssen sich einmal vorstellen, daß ich als Mädchen im neunten Stock auf dem rutschigen

Hauptgesims Rollschuh gelaufen bin und einen Hechtsprung mit dreifachem Überschlag ins Bidet mit zwanzig Zentimeter Wasser und eine Menge anderer ähnlich idiotischer Dinge gemacht habe. Ich war von Natur aus wild.

Für mich ist es gut, mich dem realen Leben zu stellen. Wenn Sie wüßten, Manola, wie nützlich es ist, mit Lysoform das Klosett zu schrubben. Man bückt sich darüber und kratzt, schaut in den schwarzen Schlund und schenkt seiner Seele Gehör. Man stellt sich eine Menge Fragen: »Anemone, wer bist du? Welches Ende wirst du nehmen? Und welches Ende wird der Schneeleopard nehmen? Und der südamerikanische Riesenotter?« Nein, Manola, machen Sie sich keine Sorgen, ich weine nicht, es sind ökologische Tränen. Die Zwiebeln sind schuld, ich habe heute morgen zuviel davon geschnitten. Und Sie wissen ja auch, wie das ist, wenn die Tränen erst einmal fließen … Wenn man sich nicht gut fühlt, geht es auch mit der Laune bergab.

Ich spiegle mich im Wasser des Klosetts, Manola, und was ich sehe, gefällt mir nicht besonders. Ich bin furchtbar gelb, ungeschminkt, und außerdem zittere ich. Ich fröstle am ganzen Leib. Ich habe Orty gefragt, ob sie mir eines ihrer wasserabstoßenden Gummihemdchen leihen könne, denn sie braucht sie nicht mehr: Sie geht weg. Ich weiß nicht, wohin. Ins Warme, vermute ich.

Die zieht einem in die Knochen, diese Feuchtigkeit, und bis ins Herz. Zum Glück habe ich mein Nest. Ich habe mich an meinen Mann gekuschelt, und er hat zu mir gesagt: »Du siehst aus wie ein Transvestit um sechs Uhr morgens, der es die ganze Nacht auf den Alleen getrieben hat …« Er ist so nett zu mir, er versucht immer, einen Scherz zu machen. Ich weiß nicht, wie ich es ohne ihn und seinen wunderbaren Humor schaffen sollte. Ich würde mich so gern ins Bett legen, aber ich kann nicht, ich habe noch so viele Kleinigkeiten zu erledigen. Und außerdem ist es ja nur leichtes Fieber … Wissen Sie, was ich tue? Ich mache mir einen schönen Eukalyptusaufguß zum Inhalieren, um diese schlimme Grippe aufzuweichen, und wenn ich schon dabei bin, lege ich noch ein paar gelbe Johanniskrautblätter gegen die Depression ins heiße Wasser. Ich habe gelesen, daß depressive Menschen als erste krank werden. Nicht daß ich etwa depressiv bin, wo denken Sie hin, dafür hätte ich keinerlei Grund. Es ist bei mir nur zur Vorbeugung … Es ist so, daß ich hin und wieder, mir nichts, dir nichts, ganz plötzlich gerührt bin. Die Tiere, wie sie einen so ansehen, machen mich furchtbar traurig. Viele Nashörner werden getötet, weil man aus ihrem Horn ein starkes Aphrodisiakum macht. Ich weiß nicht, warum die Leute sich nicht mit normalen Hörnern begnügen: Die sind als Aphrodisiakum viel besser.

Wenn ich es mir richtig überlege: Ich werde auf Nummer Sicher gehen. Ich nehme die Arznei von Großmutter Refola. Ich trinke ein schönes Glas Milch mit Kognak. Ja, ich gebe einen Tropfen Milch in den Kognak … Ich habe Lust, die Wasserspülung zu ziehen und mich runterspülen zu lassen.

Ich würde gern eine Katze bei mir aufnehmen, eine von denen mit Eiter in den Augen. Ich spüre, daß es mir guttun würde, mich um einen Streuner zu kümmern, das wäre, wie soll ich sagen, die Generalprobe für eine eventuelle Mutterschaft. Ich halte viel von Therapie mit Tieren. Immer wieder streicheln, das heitert einen auf. Heute morgen habe ich Poldo gestreichelt, und er hat zu mir gesagt: »Was ist denn das, hast du Raspeln statt Fingern?«

Vielleicht übertreibe ich es mit dem Putzen, es stört mich einfach wahnsinnig, wenn ich irgendwo Schmutz sehe … Orty sagt, ich sei nur einen Schritt von der Mysophobie entfernt, so nennt man die übertriebene Angst vor Schmutz. Mich interessiert nicht, was sie sagt, ich will, daß es in unserem Heim anständig aussieht.

Ortensia

Es gibt einen Kälteeinbruch, Manola, spüren Sie das? Wir haben schon ganz schön viele Fälle von asiatischer Grippe. Die Grippe ist eine wunderbare Sache: ein Kurzschluß, ein tröstlicher Stau, ein Lichtblick! Man muß sie gleich erwischen. Die Welt verlangt nichts mehr von dir, und du verlangst nichts mehr von ihr. Du darfst ganz still unter der Decke bleiben und deinen heißen Geruch einatmen, und du kannst dich auch vor dem Weihnachtsessen drücken. Mit ein bißchen Geschick schaffst du es, eine gutgepflegte Grippe bis ins neue Jahr zu ziehen. Ich habe nie eine ausgelassen. Und dann die gelbe Grippe … mit diesem Heer von Bakterien, die so gezielt angreifen. Ich liebe an den Chinesen den Sinn für das Wesentliche, die abgewetzten Anzüge unterwürfiger Angestellter, das friedliche Surren ihrer Fahrräder, doch vor allem die Emsigkeit, mit der sie ihre Hühner und Enten jedes Jahr anfeuern, diese erstaunliche Horde von Bazillen auf uns zu spucken.

Doch diesmal: nichts. Es ist ein furchtbares Gefühl, wenn man feststellt, daß man von einem Übel nicht direkt betroffen ist. Mein Leben lang habe ich echte Nahkämpfe mit dem Mykosismus auf Erden geführt, und ich bin immer erhobenen Hauptes, also besiegt daraus hervorgegangen. Und jetzt, da ich mir wie noch nie einen ordentlichen Fieberschub wünsche – weil ich herausfinden will, ob Anemone ihren Ehewahn unterbricht, um ihrer armen Zwillingsschwester einen warmen Wickel zu machen –, jetzt bin ich munter wie ein Fisch im Wasser. Der Bazillus liegt in der Luft, doch unglaublicherweise befällt er mich nicht. Dabei schiebe ich mich willig näher, sobald ich höre, daß ein schöner Husten, zäh und heiser, aus irgend jemandem herausbricht, und stelle mir die leidenden Bronchien vor, rot wie das Mark von Wassermelonen, und die Bazillen, wie sie zu Tausenden in diesen schleimigen Garten einmarschieren. Ich atme ein, atme tief ein, ohne auch nur ein Kratzen im Hals als Ergebnis zu ernten. Furchtbar, Manola, ich habe alles versucht. Ich habe mich der Gummiwäsche entledigt und für weite Halsausschnitte gesorgt. Ich habe sogar – unvorstellbar für mich – provoziert. Ich sehe dem kleinen Chinesen direkt in die Augen und sage zu ihm: »Verpiß dich, Bazillus, hier gibt's nichts zu holen!« Ich zeige demonstrativ meine schneeweiße Brust, und der unerschrockene Bazillus nimmt Reißaus, flüchtet sich unter irgendeinem schützenden Schal.

So habe ich entdeckt, daß Viren unglaublich feige sind: Sie gedeihen immer auf den Schwächsten. Feiglinge gefallen mir nicht, haben mir nie gefallen, und ich habe keinerlei Absicht mehr, sie in meinem mutigen Körper zu beherbergen. Aber ich bin traurig. Die zivilisierte Welt war für mich ein mit wunderbaren Fallen übersätes Gelände, doch heute, da ich nicht einmal mehr über eine banale Grippe stolpere, hat es wirklich keinen Sinn mehr zu bleiben. Besser abreisen.

Ich bemerke, Manola, daß ich mir meinen Busen ansehe ... Bis gestern wußte ich nicht einmal, daß ich einen habe. Dann, plötzlich, habe ich unter all den Klamotten diese beiden überraschenden Rundungen in den Händen gehalten. »Wo kommen die denn her?« habe ich gedacht.

Heute bin ich bei Tagesanbruch losgegangen, um mir Gummischuhe zu kaufen, die ich auf der Überfahrt anziehen will. Um gefährliche Begegnungen zu vermeiden, mache ich mich für meine kleinen Besorgungen immer sehr früh auf den Weg. Ich bringe meine Hinterbacken auf einem Pfosten in der Nähe des noch geschlossenen Ladens in Position und warte auf den Besitzer. Mir gefällt es, als erste die jungfräuliche Ware vor mir zu haben, noch kühl von der Nacht.

Ich hatte meinen Platz neben dem Rolladen des ausersehenen Geschäfts schon fast erreicht, als ich im Bogengang von einer Gruppe Arbeiter auf einem Gerüst aufgehalten wurde. Einer von ihnen – kräftige Schultern, die sich aus einem neorealistischen Unterhemd schoben – rief beim Anblick meines strammen Dekolletés: »Na, Süße, komm doch ein bißchen zu mir rauf, dann spielen wir Boccia!« Ehrlicherweise muß ich gestehen, Manola, daß der willkürliche Gebrauch der zweiten Person mich bei dieser Gelegenheit nicht gestört hat. Der sicherlich schamlosen Sprache des Volkes gelingt es manchmal durch treffende Metaphern, ganz unverkrampft ein Frauenbild zu zeichnen und damit bei der eventuellen Empfängerin sofortige Befriedigung auszulösen. Das war mir noch nie passiert. Bis dahin war das Freundlichste, was ich im Vorbeigehen hörte: »Tu Zitrone drauf!«, wie bei Miesmuscheln, Venusmuscheln, Tellmuscheln und jeder Art von Weichtieren. Und dann heißt es, daß sich ein armes Wesen einigelt …

Bei anderer Gelegenheit wäre ich weggelaufen. Heute morgen hingegen habe ich tief Luft geholt, habe mein aufgeregt schlagendes Herz beruhigt und bin stehengeblieben. In mir tobte ein furchtbarer Kampf. Auf der einen Seite gebot mir mein herrisches und konservatives Ich, den Kopf einzuziehen und sofort zurückzuweichen; auf der anderen Seite forderte mich eine neue, sehr viel weniger gehemmte Ortensia auf, unbefangen vorwärts zu schreiten. Ich schenkte diesem unsicheren, eben erst aufgetauchten Wesen Vertrauen.

Hocherhobenen Hauptes ging ich an den Gerüsten vorbei, setzte meinen Busen der Roheit dieser flegelhaften Blicke aus. Mein Körper bot sich eingehüllt in eine Aura des Heiligen dar, die von den Betonwerkern natürlich unbemerkt blieb. Sie konnten nicht wissen, welchen unglaublichen Schritt ins Leere ich unternahm. Die Pfiffe, liebe Manola, die Pfiffe! Ich fühlte mich alldem nicht gewachsen und meinte zu taumeln, doch ich versteckte mich nicht, auch dann nicht, als der junge Neorealist Lust zeigte, mir eine Hand ins Dekolleté zu schieben; ich habe ihn in seiner rauhen Zementmischerart machen lassen. Meine Brustwarzen wurden hart wie Stein, mein Herz weich wie Pudding. Ich war in der Höhle des Stadtwolfs.

Später, im Laden, löste sich die Anspannung meiner Nerven in einem Strom von Tränen. »Wer bin ich?« fragte ich mich betrübt. Mein konservatives Ich war verärgert und weigerte sich, mir zuzuhören. Was die neue Ortensia anging, so vermied ich es, sie zu fragen, da ich jetzt, nachdem ich die Arbeiter hinter mir hatte, nur ein großes Gefühl der Scham empfand. Meiner Verwirrung überlassen, wie ein durch den Wind von seinem Zweig gerissenes Blättchen, schlug ich gegen die mit Schuhen der unterschiedlichsten Art gefüllten Regale. Dann bemerkte ich an der hinteren Wand das lästige Blinken des Glases, aus dem ein Spiegel wird, wenn man eine silberne Schicht aufträgt.

Sie wissen, Manola, daß ich seit undenklichen Zeiten dem Spiegel der Seele den Vorzug gebe und jedem realen Spiegel ausweiche. Es terrorisiert mich, auf meinen Körper zu treffen, weil ich Angst davor habe, märchenhafte Trugbilder zu zertrümmern. Ich war versucht, mich auf dem Absatz zu einer gnädigeren Wand aus Putz umzudrehen, um auf ewig die wunderbare Prinzessin meiner Phantasmagorien zu bleiben. Doch diese Träume sind schwer zu bewahren. Die Träume strengen an, Manola, und ich fühlte mich plötzlich todmüde. Außerdem waren um mich herum keine Glasschuhe, sondern solides reales Schuhwerk. Es war an der Zeit, vom

Rücken meines beflügelten Pferds zu steigen. Ich wollte die Wirklichkeit. Ich wollte der Kröte ins Gesicht sehen, um zu entdecken, ob etwas Gutes an ihr wäre.

Ich lief auf den Spiegel zu, bis ich mir direkt gegenüberstand. Ich schaute mir in die Augen, und endlich traf ich Ortensia. »Du siehst nicht schlecht aus, Orty«, sagte ich zu mir und musterte mich von oben bis unten. »Du bist einzigartig … Eine echt einzigartige Erscheinung.« Auf einmal verstand ich, daß Illusionen eitle Kreaturen sind, hinterlistige Kurtisanen unserer Phantasie, die uns von uns selbst entfernen und uns zum Nichts verurteilen. Jetzt habe ich einen Körper, Manola. Nicht besonders schön, na ja, aber immer noch besser als nichts. Und keine Spur von Körperbehaarung mehr. Seit einiger Zeit habe ich sie büschelweise in den Kleidern gefunden, wenn ich mich auszog, doch ich dachte nicht, daß ich derart glatt geworden sei.

Ich fragte mich, wo ich in all diesen Jahren geblieben war. Wo? Im Erbrochenen meiner Mutter, in den Gerichten für die Gäste, serviert mit Aalen und roten Bohnen als Beilage, im gierigen Bauch der Nonnen, in dem meines Verlobten, in den Titten meiner Schwester, in ihrem erstaunlichen Vorbau … Inzwischen war hinter meinem Rücken im Spiegel eine stark geschminkte, dickliche Frau aufgetaucht, die mühsam auf zu hohen Absätzen stolzierte. Ich erkannte Anemone.

Ich wollte ihr entgegenlaufen, um ihr zu sagen, daß wir uns vielleicht einander annäherten und daß ich bemerkt hätte, wieviel Mut es brauchte, in den Ring der Wirklichkeit hinabzusteigen, da der Körper einer Brutalität unterworfen ist, der sich der Geist entzieht. Doch sie wirkte verloren, niedergedrückt von ihrer Last an Illusionen. Sie sah eher rührend aus, mit ihren weichen, von einem Körbchen-BH hochgehaltenen Brüsten, die an zwei traurige alte Nachbarinnen denken ließen, die über einen Balkon hängen und den alten

Zeiten nachweinen. Sie tat mir leid, und ich wollte ihr sagen, daß sie ihren Busen nicht stützen sollte. Manola, die Ehe hat Any nachdenklicher gemacht, doch das bekommt ihrem Äußern nicht. Ich sah mir diese beiden blaßgelblichen Weichkäsekugeln an, die sie vorne ranzig wirken ließen, und erschrocken wandte ich den Blick ab und schaute wieder auf meine harten Büffelkäsekugeln.

Der Verkäufer ging zu ihr und verschwand dann hinten im Laden. Any setzte sich auf einen Hocker und beugte sich vor, bis sie ihre Füße erreichte. Sie trug die legendären violetten Schuhe. Sie begann, sie langsam auszuziehen, mit kleinen systematischen, doch verkrampften Bewegungen. Es mußte sie Mühe kosten, diese dreißig Zentimeter Plexiglas mit eingeschlossenem Bonsai aufzugeben. Ich war gespannt auf ihre neuen Schuhe. Doch als der Verkäufer mit der Schachtel in der Hand zurückkam, weinte Any hemmungslos, wie ein Schloßhund. Ich wäre gern zu ihr gegangen, um ihr zu sagen, sie solle sich keine Sorgen machen, da es bei jedem Entwicklungsschritt eine Phase der Angst und Unsicherheit gibt.

»In Ordnung«, flüsterte Any zwischen den Schluchzern, »ich kaufe sie in der geschlossenen Schachtel.«

Sie verließ den Laden barfuß, die Schachtel unter dem Arm; die legendären violetten Schuhe, mit denen so viele Schlachten geschlagen wurden, blieben vergessen auf dem Teppichboden zurück. Ich empfand es als meine Pflicht, sie würdig beizusetzen, innerhalb der Hotelmauern. Als neue Antigone bückte ich mich und nahm heimlich diese irdischen Reste der Tapferkeit mit.

Anemone

Sehen Sie sich meine Fellpantoffeln an? Ja, ich weiß, sie sind nicht besonders ästhetisch, dafür aber unglaublich bequem. Es sind die aus der Werbung mit diesem sibirischen Steinbock, der über eine große Wiese läuft, die wirklich sehr grün ist, und dann, wenn er das Eis erreicht, denkt man: ›Der Arme, was soll er jetzt machen?‹, und es kommen einem schon die Tränen, und dann dreht er sich um, lächelt einen an, hockt sich hin, schlüpft in die Pantoffeln aus synthetischem Fell und läuft ganz glücklich übers Eis. Das ist wunderschön!

Ich habe geschwollene Fesseln, die großen Venen sind mit Blut vollgepumpt, und die kleinen drücken sich knubbelig durch und sehen aus wie dieses Trauerweiden-Feuerwerk; so bietet meine Haut ein Schauspiel pyrotechnischer Kapillaren.

Nach all den Jahren mit Pfennigabsätzen war das zu erwarten. Doch auch mein Gesicht ist geschwollen und mit roten Flecken übersät. Komisch. Ich habe eben in einem Anfall von Eitelkeit meinen Stretchmini anprobiert. Der Reißverschluß hat ein paar Handvoll Fett rausgepreßt. Ich habe ein wenig zugenommen, vielleicht sind die Gerüche daran schuld, ich habe das Gefühl, daß mein Stoffwechsel nicht mehr so funktioniert wie früher, aber das ist normal, ich glaube, so was passiert verheirateten Frauen oft: Es ist so still um einen herum.

Dabei nasche ich nur gerade mal eine Kleinigkeit, wenn ich am Herd stehe, nur damit dieses Grummeln, dieses leise Knurren aufhört, das ich im Magen spüre, als würde mir ständig irgendwas fehlen. Ich versuche die Leere in mir aufzufüllen. So kräftig, wie ich geworden bin, fühle ich mich auch innerlich weniger leicht. Ortensia sagt, ich müsse achtgeben, weil ich sonst zu mütterlich rund würde. Aber ich glaube, Manola, daß eine gelungene Ehe ein paar klassische Grundlagen hat. Liebe geht unvermeidlich durch den Magen.

Ich empfinde grenzenlose sexuelle Lust, wenn ich sehe, wie Poldo von meinen Leckerbissen kostet. Ich kauere mich mit verschränkten Armen in eine Ecke und frage ihn: »Ist es gut? Ist es gut? Ist es gut?«

Nein, ich setze mich nicht an den Tisch, um mitzuessen. Denn das gefällt Poldo nicht. Er genießt lieber allein, und er will alles für sich, wie ein kleines Kind. Er hat mir erklärt, daß man das Essen nicht seiner rituellen Dimension berauben dürfe; er ist immer mit seiner Forschung beschäftigt, und bei Tisch verarbeitet er seine geistigen Anstrengungen. Nein, ich weine nicht, meine Augen tränen nur, aber ich weine nicht, dazu hätte ich doch keinerlei Grund, ich bin ja so glücklich!

Ich habe Angst vor diesen gaserzeugenden Mikroben. Die Menschen schwellen an, und periphere Bereiche des Körpers verfaulen plötzlich bei einem Spaziergang oder bei der Gymnastik. Viele Leute haben sich Arme und Beine amputieren lassen, bevor sie endgültig explodiert sind. Das erste Symptom ist ein exzessives und anhaltendes Augentränen.

Doch vielleicht bin ich nur allergisch gegen irgendwelche Körner. Heute wird Teig geknetet. Ich schließe die Augen und versuche, mich an die Bewegungen von Armida, unserer alten Köchin, zu erinnern, und mir kommt es fast so vor, als ob sich die Unterarme dieser kräftigen Kneterin auf meine legen, um mich zu lenken. Als Mädchen verbrachte ich Stunden damit, ihre Hände auf dem Nudelholz zu beobachten. Plötzlich ließ ich mich mit dem Gesicht ins Mehl plumpsen, Armida bekam einen Lachanfall, lief durch die ganze Küche hinter mir her und rief: »Das kleine Gespenst, das kleine Gespenst ...« Die Vergangenheit ist schrecklich, wenn sie zur Gegenwart wird!

Heutzutage kann man kein Vertrauen mehr haben, Manola. Leichtsinnigerweise kaufen wir diese verführerischen hellen Brötchen, ohne eine Ahnung davon zu haben, daß in der duftenden Knusperschicht eine gewaltige Menge Ascorbinsäure steckt. Wir verschlingen zuviel chemisches Dreckszeug, das die Sauerstoffaufnahme des Bluts behindert, und deshalb sind wir deprimiert. Ich fühle langsam, daß ich wirklich zuwenig Sauerstoff bekomme. Ich habe praktisch alle Symptome einer ernsthaften Vergiftung: Nackenschmerzen, Juckreiz, Kribbeln in den Extremitäten, ein Würgen in der Kehle, Trübung des Blicks, zuckende Lider, Herzklopfen, Verstopfung. Ja, ich gehe nicht mehr aufs Klo. Ich sitze auf der Klosettschüssel und bete. Es kommen gerade mal ein paar harte Klümpchen heraus, wie bei einer Ziege.

Diese Woche, glaube ich, lasse ich den Friseur einmal aus. Die Atmosphäre, in die man dort eintaucht, gefällt mir so gut: der warme Duft nach Shampoo, das Surren der Föne, Illustrierte, Geplauder. Die Welt scheint stillzustehen, der Schwung einer Locke, die Farbe eines Nagels sind von allerhöchster Bedeutung. Vielleicht werde ich doch hingehen, mich unter eine Haube setzen, ohne irgend etwas zu tun, nur um mich ein bißchen aufgehoben zu fühlen unter Frauen. Doch ich kann mir das Haar nicht mehr entfärben. Ich habe das Gefühl, daß Ammoniak und Wasserstoffsuperoxyd die Haarwurzeln durchdringen und am Hirn nagen. Zum Glück gibt es Fernet. Alkohol tut gut, die Hülle des Weintraubenkerns enthält Phytoalexin, ein wunderbares natürliches Fungizid, sehr geeignet zur Wurmbekämpfung.

Ich fühle sie überall in mir, die Würmer. Sie kriechen durch die Kanäle meines Körpers, ordentlich wie Koreaner in einer Schlange. Haben Sie die Geschichte von dieser Frau gelesen, die so monströse Beulen auf dem Rücken hatte? Das waren Knoten, erzeugt von einem abscheulichen Wurm. Die Frau war ein praktischer Typ, sie ließ sich nicht einschüchtern: Sie legte ein großes Stück fette Schweinebacke auf die Knoten. In der Nacht ist der Wurm aus der Beule rausgekrochen und rüber in den Speck. Was meinen Sie, Manola, könnte ich auch den Bacon-Trick anwenden, um meine Würmer loszuwerden?

Was soll's schon mit dem Stretch, sage ich mir. Das ist doch sowieso ein minderwertiges Material, zu figurbetont, unterstreicht immer die falschen Stellen. Mir ist die glorreiche Kittelschürze lieber, locker und schlottrig, so daß man nicht ständig das Bäuchlein einziehen muß. Man muß es ganz entspannt hinnehmen, wenn man dick wird; bei bestimmten Dingen hat Widerstand keinen Sinn, Manola.

Sicher, es ist komisch, so dick zu sein, wenn du noch all die Sehnsüchte der Jugend hast, wenn dir die Tanzschuhe noch gefallen. Schließlich fühlst du dich ein bißchen lächerlich. Du verkriechst dich in dein Zimmer und hoffst, daß man dich für so stabil wie deinen schrecklichen Körper hält. Aber in Wirklichkeit bist du ganz tief innen (wie lächerlich!) ein Wackelpudding, der sich nur nach ein paar Liebesbissen sehnt, und am Weihnachtsabend würdest du dich gern festlich kleiden, eine Perlenkette anlegen, ein bißchen türkisgrünen Lidschatten auftragen, untergehakt mit deinem Liebsten auf dem Corso spazieren und geröstete Kastanien essen. Aber du weißt, daß du keinen Gefühlsüberschwang mehr erwarten darfst.

Du bist eine reife Frau. Ein überreifes dickes Weib bist du. Und außerdem hat dein Mann nicht die gleichen Sehnsüchte wie du. Er ist ein Mann, bei dem viele Dinge nach außen drängen, zum Beispiel seine Genitalien. Also machst du so weiter, und auf der Straße versuchst du, nicht auf den Körper dieser schlanken Frau im Minirock zu sehen, die an dir vorbeizieht, dann wirst du auch nicht in einen deiner idiotischen Heulkrämpfe ausbrechen. Du gehst mit gesenktem Kopf, eingemummelt in deinen dicken Mantel, und hoffst, daß dein Mann die Gazelle im Mini nicht anschaut. Doch da du weißt, daß er schon dabei ist, wendest du dich woandershin ... einer Frage zu.

Du fragst dich, wo die stolze Frau geblieben ist, die du früher warst. Lieber Himmel, sie ist in dieser Unmenge von Fleisch verschwunden, mit dem du dich gepolstert hast, um die Schläge des Lebens besser auszuhalten. Jetzt mußt du nachsichtig mit dir sein.

Eine dicke Frau muß gnädig sein, Manola, wenn sie ihre Ehe erhalten will.

Poldo hat mir eine kleine Haube geschenkt, die brauche ich wirklich, ich verliere so viele Haare ... Vielleicht ist der ökologische Zusammenbruch daran schuld, das große Loch in der Atmosphäre. Mein Mann nennt mich jetzt scherzhaft »Negerin«. Ich glaube, das tut er, um sich mit einem Freund zu solidarisieren, der eine farbige Hausgehilfin hat. Echt bombig, wie es scheint. Natürlich kostet die eine Menge Geld.

Mich gibt's gratis. Ich glaube, ich esse jetzt die Schokolade auf, ich spüre ein blitzschnelles Absinken des Blutzuckerspiegels.

Ich habe einen Notvorrat an Lebensmitteln in Plastik eingewickelt im Wasserkasten. Essen befriedigt mich nicht mehr, ich bekomme davon eher Ekelgefühle. Ekel vor mir selbst. Und doch kann ich nicht ohne Essen auskommen.

Also verschlinge ich es gierig, um nicht zu sehen, was ich esse. Und danach will ich, daß alles sauber ist, ich ertrage keine Reste.

Ortensia

Ganz ehrlich, Manola, ich mache mir Sorgen um Anemone. Mag ja sein, es liegt daran, daß sie alle meine Hemden übereinanderzieht, aber sie wirkt dicker als früher, ähnlich wie eine Mauer, auf der zu viele Schichten Putz lasten. Üppigen Frauen kann das passieren, sie brauchen nur ein paar Kilo zuzunehmen, und plötzlich ist es vorbei mit der Harmonie, sie verblühen wie Blumen, auf die es gehagelt hat. Wir Hageren dagegen halten dem Ansturm der Jahre besser stand.

Sie wollte mir unbedingt ihren Stretchmini schenken ... dann ist sie in Tränen ausgebrochen. Als ich ihren penetranten Kneipenatem roch, den sie beim Schluchzen ausstieß, habe ich zu ihr gesagt: »Alkohol macht alt, meine Liebe. Geh zu den Anonymen Alkoholikern, niemand erkennt dich dort, genau deshalb heißen sie anonym. Du mußt dich aufraffen, etwas für dich selbst zu tun. Du stehst auf und sagst: ›Leute, ich saufe, weil ich eine deprimierte Hausfrau bin ...‹«

Meine Schwester wird es nicht tun, Manola, weil sie sich schämt und ihre Gefühle zu unterdrücken versucht, und auf die Art geht es ihr immer schlechter. Niemand weiß besser als ich, wie schlimm es ist, wenn man sich in sich selbst zurückzieht. Es zerreißt mir das Herz, sie so aufgedunsen und verblödet zu sehen. Die Arme ist unfähig zu durchschauen, was in ihr drin passiert, sie schluckt alles runter, und fertig;

sie war schon immer eine Allesfresserin. Sie ist ein optimistischer Strauß, daran gewöhnt, den Kopf in den Sand zu stecken. Eine wie sie konnte nur hoffen, daß ihr alles gelingen würde. Doch dann ist es doppelt hart, wenn man spürt, daß man nahe am Ertrinken ist und versuchen muß, sich über Wasser zu halten; mit einem so schweren Körper.

Es ist sinnvoll, sich die anderen anzusehen. Mir wird bewußt, daß meine Luchsaugen zu sehr auf die Erforschung meines Inneren gerichtet waren, und aus Übereifer mir selbst gegenüber opferten sie sich schließlich auf und verzichteten auf eine erweiterte Perspektive. Jetzt habe ich diese Luchsaugen in Urlaub geschickt und meinen Blick frei herumflattern lassen. Durch diese wiedergefundene Leichtigkeit des Blicks lerne ich einiges: Milde zum Beispiel und eine gewisse Sanftheit. So habe ich gemerkt, daß man die Dinge mit vollem Bauch klarer sieht.

Ich muß Ihnen etwas gestehen, Manola: Heute um die Essenszeit bin ich an einem Luxusrestaurant vorbeigekommen. Ich machte mir klar, daß ich vermutlich nicht mehr die Gelegenheit hätte, gewisse westliche Leckerbissen zu probieren, weil ich wirklich nicht glaube, daß es in Thule Feinschmeckerrestaurants gibt. Es war die letzte Chance. Ohne unnötige Gedanken darauf zu verschwenden, beschloß ich hineinzugehen.

Als erstes habe ich Austern gegessen, die noch zuckten, und war gerührt vom Geschmack des Meeres. Getröstet habe ich dann mit Kaviarschnittchen weitergemacht. Die Vorstellung all dieser gepreßten Fischeier hat mich noch mehr gerührt, so daß es mir angebracht schien, eine kleine Languste zu bestellen und sie eigenhändig aus dem Schauaquarium zu fischen. Ich packte mir eine, die launisch aussah, mit einem schlauen Blick und bebenden Antennen. Um nicht den Ultraschall ihres durchdringenden Rufheulens zu hören, wenn sie ins kochende Wasser geworfen wird, hab ich mir die Ohren zugehalten. Doch dann habe ich gedacht, daß mir, bei all den Menschen, die ständig auf der Welt krepieren, die Eliminierung eines eßbaren zehnfüßigen Krustentiers letztlich vollkommen schnurz ist. Ich machte meine Hörmuscheln frei, und nachdem ich ein gutes Glas Weißwein aus meinem Geburtsjahrgang getrunken hatte, bemerkte ich zu meiner Überraschung, daß ich es nicht hörte, das grauenhafte Kreischen des kleinen Palinurus vulgaris. Vielleicht verliere ich etwas von meiner Hypersensibilität. Wenn das einen Schmerzensrabatt bedeutet, dann, verzeihen Sie, Manola, gelingt es mir nicht, darüber bekümmert zu sein.

Zum Schluß habe ich mir eine kleine Dessertvariation gegönnt: Pudding, Quittenbrot, Schaum- und Mandelgebäck, Meringue, Cassata, Montblanc, Pinientorte, kandierte Früchte und ein paar Orangenschalen in Schmelzschokolade. Ich habe diese Köstlichkeiten ganz sanft in meinen Körper gleiten lassen, habe den Weg jedes Bissens mit allen alarmierten Geschmackspapillen verfolgt – von den Lippen in den Gaumen durch die Speiseröhre in den Magen –, um alles voll auszukosten.

Manola, ich verstehe es, zu essen, weil mein Geist gelitten hat. All diese Jahre der Analysen und Entbehrungen sind nicht umsonst gewesen. Meine Techniken der Meditation und Selbsterkenntnis zahlen sich jetzt auf der Genußebene aus. Warum sollte ich anders sein, als ich immer war? Ich gehe methodisch vor und habe Durchsetzungsvermögen, auch beim Genuß: Ich weiß ihn zu umwerben, auf ihn zu warten, ihn zu erproben und zu fördern, bis ich ihn in jede Zelle meines Körpers eindringen lasse. Heutzutage gibt es eine zügellose Genußsucht. Man ist auf der Suche nach immer neuen Tricks, doch in Wahrheit versteht es keiner mehr, sich an etwas zu erfreuen. Es gibt nur noch wenige Feinschmecker. Man hat zuviel Eile, der Genuß ist schnell, zwanghaft und letzten Endes traurig. Wenn der Schmerz seine Zeit braucht, dann braucht das Vergnügen wenigstens doppelt so lange.

Nach dem Kräuterlikör habe ich eine große Harmonie in mir gefühlt, als hätte die Energie in meinem Körper ihr Gleichgewicht gefunden und würde nicht mehr zur Explosion drängen: Sie hatte sich in meinem vollen Bauch sachte niedergelassen und schlummerte selig. Da drang ganz sanft die Vergangenheit in die Gegenwart ein. Aus dem Nebel tauchte die kleine hungernde Ortensia auf, und ich verabschiedete mich von ihr mit einem wohltönenden Bäuerchen.

Fröhlich machte ich mich auf den Rückweg ins Hotel und betrachtete mit wachsendem Interesse die Gesichter der gehetzten Leute, die mir auf der Straße begegneten. Sie waren alle so angespannt und verzerrt, daß ich lachen mußte. Freud sagt, daß sich durch Lachen mit Gewißheit sexuelle Hemmungen lösen. Ich wäre am liebsten gleich zu Lucianella gestürzt, aber in meinem eingeschnürten Bauch blubberte es. Ein mir unbekannter, doch in seiner Heftigkeit unmißverständlicher Drang erschwerte mir plötzlich das Gehen. Das reichhaltige Essen wurde schon verdaut und wollte sich nun bald verabschieden. Es war keine Zeit zu verlieren.

Das Hotel war noch zu weit entfernt; hoffnungsvoll sah ich mich um, auf der Suche nach dem günstigsten Ort für diesen Abschied. Und siehe da, hinten auf der Kreuzung: das glänzende Gehäuse einer öffentlichen Toilette. Einem solchen Ort hatte ich mich noch nie genähert. Es war also natürlich, daß sich ein Sturm des Ekels in mir erhob. Doch ich beschleunigte meine Schritte und zwang mich, ihn niederzukämpfen. Es gibt im Leben Prioritäten, Manola. Mit einem Tritt habe ich die Tür aufgestoßen, und zum erstenmal in meinem an Gedanken reichen Leben habe ich nicht gedacht. Ich habe meinen Stretchmini hochgezogen und habe einfach gehandelt.

Es tut mir leid für Any, ich wollte ihr ihren Minirock bestimmt nicht wegnehmen. Doch ich habe darüber nachgedacht, daß mich auf der Überfahrt mein schwarzes Kleid aus Rohwolle alles in allem bei den Manövern behindert hätte. Der Stretch dagegen unterstützt die Bewegungen des Körpers wie eine zweite Haut.

Dieses winzige Kleidungsstück als Geschenk anzunehmen war vor allem ein Akt des Großmuts. Ich kann nicht zulassen, daß Anemone sich in den Augen ihres Mannes lächerlich macht. Poldo hat das letzte Mal, als er sie im Minirock sah, ausgerufen: »Wohin willst du in diesem Aufzug gehen, du Riesenzentaur?« Es scheint so, daß für manche Männer die systematische Erniedrigung ihrer Frau eine starke Äußerung versteckter Zuneigung ist: Ich drücke deine Selbstachtung auf das Niveau eines Fußabtreters, um sicher zu sein, daß ich in deinen Augen, wenn sie auf der Höhe meiner Schuhsohlen sind, immer ein Gott bleiben werde, und du wirst mich nie verlassen, weil ein altes Psychowrack von Fußmatte wenig Chancen hat, sich ein neues Leben aufzubauen.

In dieser Hinsicht ist Any eine Frau, die sich glücklich schätzen kann. Poldo muß wirklich eine Menge versteckter Zuneigung für sie hegen. Er hat ihr eine Kette mit einer dicken Eisenkugel an den Fußgelenken befestigt. Offensichtlich ist er sehr eifersüchtig. Manola, von meinem privilegierten Beobachtungspunkt aus habe ich feststellen können, daß die Ehe in der Realität eine ziemlich horrorhafte Kehrseite hat. Es ist, als würde sich zwischen zwei Personen eine dritte herausbilden, eine Art Monsterkind, ein Mülleimer, in den man das Schlechteste von sich selbst schleudert. Ich glaube jedenfalls nicht, daß Any und Poldo leibliche Kinder haben werden. Unterschiedliche Spezies können keine Kinder miteinander bekommen. Diesen Gedanken hat vor mir auch Aristoteles geäußert, und das in unverdächtigeren Zeiten.

Außerdem scheint mir, daß Any ein paar hormonelle Probleme hat. Auf ihrem Arm sprießt eine kleine Wiese aus Borstenhaar … Ich dagegen fühle mich, seit sich mein Zyklus wieder eingestellt hat, sehr fruchtbar, und mein Körper ist empfänglicher geworden. Wer weiß, ob sich dieser schöne kleine Bauch nicht eines Tages mit Leben füllt. Sicher, ich habe keinen Freund, und ich suche auch keinen. Ich glaube nicht mehr an den Märchenprinzen. Ich denke eher an die befruchtende Aura. Luftbesamung ist absolut möglich. Wußten Sie, Manola, daß Sperma fliegen kann? Über den Atlantik wehen viele Winde … Wer weiß …

Anemone

Ich habe meine Tage nicht bekommen. Ich habe das Stäbchen des Schwangerschaftstests in meinem Pipi eingeweicht. Ich hätte so gern ein Kind. Ein Kind ist etwas, was sich ständig verändert, es entwickelt sich von der Milch zum Brei, zieht sich am Laufställchen hoch, bekommt die ersten Zähnchen. Wir Erwachsenen mit unseren fertigen großen Körpern sind so langweilig. Ich mache mir aber auch Sorgen.

Haben Sie sich je gefragt, Manola, was aus denen wird, die den Sommer überleben? Zum Beispiel aus diesem wahnsinnig lieben Jungen mit den Rehaugen und dem dünnen Ziegenbart, der seine Eltern mit der kleinen Strauchmachete zerstückelt und zusammen mit Bohnen gekocht hat, im Hobbyraum der Villa, wo sie sonntags immer die Pizza in den Ofen geschoben und alle miteinander Domino gespielt und sich großartig amüsiert haben. Also, ich frage mich, ob im Karma der Eltern schon festgelegt war, daß sie früher oder später als Knochenspeck und Schwarte enden sollten... Und dann dieser erst dreijährige Junge, der seine Mama mit dem Stock geschlagen hat, weil sie ihm die Kinderüberraschung nicht vor dem Essen geben wollte und sie unverschämterweise auch noch im höchsten Hängeschrank versteckt hatte. Manola, ich frage Sie: Ist es richtig zuzulassen, daß sich die eigenen Kinder während der endlosen Zeit, die man braucht, um einen Teller Grießbrei zu essen, mit einem quälenden Wunsch herumschlagen, oder wäre es nicht besser, ihnen gleich die Schlüssel für die Wohnung und den Geländewagen, das Handy und die Maschinenpistole in die Wiege zu legen? Man könnte also vielleicht meinen, daß jenes jungverheiratete Paar, das sein süßes Baby in Teig gesteckt hat, um es dann wie eine Zucchiniblüte mit dem Daumen im Mund zu braten, vorbeugend gehandelt hat, um das Schlimmste zu verhüten.

Und doch, wir könnten es wirklich brauchen, ein neues kleines Leben, das in einem drin strampelt. Sicher, es wird nicht leicht sein, wie in einer Stafette die eigenen Erwartungen an ein rotes Würmchen weiterzugeben. Doch es wird wunderbar sein, mit ihm zusammen neu geboren zu werden, durch seine gute Laune selbst wieder gute Laune zu bekommen. Man krabbelt wieder auf allen vieren herum und lacht viel. Aber wer garantiert einem, daß es ein fröhliches Kind ist? Und wenn es dir ähnlich sein sollte? Andererseits: Warum sollte es anders sein als du?

Ich habe Angst, es nicht zu schaffen, Manola. Ich habe gehört, daß wir Frauen, wenn all die Schwangerschaftshormone verschwinden, die Gott uns zur Verfügung gestellt hat, um uns das bißchen Optimismus zu schenken, das zur Arterhaltung nötig ist, ohne sich allzusehr zu quälen, daß wir Frauen dann deprimiert und reizbar werden. Du fühlst dich unfähig, du wirst es nicht schaffen, das weinende kleine Würmchen zu beruhigen. Du hältst es an die Brust, weit weg von seinem schlafenden Vater, und in der großen Halle, wo du als kleines Mädchen auf den Rücken der Gäste Hoppe-hoppe-Reiter gespielt hast, wirst du argwöhnisch diesen kleinen Säugling betrachten, der für dich ein Riese ist. Vielleicht hast du nicht genug Milch, oder vielleicht ist deine Milch so toxisch wie du. Um die Angst zu verscheuchen, siehst du dir Dokumentarfilme über Tiere und ihre Kleinen an und beneidest ihre Gelassenheit. Die Natur kommt dir nicht länger gerecht vor, denn dir hat man dieses unruhige Hirn in den Kopf gesetzt. Und eines Nachts, während du das wimmernde Würmchen im Arm hieltest, könnte dich der abwegige Gedanke durchfahren, es aus dem Fenster zu werfen, um wieder ruhig schlafen zu können, an den Rücken deines Mannes geschmiegt. Es mag nur ein Gedankenblitz sein, wie diese Blitze, die im Dunkeln den Garten durchzucken. Du bist keine Mörderin. Du könntest höchstens dich selbst aus dem Fenster stürzen, niemals so ein süßes Würmchen. Aber du vermagst es auch nicht als Waise zurückzulassen, so verantwortungslos bist du nicht. Also könntest du im Morgengrauen, um das Dilemma zu lösen, zusammen mit dem Kind von der großen Terrasse springen, auf der du so viele Jahre mit den Rollschuhen deiner Schwester deine Runden gedreht hast. Das sind nur häßliche Gedanken, Manola. Doch häßliche Gedanken sind schon etwas. Etwas wirklich Dummes.

Ich muß optimistischer sein. Es ist doch wirklich möglich, daß dein Kind das erste Lebensjahr prächtig übersteht, daß das ersehnte Ziel der festen Nahrungsaufnahme erreicht wird und daß dein Kind vollkommen in Ordnung ist, daß es dich anschaut, wie man die Madonna anschaut, und dich liebt, wie dich niemand je geliebt hat. Dann kannst du diesen kleinen Körper mit der Flut deiner Gefühle überschwemmen. Ein paar Sorgen bleiben dir natürlich. Wenn es ein Mädchen ist, hast du Angst, daß es eines nicht fernen Tages dick wie seine Mutter wird, weil du vielleicht an diesem Tag Lust bekommen könntest, Riesenzentaur, dicke Kuttel und eine Menge anderer netter Dinge zu ihm zu sagen; die gleichen, die man zu dir gesagt hat. Wenn das Mädchen dagegen schlank und rank bleibt, wird sein Vater ihm gegenüber voller Aufmerksamkeit sein, voller Aufmerksamkeit für seine Zukunft als Mannequin. Du kannst natürlich nicht eifersüchtig sein. Du bist ja die Mutter. Doch du wirst versuchen, deine Tochter vollzustopfen, damit sie dir ein bißchen ähnlich ist. Sie selbst zwingt dich dazu, wegen dieses Hangs zu verletzenden Sticheleien, dem weiblichen Erbe der Familie. Mädchen, das weiß man ja, sind frech ... und du möchtest nicht gern von einer halbwüchsigen Tochter verspottet werden, die ihrem Papa gefallen will.

Aber warum muß es ein Mädchen sein? Mädchen haben eine so schwierige Beziehung zu ihren Müttern. Es ist ein prächtiger Junge, Himmel, ja. Du bist dann in den Wechseljahren, und es fängt nicht gleich wieder mit neuen nervigen Menstruationen an. Ein lieber Junge, unkompliziert und direkt, der sich laut und deutlich meldet. Du kannst ihn mit einem doppelten Knoten an dich binden, du überhäufst ihn mit Küssen und Neckereien und tätschelst sein Pimmelchen. Dafür bekommst du die ganze Zärtlichkeit, die sein Vater dir nicht mehr gibt. Dir gefällt es, wie er dein aufgedunsenes Gesicht streichelt, und du bist wirklich gerührt. Doch dann, bei den ersten Hosen, die zu kurz für seine plötzlich so langen Beine sind, beginnst du zu fürchten, daß er dich von einem Tag auf den anderen so sieht, wie du bist, und aufhört, dich zu verehren. Also tust du alles, um ihn in den zu kurzen Hosen zu halten, und überschüttest ihn mit Aufmerksamkeiten. Nachmittags, als kleine Zwischenmahlzeit, bekommt er ein paar Portionen von dieser Creme, die er so gerne ißt. Nein, du verhätschelst ihn nicht, im Gegenteil, du verteidigst ihn, denn ein dicklicher und pickliger Junge ist weniger begehrenswert als ein schlanker, für diese zickigen Mädchen mit freiem Bauch und Nabelpiercing, die auf den Bänken im Gymnasium neben ihm sitzen und ihn, wenn du nicht achtgibst, sehr bald zum Schuleschwänzen verführen, um ihm im Park die Zunge in den Mund zu stecken ... Und sie werden ihn dir wegnehmen und zusammen mit ihm über dich lachen. Also fängst du an zu weinen und schaffst dir eine Menge Leiden an, nur damit er nicht aus dem Haus geht, obwohl er seine Aufgaben schon gemacht hat. Er muß bei dir bleiben, um dich zu pflegen. Du bist seine Mutter, du hast ihm seinen kleinen Hintern abgeputzt, und jetzt ist es nur gerecht, daß er etwas für dich tut. Er ist ein guter Junge und bleibt zu Hause. Er bleibt gerade so lange, wie es sein muß, denn dieses Klümpchen Haß auf dich, das er manchmal (und er schämt sich dafür, der Arme!) in seinem Herzen bewegt, reift zu einem kraftvollen Haß heran, rückhaltlos herausgeschrien. Und außerdem ist er seinem Vater ähnlich. Er fängt an, ihm nachzueifern, was ganz natürlich ist. Er macht dich bei seinen Freunden herunter, schämt sich für dich, versetzt dir ein paar ganz schöne Stiche, die du glücklich hinnimmst, weil es gerecht ist, daß eine Mutter für ihre Fehler zahlt. Wenn du dann ziemlich alt bist und mit ein bißchen Glück auch Witwe, wird dein kleines Würmchen dich in ein anständiges Altersheim stecken, wo die Rabatten immer blühen. Das hast du mit deinen Eltern nicht gemacht, aber er wird es tun, darauf kannst du dich verlassen. Er ist ein energischer Junge. Und für dich wird es, wenn dir ein Hauch von Altersdemenz zu Hilfe gekommen ist, schön sein zu wissen, daß dort draußen, jenseits der Gitter, jenseits des Dufts der Levkojen, in jener grenzenlosen, lärmenden Welt, einer in Anzug und Krawatte herumläuft, der dein Sohn ist.

Doch vielleicht hast du übertrieben. Er wird besser sein als dein Mann, weil er wenigstens ein bißchen von deiner Güte geerbt hat, und du schaffst es, ihn zu halten. Er ist dir unendlich dankbar für alles. Und um es dir zu beweisen, läßt er sich von seinem Vater zusammenschlagen, nur um dich zu verteidigen, und die bauchfreien Mädchen läßt er links liegen. Statt dessen hat er eine Menge Freunde mit dem gleichen verlorenen Blick wie er selbst, mit ebenso guten und treusorgenden Müttern wie seine. Du bist wirklich glücklich über deinen Sohn, der dir sonntags noch immer eine Kleinigkeit mitbringt und dir die Woche über die Füße massiert.

Bis er eines Tages anfängt, immer dünner zu werden, und natürlich stehst du ihm bei, mit Zellophanhüllen über den Schuhen, in der Seuchenabteilung. Du gibst deine ganze Hausfrauenrente für seine Behandlung aus. Und so geschieht es eines furchtbaren Morgens, als der Tag gerade anbricht, daß du den einzigen Menschen überlebst, den zu überleben eine Mutter nicht erwartet. Doch du bist von deiner Lebenskraft überrascht. Wie betäubt gehst du im Trauerzug, zusammen mit vielen netten jungen Männern, die sich im Arm halten, und vielen Blutern, mit dem roten Schleifchen, dem letzten Geschenk deines kleinen Jungen, auf dem schwarzen Kleid.

Was habe ich gesagt, Manola? Ich weiß es nicht. Ab und zu bin ich wie blockiert, und dann werde ich so schnell in einen Strudel gerissen, daß ich mich an nichts mehr erinnere. Ich mache mir jetzt einen starken Kaffee. Warum kann ich meinen Kopf nicht abstellen, da mein Körper doch so langsam ist?

Der Schwangerschaftstest ist jedenfalls negativ, ganz eindeutig. Besser so. Poldo will nichts von Kindern wissen. Ich glaube, daß er nur sehr ängstlich ist, er hatte eine schwierige Kindheit. Und außerdem habe ich den Verdacht – obwohl ich mich, um ihn nicht zu belasten, gehütet habe, ihm meine sich überstürzenden Gedanken zu erzählen –, daß er mir nicht allzuviel zutraut. Er hat zu mir gesagt: »Schatz, du bist nicht mal in der Lage, auf ein paniertes Schnitzel in der Pfanne achtzugeben, wie kannst du nur meinen, daß du mit einem Baby in der Wiege zurechtkommst?« Doch er hat meinen Wunsch geahnt. Er ist wohin gegangen und hat mich angelächelt, als er zurückkam. »Schließ die Augen, meine Liebe …«, hat er in mein Ohr geflüstert. Und als ich meine Lider wieder hob, hatte ich einen prächtigen Kothaufen in den Händen, hübsch geringelt wie eine kleine Schnecke. Die Schnecken sterben ja aus, meine ich. Mir ist das Herz aufgegangen, ich hatte das Gefühl, es sei ein kleiner Sohn. »Kümmere dich um ihn«, hat mein Gatte gesagt.

Weil ich gerade Marmelade für den Winter einkochen wollte, habe ich das warme Häuflein in ein Einmachglas getan und dabei gut achtgegeben, daß die Windung nicht ruiniert wird. Inzwischen ist das zu einer Gewohnheit geworden, eine Freude, die sich jeden Tag wiederholt. Poldo legt mir unseren Sohn in die Hände, und ich bringe ihn liebevoll in seiner kleinen Glaswiege unter. Ich habe die Vorratskammer voller Einmachgläser. Manchmal schließe ich mich dort ein und sehe sie mir an, meine Kinder. In diesen braunen Schnecken erkenne ich meine Ehe.

Ortensia

Ich bin zu einer bioelektrinimetrischen Untersuchung gegangen, Manola. Ich habe eine sehr anstrengende Reise vor mir. Wie Sie wissen, will ich durchs Eismeer segeln, und deshalb empfand ich es als meine Pflicht, mich über meinen Gesundheitszustand zu informieren. Ich bin nicht mehr ganz jung, und es darf nicht sein, daß auf hoher See plötzlich irgendwelche Probleme auftreten. Die Überfahrt muß bis in die kleinsten Einzelheiten an Land geplant werden.

Als ich heute früh auf der Terrasse die Leuchtraketen für ein eventuelles SOS auf See ausprobierte, habe ich hinter den aufgehängten Bettlaken meine Schwester getroffen, und ich muß sagen, daß ich Mühe hatte, sie zu erkennen. Sie stand regungslos da, mit einem Besen in der Hand, versteinert, wie beim Rühr-dich-nicht-Spiel. Die unter ein kleines Nylonnetz gepreßten Haare waren sehr viel dunkler, als ich sie in Erinnerung hatte, ihr Blick war erloschen und ihr Gesicht so grau, wie die nur noch aus Asche bestehende Zigarette, die von ihren Lippen hing. Sie kam mir vor wie eine dieser realistischen Skulpturen amerikanischer Hausfrauen. Wissen Sie, was ich meine, Manola? Diese fettleibigen Wesen aus Wachs, mit Lockenwicklern in den Haaren, in Pantoffeln und geblümtem Morgenrock, die einen riesigen, mit Waren vollgestopften Einkaufswagen schieben, auf dem die unvermeidliche Campell's Dose thront. Ich fragte sie: »Any, meine Liebe, schläfst du?«

»Nein, ich döse«, antwortete sie. »Aber du kannst ruhig sprechen, ich höre dich.«

»Wie geht es dir?«

Sie regte sich nicht, blieb genau in diesem Schwebezustand wie die Zigarettenasche. Dann nuschelte sie: »Machst du dich über mich lustig?«

»Natürlich nicht.«

»Du willst wissen, wie es mir geht … Mir?«

»Ja, dir.«

»O danke, meine Liebe, mir geht es großartig …«, sagte sie und zog die Nase hoch. »Jedenfalls wenn ich es schaffe, dieses Spinnennetz von der Decke wegzubekommen, meine ich …«, fügte sie hinzu und wandte den Blick mit einer gewissen Besorgnis nach oben, auf die Wand vor sich.

»Ich kann dir helfen, wenn du willst«, sagte ich. Ich hatte Zeit. Papas Leuchtraketen machten sowieso keine Anstalten aufzusteigen, sondern sackten mit einer Art dumpfem Furzen in sich zusammen.

»Das würdest du wirklich tun?«

»Ja, sicher.«

»Aber das ist eigentlich nicht das Problem«, sagte sie und legte sich unendlich langsam eine Hand auf den Kopf. »Das Problem ist«, fuhr sie fort, »daß ich dieser Spinne ihr Haus nicht wegnehmen will.«

»Ja, dann laß es sein«, sagte ich.

»Ich wußte, daß du dich über mich lustig machst.«

»Absolut nicht.«

»Warum fragst du mich dann, wie es mir geht?«

»Weil es mich interessiert. Aber wenn du willst, ziehe ich die Frage zurück.«

»Du verstehst nicht, daß ich es wegmachen muß, dieses Scheißspinngewebe …«, sagte sie und schaffte es endlich, den Nagel des kleinen Fingers in eine Masche des Haarnetzes zu schieben, um sich am Kopf zu kratzen.

Ich warf einen skeptischen Blick nach oben, auf die Wand. »Da ist doch gar keine Spinne«, sagte ich.

»Stimmt, aber die kommt zurück. Sie kommt zurück und findet ihr Haus nicht mehr.«

»Dann baut sie sich ein neues.«

»Was sagst du da?« fragte Any mit erstickter Stimme.

»Sie könnte aus dem Hotel fortgehen«, sagte ich, »und sehr viel schönere Plätze finden als diese schimmlige Wand …«

»Du hast dich sehr verändert, Orty.«

»Du dich auch, Any.«

In der Hand hielt ich eine Rakete, die schön trocken war. Vielleicht sollte ich einen letzten Versuch unternehmen.

»Man wirft die Arbeit eines ganzen Lebens nicht so einfach von einem Tag auf den anderen fort …«, sagte Any, wobei ihre Augen langsam feucht wurden, und unter den Tränen sahen sie noch kraftloser aus, wie vom Regen durchweichte Regenmäntel.

Ohne sich um unsere kleine Meinungsverschiedenheit zu kümmern, war eine dicke trächtige Spinne langsam die Wand hochgeklettert.

»Sie ist zurück«, fiepte Any.

»Allerdings«, sagte ich.

»Es ist ein Weibchen, wir können nicht verlangen, daß ein trächtiges Weibchen all diese neuen Spinnfäden noch einmal produzieren soll … das können wir nicht verlangen …«

Ich legte Feuer an die letzte Lunte. Sie brennt schnell, schoß es mir durch den Kopf, das muß eine gute Zündschnur sein … Ich hatte nicht Zeit genug, diesen Gedanken zu Ende zu denken, als die Rakete schon mit unglaublicher Geschwindigkeit losging. Kalkstaub rieselte von der Wand auf Anys Kopf und machte ihn weiß. Sie nieste ein paarmal, ich weiß nicht, ob wegen des Staubs oder wegen des Schießpulvers. Meine Schwester und ich sahen uns an, dann schauten wir gleichzeitig hoch. Erst da bemerkte ich, daß sich der Weg meiner Rakete mit dem von Anys trächtiger Spinne gekreuzt hatte, die jetzt zermatscht an der Wand klebte, sie und all ihre Eier. Das Spinngewebe baumelte noch da und war nur ein bißchen weiß geworden. Ich nahm den Besen aus Anys Händen und holte dieses nutzlose Netz herunter.

»Siehst du, Taten verändern etwas, Worte nicht«, sagte ich und gab ihr den Besen zurück.

Any war verblüfft, benommen wie ein Boxer, der einen für seine Gewichtsklasse zu harten Schlag kassiert hat, fassungslos über meine Entschlossenheit.

Bevor sie ging, fragte mich meine Schwester, ob ich noch mehr trockene Raketen hätte, und sie ließ nicht locker, bis ich ihr eine schenkte. »Die könnte mir helfen«, sagte sie, »um bei einer Sache endlich zu einer Entscheidung zu kommen.«

Ich beobachtete, wie sie verstohlen an der Wand entlanghuschte, wie eine Maus. Als sie den Gang erreichte, blieb sie vor der Speisekammer stehen, wo sie ihre Fäkalnursery unterhielt. Sie stand im Gegenlicht und strich sich über den Bauch. Ihren wirklich ungeheuer dicken Bauch.

Ich habe dann beschlossen, Any mit zu der bioelektrinimetrischen Untersuchung zu nehmen. Dabei zapfen sie ein paar Röhrchen Körperflüssigkeit ab und sagen einem dann das Alter, wie es dem Gesundheitszustand der Zellen entspricht. Wir saßen eine ganze Weile auf den Preßspanhockern herum und warteten auf die Ergebnisse. Any war bester Laune, sie hatte einiges getrunken. Sie fing an, von unserer Kindheit zu sprechen, als gehöre sie zu einer fernen Vergangenheit. Sie wirkte wie eine alte Frau und wollte eigentlich nichts davon wissen, in die Gegenwart zurückzukehren.

Für diese Rückkehr sorgte die Krankenschwester, die uns das Ergebnis der Analysen brachte. Aus den klinischen Berichten ergab sich, daß Any siebzig ist und ich siebzehn. Ich sah, daß dieses Ergebnis sie sehr deprimierte, und um sie ein bißchen aufzumuntern, sagte ich: »Die haben bestimmt die Analysen vertauscht.« Any fing an zu lachen. »Natürlich«, sagte sie fröhlich, »warum bin ich nicht darauf gekommen?! Mir geht es großartig ...«

Mir wurde klar, daß ich hart sein mußte. »Wer seine depressiven Gefühle verdrängt, weil sie ihm nicht akzeptabel erscheinen«, flüsterte ich ihr zu, »dessen Zellen degenerieren schneller, meine Liebe. Krebs, verstehst du? Und es ist nicht gesagt, daß es ein kleiner, fauler Krebs ist wie der von Mama, es könnte auch ein großer Krebs sein, ein riesiger, fleißiger Krebs ... Hast du dich je gefragt, was du in diesem dicken Bauch mit dir herumträgst?! Erwartest du ein Kind oder was?«

Meine Schwester flüchtete sich in die Krankenhauskapelle. Sie quetschte sich zwischen die Bänke und erstarrte in ihrer gebückten Haltung, ein einfältiges Lächeln auf dem Gesicht. Dann begann sie plötzlich, sich heftig die Hände zu reiben. Es sah aus, als wollte sie Schatten verscheuchen, wie Lady Macbeth.

Auf dem Rückweg ins Hotel habe ich sie ermuntert, sich zu wehren. »Beim nächsten Mal, wenn sich dein Mann in deine Hand entleert, nimmst du meine Rakete, steckst sie abschußbereit in seine inkontinente Öffnung und läßt sie hochgehen. Schick ihn zurück in den Kosmos, aus dem er gekommen ist, deinen nicht näher identifizierten Ehemann!«

Anemone

Gestern abend ist mein Mann zum Essen mit einem niedlichen Gerät nach Hause gekommen. »Was ist das, ein neuer Dosenöffner?« habe ich gefragt. Er antwortete nicht. Das ist normal. Genauso normal wie es ist, als Frau zu akzeptieren, daß der Mann seine kleinen Geheimnisse hat. Doch was wollen Sie, Manola, Frauen sind so neugierig wie Wiesel. Die sterben ja aus, die Wiesel. Also habe ich die Frage wiederholt. Da hat Poldo den Dosenöffner wie einen Handschuh angezogen, und ich habe verstanden, daß es sich um einen Schlagring handelt, bespickt mit niedlichen eisernen Stacheln, wie ein kleiner Igel. Die sterben ja aus, die Igel. Ich habe einen leichten Schlag in den Nacken bekommen. Ich konnte mich nicht schnell genug schützen. Zum Glück, liebe Manola. Sie war so romantisch, diese Nacht von San Lorenzo mit der ganzen Kaskade von Sternen, die auf mich niederging. Ein Essigbad hat mir genügt, wieder zu mir zu kommen. Mama hat vorgesorgt, sie hat uns so viel Essig hinterlassen, daß ich, was das angeht, wirklich eingedeckt bin. Ich weine nicht! Es ist der Essig, doch ja, jetzt wirkt auch Essig bei mir wie Zwiebeln, seltsam …

Ich würde gern etwas Spirituelles machen, auch wenn ich nicht genau weiß, was … was Geist ist, meine ich. Aber ich habe gelesen, daß er langsamer altert. Wenn ich jetzt Lippenstift auf den Mund auftrage, lande ich in Falten. Ich will nicht darüber jammern, ich will etwas anderes finden. Wenn ich mir Nonnen ansehe, denke ich, daß ich wie sie sein möchte: mit diesen sauberen Gesichtern, die keine Angst haben, alt zu werden. Ich möchte gläubig sein; der Glaube kann mir helfen. Leider habe ich keine Zeit, in die Kirche zu gehen, man kann sich diesen Dingen nicht im Laufschritt nähern. Man braucht dazu eine andere Art von Zeit ... mehr innerlich.

Innen ist alles langsamer, draußen dagegen ist alles so schnell. Ich habe immer das Gefühl, gegen die Zeit anzurennen, habe das Gefühl, langsamer zu werden. Dann will ich es unbedingt schaffen und laufe den Stunden hinterher, weil ich sie anhalten will. Vergebens. Wenn eine Sache verspätet ist, verspäten sich die folgenden auch, eine Kettenreaktion. Mein Leben kommt mir vor wie ein Rollband, überquellend von Dingen, die ununterbrochen an mir vorbeiziehen, ohne daß es mir gelingt, irgend etwas davon zu packen. Alles ist vor mir. Poldo ist ziemlich genervt wegen meiner multiplen Verspätungen, auch wenn ich alles tue, sie vor ihm zu verbergen. Er würde mir sagen, ich soll Diät halten, er würde mir sagen, daß ich so lahm bin, weil ich so fett bin. Manola, mein Mann kommt so gut mit der Zeit zurecht, er weiß immer, was zu tun ist und wie er es am besten einrichtet.

Es sind die Gedanken, die mich ablenken ... dumme Dinge, die mir seit meiner Kindheit durch den Kopf gehen. Mir scheinen sie nur wie Augenblicke. Erst später, wenn die Innereien auf dem Herd angebrannt sind, merke ich, daß ein kurzer Gedanke wenigstens ein Stündchen gedauert haben muß.

Ich bin dann doch in die Kirche gegangen. Da drinnen herrschte eine große Ruhe, und alles stand still. Ich empfand eine heitere Gelassenheit. Dann, während ich die Perlen des Rosenkranzes zählte, war ich plötzlich beim Betrachten meiner Hände wie weggetreten: kaffeebraune Flecken. Ich habe wegen dieser Flecken gelitten, und dafür habe ich mich schuldig gefühlt. Jesus ist Fleisch geworden, um uns zu retten, und ich dachte nur an mich selbst, an meine Hände. Wegen meines Fleischs sollte ich nicht leiden, Manola, doch das ist nicht einfach … Vielleicht bin ich für das Geistige noch nicht bereit. Außerdem habe ich den größten Teil meines Lebens dumpf dahinvegetiert. Geist kann man sich nicht von einem Tag auf den anderen erfinden.

Es macht mir überhaupt nichts aus, daß Poldo mich schlägt. Vielleicht macht es mir im Moment etwas aus, aber nachher fühle ich mich wirklich besser. Ich habe das angenehme Gefühl, für meinen Fehler mit den angebrannten Innereien gebüßt zu haben. Die Wahrheit ist, daß ich inzwischen im Stehen einschlafe, Manola. Ich versuche alles, damit das nicht passiert, glauben Sie mir. Ich stelle mich mit meiner kleinen Haube hin, voller Energie und guten Willens, doch mit einem Mal fühle ich, wie mein Arm schlapp wird, der Kochlöffel fällt im Zeitlupentempo in den Topf, ich will ihn festhalten, aber ich schaffe es nicht. Die Bewegungen strengen mich so an, als würde ich mich plötzlich ohne Vorbereitung in achttausend Meter Höhe auf dem K2 befinden. Im Topf setzt es langsam an, und ich merke, daß es stark nach Verbranntem riecht. Der Geist ist schön wach, doch der Körper ist träge, wie bei einer Lähmung. Ich höre eine schwache innere Stimme, die mir befiehlt: »Beweg dich, Any! Beweg dich, halt den Kochlöffel fest!« Aber es gelingt mir nicht mal, den kleinen Finger zu rühren.

Ich schlafe überall ein, werde immer müder und bin verwirrt. Ich bin immer durcheinander gewesen, Manola, das liegt in meinem Charakter. Doch jetzt ist es anders … Ich habe meine Binde gewechselt und kann mich wirklich nicht erinnern, wo ich die alte hingetan habe. Zum Glück gibt es Gin, der hinterläßt keinen Geruch, das ist ein reines Getränk. Ich habe ihn in die Babyflasche gefüllt, den Gin, weil

Orty sagt, daß Nuckeln guttut, es gibt einem ein bißchen verlorene Zuneigung wieder.

Sicher ist Ihnen aufgefallen, Manola, daß die höchsten Tiere aussterben, während die tückischsten immer widerstandsfähiger werden. In der Kanalisation wimmelt es von Kaimanen und riesigen Ratten. Vielleicht kehren auch die Dinosaurier zurück, man hat ja sowieso nie verstanden, warum sie ausgestorben sind. Ortensia sagt, das seien nur Projektionen unserer unbewußten Ängste, und der Dämon sei in uns, und nirgendwo sonst. Vielleicht hat sie recht. Aber ich habe vor allem Angst: vor einem Kaiman, wenn ich auf dem Klo sitze, und vor meinem Mann, wenn ich koche. Ich brauche nur hinter mir seine Schritte zu hören, und schon fange ich an zu zittern. Wenn er näher kommt, mit seinem rasierten Kopf und in der neuen Militärkluft, fühle ich mich wie dieser kleine Chinese allein vor dem Panzer.

Meine Schwester sagt, grundlose Panikattacken seien heute an der Tagesordnung. Sie sagt, ich hätte nur Angst vor dem Tod, wie jeder. Aber da ich es nicht zugeben wolle, würde ich mich damit ablenken, diese große Angst auf viele kleine alltägliche Ängste zu verteilen. Sie sagt, daß es mir vielleicht guttun würde, ein bißchen freiwilligen sozialen Dienst zu leisten, weil Altruismus eine ausgezeichnete Therapie für das eigene Ich sei.

Ich glaube, sie hat recht, doch vorher muß ich erst wieder ein bißchen zu Kräften kommen. Im Moment fällt es mir schwer, mich auch nur zu waschen, obwohl ich das dringend nötig hätte. Ich habe überall so viele Härchen bekommen. Ich fürchte, daß ich unter den Achseln rieche …

Zum Glück hat man einen kleinen Teil des Gehirns der Eidechsen erforscht, den Locus coeruleus, der für Angst verantwortlich sein soll. Es hat den Anschein, daß sich die Eidechsen verändern und unheimlich ruhig werden, nicht einmal vor einer hungrigen Katze davonlaufen, wenn man dieses Fitzchen grauer Materie entfernt. Was meinen Sie, Manola, könnte ich mir auch ein paar graue Zellen aus dem Kopf entfernen lassen?

Ortensia

Ich studiere die Karten des Geographen Pytheas aus Massalia, der 325 vor Christus weit in den Norden reiste, wo die Nacht nur zwei Stunden dauert, und der dort von Thule hörte, der nördlichsten Insel, sie jedoch nie erreichte. Ich werde sie erreichen. Nach all dem Dunkel reizt mich die Vorstellung, daß es immer hell ist. Doch leider habe ich die Abreise um einige Tage verschieben müssen. Ich werde im Hotel zu dringend gebraucht, als daß ich Any einfach so hätte verlassen können. Ich habe kaum genug Zeit gefunden, mich ein bißchen im Solarium zu bräunen. Mit völlig weißer Haut kann ich nicht auf die Reise gehen, sonst riskiere ich einen schlimmen Sonnenbrand. Und da ich nun schon einmal im Schönheitssalon war, schien es mir unhöflich, dem Drängen der jungen Friseuse nicht nachzugeben, die unbedingt wollte, daß ich mich ein bißchen sonnte. Wie steht mir blond?

Anemone leidet unter dem *Chronischen Müdigkeitssyndrom.* Das Serotonin macht ihr wahnsinnige Probleme. Sie erleidet immer bedrohlichere Anfälle von Narkolepsie. Sie sperrt sich gegen die Realität, Manola, und um vor sich selbst zu fliehen, döst sie ein, ohne sich dadurch irgendwie zu erholen. Sie verfällt in einen Starrkrampf, doch ihr Bewußtsein bleibt immer wach. Es ist schrecklich. Ich weiß nicht, was in ihrem Inneren vorgeht, aber außen stinkt sie. Hoffen wir, daß sie wenigstens irgendein Gift ausscheidet.

Poldo dagegen duftet, und er hat abgenommen. Bei Paaren kann es zu diesem unerwarteten Rollentausch kommen. Mir tut es allerdings leid, daß in dieser Phase meine Schwester das Nachsehen hat. Andererseits ist das natürlich. Männer pflegen sich mehr, wenn sie älter werden, sie suchen Bestätigung von außen. Wenn wir uns morgens im Bad treffen, fragt mein Ex mich oft, ob ich finde, daß er noch immer ein gutaussehender Mann ist. Manola, ich muß zugeben, daß er sich in letzter Zeit äußerlich zu seinen Gunsten verändert hat. Leider hat es immer noch eine gewisse Wirkung auf mich, wenn ich neben ihm vor dem Spiegel stehe und er beim Rasieren die *Butterfly* trällert. Mir gegenüber ist er sehr nett, voller kleiner Aufmerksamkeiten. Ich glaube, auch Any würde sich über ein bißchen Bestätigung von außen freuen, doch selbst Grogo rümpft über sie den Schnabel.

Gestern überraschte ich sie, wie sie regungslos dasaß und ein Buch über Ayurveda-Diät las. Auf dem Umschlag war eine wahnsinnig dünne Inderin, so eine von denen mit innerer und äußerer Schönheit. Als ich näher kam, sagte Any: »Ich fühle mich wie eine fette weiße Kuh.« Dann fragte sie mich, ob sie es meiner Meinung nach schaffen könnte, so wie die Inderin zu werden. Ich habe ihr gesagt, sie solle es vergessen.

In Wahrheit ist es ja so, daß man sich immer das ersehnt, was man nicht hat. Ich beginne meinen Körper zu akzeptieren. Ich habe Any gesagt, sie solle das auch bei sich versuchen, und sie hat mich mit traurigen Augen angesehen. Manola, meine Schwester ignoriert beständig die Gegenwart, und da sie weiß, daß ich ein wandelndes Archiv bin, nagelt sie mich stundenlang fest, um irgendwelche dummen Erinnerungen wieder aufzurühren, weil sie hofft, daß ich ihr die fehlenden Stücke zu ihrem Puzzle liefere. Aber es sind wirklich zu viele, Manola. Meine Schwester hat sich nie mit den Ereignissen auseinandergesetzt, und jetzt ist es für sie schwierig, alles zusammenzufügen. Nach diesen Sitzungen ist sie ganz durcheinander. Gestern hat sie eine benutzte Binde ins Eisfach gelegt, neben die Filets, das müssen Sie sich nur mal vorstellen.

Ich glaube wirklich nicht, daß dieses Ausgraben von Erinnerung gut ist für Any. Es macht alles eher schlimmer, weil es sie mit Gedanken vollstopft, die zu groß für sie sind. Ich muß zugeben, daß ich anfange, gewisse Zweifel am Nutzen der psychologischen Archäologie zu hegen. Ich verkneife es mir, mit Lucianella darüber zu reden, weil ich ihr diesen großen Schmerz ersparen möchte. Seit einiger Zeit werden meine Besuche bei ihr jedoch seltener.

Ich habe meiner Schwester geraten, sich auf die kleinen Dinge zu konzentrieren. Zum Beispiel nur an das Auf und Ab der Zahnbürste zu denken, wenn sie sich die Zähne putzt. Doch Any kümmert sich nicht um ihre Zähne, die früher wirklich prächtig waren. Sie hat langsam ziemlich viele Pilze auf dem Zahnfleisch, obwohl wir außerhalb der Saison sind. Poldo dagegen benutzt Wacholdermundwasser. Ich habe zu meiner Schwester gesagt, daß man sich nicht so vernachlässigen dürfe: Mundpflege ist wichtig. Sich zu konzentrieren ist entscheidend, Manola. In einer kleinen Bewegung liegt der Sinn von allem, es nützt nichts, große Ansprüche zu haben. Das Unermeßliche ist gleichbedeutend mit dem Nichts, wir müssen uns mit einem Mittelweg bescheiden, denn wir sind nur arme Menschen.

Ich bescheide mich. Und weil ich mich mit kleinen Dingen zufriedengebe, gelingt mir so manches. Ich habe im Lotto gewonnen. Ich bin an der Annahmestelle vorbeigekommen und habe gespielt. Ein kleiner Gewinn, aber nicht schlecht. Manola, das Leben wird heutzutage leider vom Glück bestimmt, nicht von der Weisheit. Doch das Glück läßt sich immer bezahlen, was es einem gegeben hat. Ich habe zu meiner Schwester gesagt: »Any, wer willig ist, den lenkt das Schicksal, wer es nicht ist, den schleppt es mit. Und dich schleppt es mit, da kann man nicht viel tun. Du mußt einfach wach werden. Du darfst nicht auf ein Wunder hoffen, du mußt es selbst vollbringen. Halt den Krebs auf, es ist noch früh genug dazu.« Ich habe ihr geraten, sich einen Trainingsanzug anzuziehen, loszurennen und zu schreien. Sie ist wie angewurzelt mit offenem Mund stehengeblieben, neben einer Statue im Park …

Poldo ist, ganz im Gegenteil zu ihr, extrem energisch, dynamisch, sozial engagiert. Sicher, er hat sich beträchtlich verändert. Er trägt einen kahlgeschorenen Kopf zur Schau und hat ein dickes Hakenkreuz auf dem Hintern tätowiert. Am Stadtrand macht er freiwilligen Säuberungsdienst: Er hat etwas gegen Drogensüchtige, Schwarze, Transvestiten, Roma, Hausfrauen. Er schlägt Any grün und blau. Ich habe zu ihm gesagt: »Entschuldige, Poldo, aber ich erkenne dich nicht wieder, wir waren doch immer extrem links. Weißt du noch, daß du dich bei unserem Wochenende in Paris geweigert hast, über den Pont Saint-Michel zu gehen, weil du nicht auf die Rive droite wolltest?« Er hat mir geantwortet, daß irgendwann einmal der Tag kommt, wo jeder über die Brücke gehen muß. Ich war sprachlos.

Im Leben gibt es unerwartete Veränderungen, Manola. Ich habe zum Beispiel aufgehört, als Freiwillige in Altenheimen zu arbeiten. Ich habe diese Undankbarkeit satt. Wer sagt denn, daß man im Alter ein besserer Mensch wird? Wir sind ja kein Wein. Und aus Wein wird auch Essig. Es stimmt einfach nicht, daß die Alten alle gut sind. Wenn man als junger Mensch ein Bastard war, entwickelt man sich mit hoher Wahrscheinlichkeit zu einem alten Bastard, der die Jungen verachtet.

Manola, wissen Sie, was der Unterschied zwischen einem Alten und einem Jungen ist? Es ist der gleiche wie der zwischen einem Kann und einem Muß. Ein Junger kann sterben, durch einen Unfall nach der Diskothek, eine Überdosis, einen verdammten Virus; ein Alter muß sterben, was etwas ganz anderes ist. Ist es obszön, auf diese Art über das Alter zu reden? Vielleicht ja, aber mich verlangt es nach Ehrlichkeit. Meine Selbstlosigkeit und mein Mitleid wurzelten in der Lust, Macht über andere zu haben, ich wetteiferte mit Gott. Manola, ich habe entdeckt, daß man, wenn man wachsen will, nur streng sein muß: natürlich mit sich selbst, aber auch ein bißchen mit den anderen.

Jetzt fahre ich samstags unbeeindruckt am Altenheim »Keine Rückfahrkarte« vorbei. Ich halte weiter unten, bei einer Fabrikhalle, die ein paar nette junge Leute mit viel Elan instand gesetzt haben.

Anemone

Ortensia hat sich sehr verändert, Manola. Sie geht jetzt samstags in die Diskothek und tanzt auf dem Tisch. Sie benimmt sich wie eine Jugendliche von heute. Um zwei Uhr nachmittags steht sie auf und kommt in einem Body zum Frühstück herunter. Mir ist klar, daß sie all die Jahre nachholen muß, die sie damit verloren hat, sich unter den langen schwarzen Kleidern aus dicker Baumwolle zu quälen. Außerdem ist sie nicht verheiratet und kann tun und lassen, was sie will. Trotzdem ist es irgendwie rührend mit anzusehen, wie eine graue Maus aufdreht. Ich meine, daß eine Frau in einem gewissen Alter ein bißchen Anstand lernen muß: »Mein Mann ist hier, das gehört sich nicht, du Schlampe, das gehört sich nicht!« Poldo ist dauernd da und schwänzelt um sie herum, die beiden haben schon immer gekungelt. In mir kommt eine wahnsinnige Wut hoch, am liebsten würde ich das ganze Hotel in die Luft jagen; aber natürlich kann ich das nicht, weil ich doch wie gelähmt bin. Ich frage mich, warum Ortensia sich mit ihrer Abreise nicht beeilt …

Manola, um Himmels willen, ich will Sie nicht beunruhigen, alles geht voran. Auf meiner persönlichen Reise durch das Leben, meine ich. Nicht immer mit voller Kraft, aber es geht voran. Keine Ehe treibt immer nur in ruhigen Gewässern. Hin und wieder gibt es ein Unwetter. Es kommt darauf an, zuversichtlich zu bleiben und abzuwarten, die Hände unter einem Heiligenbild gefaltet, bis der Wetterbericht uns sagt, daß es wieder heiter wird.

Auch was die sexuelle Navigation angeht, ist alles in Ordnung. Sicher, unsere Begegnungen sind ein bißchen seltener geworden, aber das ist normal, das passiert verheirateten Paaren, die Liebe verändert sich ... wird vernünftiger. Leidenschaft vergeht, wie sie gekommen ist, wie Grippe. Das ist alles eine Frage der Hormone. Die Natur sorgt vor. Das Dopamin sinkt und sinkt und sinkt ... ein Wunder! Dein Ehemann nähert sich dir, als Grenadier herausgeputzt, und du denkst: »O Gott, er wird es doch nicht etwa tun wollen?« Und gleich explodiert die Angst, knattert das Herz wie ein MG. Sie wissen, wie das ist, die Libido nimmt bei Depressiven tendenziell ab. Nicht daß ich depressiv wäre, wo denken Sie hin! Und dann, wie wunderbar, merkst du, daß auch er die Vorstellung, wie du nackt und lustlos auf dem Bett hockst, schrecklich findet. Er hat sich seiner Marketenderin nur genähert, um seinen Blechnapf mit Innereien zu füllen, um deren gelungene Zubereitung du verzweifelt kämpfst. Keine Angst, du kannst erleichtert ganz tief aufatmen.

Wir wollen ehrlich miteinander sein, Manola: Beim Sex wie beim Leben im allgemeinen genügen uns, von einem bestimmten Moment an, die Erinnerungen. Ich meine, man weiß in- und auswendig, wie es abläuft: Was dich betrifft, kann man das Vorspiel vergessen, aber du mußt trotzdem eine dreiviertel Stunde lang an ihm saugen, ohne irgendein Ergebnis, und dann verkleidet er sich als Rote-Kreuz-Schwester und so weiter und so fort. Wozu soll das gut sein? Nach der Zeit mit den obszönen Sprüchen und der militärpornographischen Phase gibt es keinen Grund mehr weiterzumachen: nackte Würmer, die sich auf der Suche nach irgendeiner Abwechslung das Hirn zermartern. Man muß einfach aufhören, und fertig.

Sicher, am Anfang der ehelichen Reise kann Sex sich als verdammt nützlich herausstellen, er kann dich Dinge entdecken lassen, die dir sonst verborgen geblieben wären. Staub zum Beispiel. Diesen schönen Staub, so dick wie Watte, der sich überall festgesetzt hat. Wenn Sie wüßten, wieviel davon ich beim Sex mit meinem Mann aufgestöbert habe. Ich konnte es kaum abwarten, fertig zu sein, um endlich richtig loszubürsten. Doch von einem bestimmten Moment an lenkt Sex von der Hausarbeit ab.

Ich erinnere mich an das letzte Mal, als es passiert ist: Ich liege bäuchlings auf dem Bett, das Notwendige nackt, Poldo hat es plötzlich überkommen, obwohl ich Rindfleisch im Dampfkochtopf hatte, und die Wäsche war eingeweicht. Damit es schnell geht, schließe ich gleich die Augen. Alle Ehefrauen wissen, daß ihr Mann bei bestimmten Gelegenheiten auf Abwegen zugange ist, und das ignoriert man besser. Ich gebe mich eifrig der erotischen Phantasie hin, die mich am meisten reizt, denn auch ich, Manola, habe wie jeder von uns meine Kanäle zur schnellen Lust.

Ich träume, daß ich einen freundlichen Arzt vor mir habe, einen Kliniker, der meinen Bauch abtastet, meinen Rücken abhorcht und mir ins Ohr flüstert: »Einen Apfel täglich ...« Dabei holt er aus der Tasche seines blütenweißen Kittels einen dicken Apfel hervor, gibt ihn mir und sagt: »Hier, du Hure, iß die verbotene Frucht!« Dankbar umschließen meine Lippen das saftige Fruchtfleisch, und ich fühle, wie es in meinem Mund zergeht. Auch ich vergehe. Ich bin kurz vor dem Höhepunkt. Doch plötzlich, mittendrin, beginnt der Dampfkochtopf zu pfeifen, pfeift und pfeift, verdammt noch mal! Die Brühe drinnen ist vulkanische Lava, die Rinderzunge feuerrot. Ich muß das Gas abstellen. Ich muß das Gas abstellen! Doch ich kann mich nicht rühren, wie immer. Diesmal aber ist es das Körpergewicht meines Mannes, das mich bewegungsunfähig macht.

»Ich bitte dich, Poldo, sei so gut und mach schnell!«

Ich schlinge gierig den Bissen Apfel herunter, den ich im Mund habe: Ich muß mich beeilen. Der Doktor versucht mich vollzustopfen, doch jetzt ist die verbotene Frucht sauer und hart geworden, sie kommt mir in die falsche Kehle, ich schaffe es wirklich nicht, sie herunterzuschlucken, beginne zu husten, beschieße den Grenadier Poldo mit Apfelmunition. Ein ohrenbetäubendes Getöse läßt das Kriegsehebett erbeben. Hat mein Mann den Höhepunkt erreicht? Nein, der Dampfkochtopf ist explodiert. Der Kanonenschlag hat die Küche mit einem glühenden Püree überschwemmt, das sich durch die Wände frißt und nach unten auf uns tropft. Eine Rauchwolke umhüllt mich, ich bekomme keine Luft und meine zu ersticken. Das Döschen wird enger, hart und undurchdringlich wie eine Eisenplatte. Poldo ist darüber zum Glück nicht böse, er ist so beschäftigt mit seiner erotischen Phantasie, daß er meine eiserne vaginale Verschlossenheit nicht bemerkt. Er schiebt sich nur auf den Heizkörper zu und beginnt sich mit dem abzugeben.

Der Rauch wird dünner, das Feuer erlischt: Ich bekomme wieder Luft. Nachsichtig nähert sich der Bereitschaftsarzt erneut: »Hier nimm, du Hure, beiß in die verbotene Frucht!«

»Was für eine verbotene Frucht denn?« rufe ich. »Gib mir lieber einen Schluck Fernet. Hörst du nicht, daß das Wasser in der Wanne überläuft? Sie ist verstopft. Ich wußte es, sie ist verstopft …« Nein, das ist nicht die Wanne. Die Wasserleitungen sind geplatzt. Poldo hat in seiner Raserei den Heizkörper aus der Wand gerissen. Ich schnappe nach Luft. Ich ertrinke. Manola, ich ertrinke.

»Poldo, Liebster, ruf den Klempner!«

»Ich bin schon da«, sagt ein splitternackter Mann mit langem honigblondem Haar und einem kleinen Werkzeugkasten unter dem Arm. »Ich bin der erotische Traum Ihres Mannes, ich kann Ihnen zur Hand gehen, wenn Sie es wünschen. Ihr Internist da scheint mir ehrlich gesagt nicht sehr tüchtig …«

»Der Klempner!« rufe ich. »Liebster, wir sind gerettet, der Klempner ist da …«

»Ja«, schreit Poldo, »der Klempner! Ich komme!«

Dann bemerkt mein gastfreundlicher Gatte den Arzt, der verloren in all dem Wasser steht: »Doktor, kommen Sie doch auch …«, flüstert er, »bringen Sie eine Trage für meine Frau mit … Und was die verbotene Frucht angeht, so geben Sie sie mir, ich kümmere mich darum.«

Orty sagt, ich müsse ein Wunder wirken; sie weiß eine Menge Sachen. Aber wie soll ich Wunder wirken, Manola? Ab und zu versuche ich es, und zwar versuche ich, ob ich Wasser in Wein verwandeln kann. Das gefiele mir, wenn aus dem Hahn in der Küche Rotwein flösse, aber leider weiß ich nicht, wie man Wunder wirkt.

Ortensia

Anemone und Poldo sind offenbar gescheitert. Hoffnungsloses Scheitern der Liebe. Mir kommt es so vor, Manola, als hätten Verheiratete von einem bestimmten Moment an Lust, es mit allen und allem zu treiben. Sogar der Mülleimer kann reizvoller werden als der angetraute Ehepartner. Langsam finde ich Gefallen an meinem Familienstand als Ledige: Seit Poldo und Any mich verlassen haben, ist für mich alles besser geworden. Ich segle ganz brav und allein vor dem Wind. Ich will so bald wie möglich abreisen.

Gestern abend, als ich in die Diskothek aufbrechen wollte, um mir Bewegung zu verschaffen, sah ich Any mit der Decke über den Knien im Fernsehzimmer sitzen. Gespannt verfolgte sie eine Reportage über die Ehe. Ich habe mich ein paar Minuten zu ihr gesetzt.

Der Reporter – der mit einem dicken Ehering am Ringfinger der linken Hand protzte – fragte mit gespielter Betroffenheit einen vornehm wirkenden Herrn: »Warum sagen Sie nicht guten Abend, wenn Sie nach Ihrem Arbeitstag nach Hause kommen, sondern essen schweigend und schlafen im Wohnzimmer ein? Sie sind doch ein verheirateter Mann …«

»Ja eben. Ich finde meinen Sessel sehr viel einladender, viel wärmer und unendlich viel erotischer als meine Frau«, antwortete der Mann und fuhr zärtlich über die Armlehne aus Leder.

»Und Sie, gnädige Frau«, wandte sich der Reporter an die Ehefrau, »warum legen Sie eine Maske aus Plazentacreme auf, wenn Sie zu Bett gehen?«

»Das ist einfach«, antwortete die Frau, »ich will mich jung halten. Frauen leben ja bekanntlich länger als Männer. Wenn der da mich als Witwe zurückläßt (sie zeigte auf ihren Mann im Sessel), will ich ein neues Leben anfangen.«

»Auch sexuell?«

»Vor allem sexuell«, antwortete die Frau freundlich.

Any machte den Fernseher aus und richtete die Fernbedienung auf sich selbst. »Schätzchen«, sagte ich zu ihr, »jetzt gehst du erst mal ins Bett. Versuch heute nacht auf dem Rücken im Liegen zu schlafen, das wird dir guttun. Für alle Fälle lasse ich dir den Leguan da.« Ich habe die Schlüssel vom Sidecar genommen und bin mit Grogo ausgegangen. Er ist ein phantastischer Tänzer.

Ich kam spät nachts nach Hause. Poldo saß vor dem Fernseher. Er sah sich Amateurvideos mit Striptease an und klebte mit der Zunge am Bildschirm. Ja, Manola, mein Schwager leckt nicht mehr Anemone … er leckt jetzt den Fernseher. Ich habe ihn gefragt: »Entschuldige mal, Poldy, warum hast du sie eigentlich geheiratet?«

»Sie war anders«, hat er mir geantwortet und weitergeleckt, »sie war sehr lasziv, geil, maßlos, immer mit wogenden Brüsten und prallem Hintern, stark geschminkt, sinnliche Lippen, blondierte Haare: Sie sah aus wie eine Transe. Sie war perfekt für mich. Du weißt, daß ich intellektuell und sexuell ein ziemlich komplexer und phantasievoller Mann bin. Es gefiel mir, diese Fetischfrau neben mir zu haben: Sie stellte das unterdrückte Weibliche in mir dar, sie konnte nützlich für meine Studien sein, natürlich auch aufbauend. Doch sie hat mich verraten. Sie hat alles verloren, was sie früher ausmachte, und sich in eine jammernde, schwabbelige Matrone verwandelt. Ich kann es nicht verbergen, ich bin sehr, sehr ärgerlich über sie. Probleme und Tränen passen nicht zu ihr. Sie ist eine Subidiotin. Und Subidiotinnen haben gefälligst glücklich zu sein. Anemone ist die klassische aggressiv-passive Ehefrau, die ihre Aggressivität durch eine erpresserische Haltung sklavischer Entsagung tarnt. Ich habe eine überschäumend temperamentvolle Frau geheiratet und finde mich neben einer versteinerten Ehefrau mit einem verstörten, nervig-aufopfernden Lächeln wieder. Ich kann sie nicht ertragen, und mir bleibt nichts anderes übrig, als sie zu schlagen.«

Ehrlich gesagt kann ich meinem Exverlobten keine großen Vorwürfe machen, Manola. Mir wird klar, daß in jeder gelungenen Ehe Vertrauen sofort mißbraucht wird. Aber ich begreife wirklich nicht, warum es das Bedürfnis gibt, eine Familie zu gründen. Die Familie ist keine innere Notwendigkeit für den Menschen. Allerhöchstens eine Notwendigkeit für die Psychoanalytiker, die den Laden dichtmachen könnten, wenn es keine Familien zu zerstören gäbe. Doch trotz all der Schläge, die wir eingesteckt haben, fallen wir alle auf dieses Scheißgefühl der Zugehörigkeit herein, das uns beschleicht und uns einen Kloß im Hals beschert, sobald wir irgend etwas wiedererkennen, was uns aus unserer Kindheit vertraut ist.

Während Poldo sprach, habe ich die Beine auf die Couch hochgezogen, und er hat mich eindringlich gemustert. Er hat seine Zunge eingefahren und ist zur Hausbar gegangen, hat eine Flasche Champagner und zwei Gläser herausgenommen und sich neben mich geflázt. Draußen vor dem großen Fenster dämmerte es. Das erste flimmernde Licht erhellte das Laubwerk der Bäume und huschte über unsere von der Schlaflosigkeit gezeichneten Gesichter. Any hatte sich nicht um meine Ratschläge gekümmert und schlief im Stehen in der Portiersloge neben Mamas großer Sanduhr.

»Orty«, sagte Poldo und reichte mir ein Glas mit sprudelndem Sekt, »ich will, daß du den Kopf verlierst ...«

Ein Schauder lief mir über den Rücken ... ein heißer Schauder. Das allzulang unterdrückte Begehren entflammte unsere Körper. Poldos Augen waren rot. Seine hängenden Lippen bebten voller Verlangen. Er stürzte sich auf mich, um mich gierig zu begrapschen. Seine Hände schwitzten auf meiner Haut. »Ortensia, wie üppig du bist, wer hätte je gedacht, daß dieser ganze Überfluß in dir steckte! Was für Schenkel ... was für Brüste ... was für ein Hintern ... Ich will dich, Ortensia, Liebes, ich will dich!«

O Liebeswahn! Jetzt könnten wir zusammen neu anfangen, könnten alles an dem Punkt wieder aufnehmen, wo es so abrupt unterbrochen wurde: unsere Gespräche über Kultur, die Grillenstellung. Inzwischen ging Poldo mir an die Wäsche. Nicht so hastig, du Gieriger, nicht so hastig! Ich hatte Lust, seinen Kopf zwischen meine Hände zu nehmen, ihn fest in meinen Schoß zu drücken und unter Tränen ja zu sagen, ihm zu sagen, daß ich ihm verziehen und nie aufgehört hatte, ihn zu lieben. »Was willst du?« keuchte ich. »Willst du mich heiraten?«

»Nein«, antwortete Poldo sabbernd, »ich bin schon verheiratet. Du wirst meine Geliebte. Wir treffen uns heimlich in der Speisekammer, das wird wahnsinnig erotisch.«

Geliebte! Manola, Geliebte! Dieses köstliche Wort hallte in meinem benommenen Kopf wider: Ortensia, eine Geliebte, wie die großen Heldinnen der Literatur. Ich stürzte das ganze Glas Champagner hinunter, um auf die zügellose Zukunft anzustoßen, die zusammen mit dem Licht des neuen Tages nahte und die Schatten meiner langen Nacht verjagte. Ich würde nachgeben, ich würde mich von dem gefräßigen Poldo verschlingen lassen, der jetzt seine sagenhafte Zunge in meinen lüsternen Rachen schob. In den Windungen seines Gaumens war immer noch, obwohl seitdem so viel Zeit vergangen war, ein Nachgeschmack von Peperoni und Sardellen, der aus der Speiseröhre hochstieg. Poldo hatte mich nie vergessen.

Ich kehrte zurück zu diesem ersten Kuß in der Rosticceria, zu meinem Stück Pizza bianca, mit all seiner sexuellen Problematik. Ich hatte am Abend vorher nichts gegessen ... Ich spürte ein flaues Gefühl im Magen und bedauerte es, sie hergegeben zu haben, diese Pizza. Jetzt hätte ich sie gern wiedergehabt. Poldo küßte mich weiter, doch ich verlor mich in meinen Gedanken. Ich fing an, nicht nur zu bedauern, daß ich ihm die Pizza gegeben hatte, sondern auch all das andere, ohne daß er sich beeilt hätte, es mir zurückzugeben. Den Affen zum Beispiel. Und mein Herz. Mit einem Mal, vielleicht wegen des Trinkens auf nüchternen Magen, ekelte mich dieser Geschmack nach Peperoni und Sardellen an.

Ich stemmte meine Füße gegen Poldos Bauch und schob ihn mit aller Kraft weg, um seine dreifurchige belegte Zunge aus meinem Mund herauszubekommen. Mein Ex ploppte aus mir heraus wie ein Korken und taumelte zu Boden, und nach diesem Entkorken fühlte ich mich viel leichter, Manola. Ich rappelte mich wieder auf und schrie ihn an: »Nimm deine Pfoten weg, du impotenter außerirdischer Drecksack! Ich bin eine Überlebende! Mit deiner wahnsinnigen Leibesfülle hast du mir bei unseren Pseudoumarmungen nach dem Leben getrachtet. Ich habe stoisch deinen prähistorischen Gestank ertragen ...«

Benommen wie ein Kind, das plötzlich aufwacht, flüsterte Poldo: »Orty, Liebes ... ich stinke nicht mehr.«

»Ja, aber du hast lange gestunken.«

»Ich habe viel abgenommen.«

»Ja, aber du bist schlapp.«

»Liebes, ich werde Sport treiben«, sagte er und versuchte wieder auf meinen Körper zu klettern, der ausgestreckt auf der Couch lag. Ich sah nach draußen. Um mich doch noch zurückzugewinnen, packte Poldo mich am Kinn. Dann spielte er die letzte Karte aus.

»Du kannst die Krankenschwester sein, du darfst viele schöne Spritzen setzen. Ich weiß, daß dir das gefällt ...«, flüsterte er mir ins Ohr. Inzwischen war es Tag geworden. Grogo zeigte sich an der Tür, schlürfte ein Täßchen Kaffee. »Braucht ihr irgendwas?« fragte er und sah sich mit einem seiner bösen Blicke um. »Nein danke, Lieber«, antwortete ich. Grogo ging weg, hielt prüfend seinen Schnabel in den obszönen Geruch, der sich in der Luft staute.

Poldo schloß die Tür hinter meinem argwöhnischen Turkey. Er ging in die Mitte des Zimmers, sah mir gerade in die Augen, löste seinen Gürtel und ließ langsam seine Hose auf die Füße fallen. Ohne mich aus den Augen zu lassen, drehte er sich um, beugte sich vor und bot mir seine Hinterbacken zum lustvollen Gebrauch an. »Stich mir in den Hintern, Oberschwester Ortensia!« schrie er. Dann weinte er. Hinter den Tränen sahen seine hellen Iriden wie zwei auf dem Wasser schwimmende Seerosen aus.

Es war ein ungeheurer Liebesbeweis, das wußte ich. Im Verlauf unserer Beziehung wollte er selbst immer die Schwester sein. Ich wollte schon losgehen und meine Spritze holen. Da fühlte ich meine Kräfte schwinden ... in Trance tat ich ein paar Schritte. Draußen war die Sonne aufgegangen: Für mich begann ein neuer Tag. »No, mad doctor«, sagte ich und weinte ebenfalls, »zieh deine Hose wieder hoch. Ich bin eine andere Frau, die ganze Krankenschwesterei interessiert mich nicht mehr!«

Anemone

Heute morgen war mein Mann sehr nett zu mir. Er wollte selbst das Frühstück machen. Er hat mir sogar einen Kuß gegeben. Auf die Stirn, aber immerhin. Ich war überrascht. Er hat wohl nicht besonders gut geschlafen, denn er hatte Ringe unter den Augen, und sein Atem roch nach Sardellen. Ich dagegen habe ausgezeichnet geschlafen, Manola. Ich habe mich vor Mamas Sanduhr gestellt und nur an den Sand gedacht.

Ich mußte ins Krankenhaus, und mein Mann wollte mich unbedingt begleiten. Also haben wir uns in Ortys Sidecar geschwungen und sind losgefahren. Es war die schönste Reise meine Lebens, Manola. Poldo saß neben mir, und seine Kleider flatterten im Wind. Ich hatte die Handtasche auf den Knien, die Sonnenbrille auf der Nase, das Tuch um den Kopf gebunden: Wir waren ein Paar. Ich habe mich umgedreht, um mich in einem Schaufenster zu spiegeln, und an die Wolke gedacht, die wir hinter uns ließen. Es hätte mir gefallen, wenn von uns beiden nichts anderes als diese Wolke geblieben wäre.

Mir fielen die Worte von Pater Starostra wieder ein: »Bis daß der Tod euch scheidet.« Wir waren so glücklich, daß wir auch hätten sterben können. Ja, alles in allem wäre ich gern mit meinem Liebsten zusammen zerschmettert worden, wie meine Eltern. Ich fing an, den Lastwagen, die auf der Gegenspur auf uns zukamen, zuversichtlich entgegenzusehen. Und ich war versucht, mich auf Poldo zu werfen, um dem Lenkrad diesen kleinen Dreh zu geben, der nötig wäre. Doch mein Mann hat kräftige Hände. Manola, ich frage Sie: Muß man wirklich alt werden?

Wir sind gesund angekommen. Nicht heil. Das Heil ist nicht von dieser Welt. Und vielleicht bin ich nicht einmal so gesund. Jedenfalls sind wir angekommen. Poldo hat mir die Tür aufgehalten, und dann haben wir im Krankenhauscafé einen Gingerino aus einem Plastikbecher getrunken. Im Wartezimmer stand ein Aquarium mit Goldfischen. Sie haben eine beruhigende Wirkung, Manola, deshalb plazieren die Onkologen sie gut sichtbar.

Der Doktor empfing uns wie alte Freunde. »Freut mich«, sagte er, »Doktor Zinzar, Serbe von Geburt.« Er trug eine Gesichtsmaske, und zwar keine aus Gaze. Es war eine schöne Karnevalsmaske aus Pappmaché mit einer riesigen schwarzen Nase. Das war mir sofort sehr sympathisch. Ich bewundere Menschen, die sich auch bei der Arbeit amüsieren wollen. Poldo hat sich gleich für die Maske interessiert, weil er doch die Entwicklung von Sitten und Gebräuchen erforscht.

Zinzar gab ihm Auskunft: »Das ist die Maske von Doktor Balanzone. Wenn ich sie aufsetze, schaffe ich eine Barriere zwischen mir und dem Patienten, der untersucht wird. Der Beruf erfordert Distanz. Die Gefühlswelt des Patienten darf nicht mit meiner in Berührung kommen. Der Arzt muß sich schützen. Kurz gesagt: Ich bin ein Archetyp. Ich bin *The Doctor.*«

Poldo war sehr beeindruckt von der extravaganten Art des Doktors. Ich dachte an die Fische. Zinzar forderte mich auf, mich auszuziehen, und untersuchte mich. Ich schämte mich für meinen Körper und hielt mir deshalb meinen geöffneten BH vor die Brust. Die Träger waren nicht so ganz sauber, und ich hatte Angst, Zinzar würde es bemerken. Als ich mich wieder angezogen hatte, sagte der Doktor, ich müsse mit dem ganzen Körper in einen Sarkophag, um geröntgt zu werden. Ich antwortete, ich würde darüber nachdenken. Er sagte, es bleibe keine Zeit mehr zum Nachdenken. Unter uns, Manola, ich habe nicht die geringste Lust, mich in einen Sarkophag schieben zu lassen.

Zinzar wollte mich beruhigen. Also erzählte er mir, daß dieser Klumpen blöder Zellen, die ich im Bauch habe, vielleicht psychosomatischen Ursprungs sei, weil heutzutage jede Dysfunktion induziert sein kann. Schließlich meinte Zinzar, daß ich vielleicht gesund werden könne, wenn klar wäre, was ich mir wirklich wünschte.

Ich bekam doch tatsächlich kein Wort heraus. Der Doktor drängte mich mit halblauter Stimme und sagte, es sei undenkbar, keine Wünsche zu haben, weil alle welche hätten.

»Ich gehe ein Risiko ein, wenn ich diese Fragen stelle, Signora. Hier im Krankenhaus hält man mich für subversiv und bespitzelt mich. Überall sind Mikrophone«, sagte er. Weil ich den Ernst der Lage erkannte und ihn nicht enttäuschen wollte, begann ich wirklich nachzudenken. Da fiel mir die Geschichte mit der Schwangerschaft wieder ein. Und obwohl Poldo dabei war, nahm ich meinen ganzen Mut zusammen.

»Vielleicht hätte ich gern ein Kind«, sagte ich.

Poldo erstarrte. Ich bekam Angst, er würde mich schlagen. Aber dann dachte ich, daß er das vor Fremden noch nie getan hat, weil er weiß, wie man sich benimmt. Doch er stand auf und begann im Kreis durchs Zimmer zu gehen. Der Doktor wurde sehr wütend. Auf mich natürlich.

»Dummes Zeug«, sagte er. »Ist Ihnen klar, was eine Schwangerschaft in Ihrem Zustand bedeutet?«

»Vielleicht könnte ich gesund werden«, antwortete ich und suchte in den Löchern der Maske nach seinen Augen.

Zinzar war äußerst gereizt und schob ein Seziermesser unter das Pappmaché, um sich die echte Haut zu kratzen. Dann erzählte er die Geschichte jener krebskranken Schwangeren, die sich nicht behandeln ließ, um das Leben ihres Kindes zu retten.

»Kommt Ihnen das richtig vor, Signora?« fragte er.

»Ich weiß nicht, ob es richtig ist, aber es kommt mir schön vor.«

»Ah, es kommt Ihnen schön vor?!«

»Sterben, um ein Leben zu schenken, das gibt dem Leben einen Sinn … Es ist poetisch …«

Ich wußte, daß ich überzogen hatte. Von Poesie zu sprechen, meine ich. Er kam einfach so aus mir heraus, dieser Satz. Es gibt Dinge, die spucken wir aus, ohne es zu wollen, doch dann gefallen sie uns.

Zinzar hingegen gefiel ich langsam ganz und gar nicht mehr.

»Und das Kind, wenn es dann größer ist, Pickel hat und nachts ins Bett macht, das Kind, das wegen des Allmachtswahns seiner Mutter Waise geblieben ist, kommt Ihnen das dann weniger poetisch vor?«

»Nein, es tut mir sehr leid …«

»Ihr Frauen meint immer, ihr seid der Mittelpunkt der Welt, ihr denkt nur an Poesie und nie an die Konsequenzen. Ich weigere mich, an Gott zu glauben, nur aus diesem Grund. Ein intelligenter Gott hätte das Fortbestehen des Lebens niemals in die Hände so schwacher Wesen gelegt!«

Poldo hatte sich inzwischen wieder hingesetzt. Zinzar kümmerte sich nun nicht mehr um die Mikrophone und ließ sich gehen. Mit einem Satz sprang er auf den Schreibtisch und donnerte, den Zeigefinger auf mich gerichtet: »Gestehen Sie: Sie sind eine Gesandte der klerikalen Geheimdienste! Sie sind eine glühende Befürworterin der Bioethik …«

»Ich weiß nicht mal, was diese biologische Ethik ist. Aber

Konservierungsstoffe mag ich nicht, wenn Sie das wissen wollen ...«

»Antworten Sie: Wo beginnt das Leben?«

»In uns ...«

»Wann? Wann?«

»Wann Gott es will.«

»Meinen Sie damit, Signora, daß ich jedesmal, wenn ich mir einen runterhole, Millionen menschlicher Wesen töte?«

»Ich hoffe nicht ...«

»Dann bin ich für Sie also ein krimineller Realist, Serbe von Geburt ...«

»Ich würde mir nie erlauben ...«

Zinzar wandte sich ab, damit er sich in aller Ruhe den Schweiß, der unter der Maske hervorlief, vom Gesicht wischen konnte. Dann drehte er sich wieder um, sah mich an und sagte matt: »Also, reden Sie kein dummes Zeug. Denken Sie an einen Wunsch ohne Poesie, nicht an ein Opfer.«

»Ich wünsche mir nichts«, sagte ich.

»Dann krepieren Sie«, sagte er.

Beim Rausgehen habe ich mir das Aquarium unter den Arm geklemmt, um die Goldfische mit ins Hotel zu nehmen. Sie stehen jetzt auf dem Küchentisch, und ich verbringe Stunden davor, die Augen direkt an die Scheibe gepreßt. Ich bin entzückt. Manola, haben Sie sich je einen Fisch aus der Nähe angesehen, mit den leuchtenden Schuppen, den kraftlosen Bartfäden? Haben Sie je einen Fisch gesehen, der einem in die Augen schaut? Ich fühle mich ganz genau so: ein Fisch, der sich um sich selbst dreht und seinem eigenen Schatten folgt. Ortensia meint, daß es therapeutisch sei, wie ein Fisch nach Luft zu schnappen, ein bioenergetisches Acting, bei dem es ums Saugen geht. Sie hat gesagt, daß sie mir ein paar seltene Fische schicken wird, wenn sie auf ihrer Insel ist. Ich habe ihr gesagt, daß mir die hier reichen.

Sie geben keinen Ton von sich, die Fische hier drinnen, sie

sind klein und lautlos, und sie schlagen mit dem Kopf gegen das Glas. Poldo wollte sie als Vorspeise essen, doch ich habe dagegen aufbegehrt: »Dann brate lieber mich.« Er hat erwidert: »Dafür haben wir nicht genug Öl, du Psychowrack!« Ist das nicht herrlich, Manola? Jetzt zieht mein Mann ernsthaft in Betracht, daß auch ich eine Psyche habe!

Ortensia

Ich reise ab, jetzt ist es entschieden. Any muß allein zurechtkommen. Ich lasse ihr meinen gesamten Lottogewinn da, damit sie die Kosten für ihre Behandlung bezahlen kann, obwohl ich nicht glaube, daß sie ihr noch etwas nützt. Ich glaube eher, daß sie deprimiert ist, weil sie sieht, daß es mir, der Fledermaus des Hotels, so gut geht. Ich weiß, was sie empfindet. Ich weiß, was es heißt, zu erleben, daß eine aus der eigenen Familie mehr Glück hat als man selbst. Doch auch ich benötige viele Dinge, letzten Endes wachse ich noch. Ich will keine Anker haben, wenn ich in meine Zukunft aufbreche, Manola, ich will nicht aufgehalten werden. In Thule angekommen, werde ich an Land gehen und das Boot aufs Trockene ziehen. Für die Ewigkeit.

Ich habe übrigens Lucianella aufgesucht, denn ich wollte wissen, wie es auf mich wirkt, sie wiederzusehen. Ich fühlte, daß ich auch diese Klippe hinter mich bringen mußte: die letzte vor dem offenen Meer.

Ich fand sie am Eingang der Grotte. Sie drehte Kreise um sich selbst, zerwühlte sich das Haar, als wäre sie auf der Suche nach einem Wurm. Sie war noch verlumpter und tat mir sehr leid. Als sie mich im Gebüsch rascheln hörte, hob sie den Blick. Ihre Augen waren wie Hundeaugen: die sentimentalen Augen von Argo, der Odysseus wiedererkennt. Doch im Unterschied zu dem Vierbeiner aus der Sage, der beim

Anblick seines geliebten Herrn starb, sprang mich die zweibeinige Lucianella tollwütig an.

»Elende ... Elende«, knurrte sie mit Schaum vor dem Mund. Dann rannte sie weg, um sich das Gesicht in einem Eimer Wasser zu waschen, und tauchte entspannt und sehr professionell wieder auf.

»Sie haben sich hier eine ganze Weile nicht sehen lassen, Ortensia ...«, sagte sie und schlug dabei mit einer Binsengerte in ihre gerötete Handfläche, »Sie haben ein paar Kilo zugenommen ...«

»Vom Naschen ...«

»Ah, ja. In meinem analytischen Restaurant haben Sie dagegen ein paar kleine Rechnungen offengelassen. Sie kennen die Regeln unserer Küche: Bei uns Freudianern wird bezahlt, auch wenn man eine Sitzung ausläßt. Alles wird bezahlt. Was ist, liegt Ihnen Ihr inneres Elend nicht mehr am Herzen?«

»Es geht mir besser.«

»Besser? Reden Sie keinen Scheiß, das ist ja übelste Verdrängung! Und diese Flut phantastischer Phobien, was ist aus denen geworden?«

»Sie haben sich verflüchtigt.«

»Lieber Himmel! Sie sind eine paranoide Hochrisikoneurotikerin. Sie sind mehr als Borderline, und jetzt werden Sie auch noch undankbar. Ich habe alle meine Patienten aufgegeben, um mich ausschließlich um Sie zu kümmern, und dann verschwinden Sie, niederträchtig, wie Sie sind, von jetzt auf gleich, ohne mich auch nur mit einer Postkarte zu benachrichtigen. Andererseits hätte ich nach dem feigen Abgang Ihrer spaßigen Eltern auf alles gefaßt sein müssen. Wie naiv ich war!«

»Lucianella, es ist nicht so, wie Sie glauben: In der Familie ist es schwieriger geworden, und deshalb habe ich mich sozusagen vereinfachen müssen ...«

»Sich vereinfachen? Was für ein schreckliches Wort. Sie sind mental verwirrt, so sehr, daß Sie Jahre und Jahre geduldiger Arbeit aufs Spiel setzen. Doch ich gebe die Hoffnung noch nicht auf, ich werde versuchen, Sie wieder einzufangen, so lasse ich Sie nicht fortgehen. Und glauben Sie bloß nicht, daß ich es wegen meines Berufsethos tue, ich muß einem viel persönlicheren Moralkodex gehorchen; ich kann jemanden wie Sie nicht der Welt zum Fraß vorwerfen. Ich und Sie, Ortensia, wir sind dafür bestimmt, eingeschlossen zu leben. Man muß nur wieder Geschmack daran finden. Los, wir wollen keine Minute verlieren, legen Sie sich auf die Liege, erzählen Sie mir irgend etwas exquisit Traumatisches. Dann werden Sie sich gleich besser fühlen.«

Ich konnte sie nicht enttäuschen, Manola. Ich spürte, daß sie mich brauchte. Also begann ich rasch, die nie verarbeitete Geschichte von dem Rowdy zu erzählen, der mir einen Parkplatz weggenommen hatte, während ich noch manövrierte, und mich dann, als ob das nicht genügte, auch noch mit Ohrfeigen und Dialektschimpfwörtern sexuellen Inhalts wie »Lutschflitscherl« oder so ähnlich eindeckte.

Lucianella liebt diese Episode meiner traumatischen Erfahrung. Das Lächeln kehrt auf ihr Gesicht zurück, und sie bekommt wieder Farbe. Ich sehe sie an und denke, daß meine Lucy wirklich eine schöne Frau ist. Eine feurige Frau, die unendlich viel geben kann.

»Gut, ausgezeichnet. Meine liebe Ortensia, Sie wissen natürlich, daß der Rowdy nur ein Vorwand ist. Die eigentliche Frage lautet: Warum hat eine gewöhnliche Episode rücksichtslosen Verhaltens in der Stadt Sie derart erschüttert? Der phallische Hüne symbolisiert den fehlenden Penis. Denn das ist Ihre Obsession. Und deshalb müssen wir entschlossen in die Tiefe gehen. Sind Sie fertig? Los, rüsten wir uns: Wintertaucheranzug, Maske, Mundstück, Flossen,

Druckluftflaschen, Überdruckventil, Stablampe, schwerste Gewichte: Eintauchen!«

Wir haben uns vollständig angezogen und mit dem Abtauchen begonnen. Lucianella skandierte mit Blick auf den Tiefenmesser euphorisch die Etappen: »Luftröhre. Magen. Nabel. Amnionwasser. Noch weiter runter! Noch weiter runter! Eine letzte Anstrengung, Ortensia: Wir wollen ihn packen, Ihren Vater, diesen Bastard ...«

Manola, für mich hatte das Eintauchen in meine tiefsten Schichten immer etwas Stimulierendes, doch diesmal fiel es mir schwer. Offensichtlich bekam der Wechsel meiner Ernährungsgewohnheiten der Analyse nicht. Ich hatte mit Appetit zu Mittag gegessen. Der Verdauungsprozeß war noch nicht abgeschlossen, und dieses plötzliche Bad in meinen Säften ließ mich einen Blutandrang fürchten. Ich wollte nichts riskieren. Ohne zweimal darüber nachzudenken, machte ich meine Gewichte los und überließ mich der Schwerkraft. Lucianella inspizierte inzwischen weiter die Grotte, platt wie ein Zackenbarsch. Dann sah sie mich.

»Was erlauben Sie sich, Ortensia?« schrie sie und lockerte für einen Moment das Mundstück. »Gehen Sie augenblicklich wieder runter! Runter mit den Flossen von der Liege!«

Ich schoß mit der Geschwindigkeit eines Sektkorkens hoch und sah schon mit Freude die blaue Grenze des Wassers über meinem Kopf.

»Geben Sie acht, Ortensia, es ist gefährlich, so aufzusteigen. Sie haben keine Druckreduktion vorgenommen. Sie haben den Druck kein bißchen vermindert! Ab nach unten, Sie Unglückliche, zuerst müssen wir alles aufarbeiten ...«

Aber inzwischen stieg ich schon selig aus dem Wasser ans Ufer und sah ohne jegliches Interesse hinunter, als handle es sich um eine mir fremde Tiefe. »Nein«, sagte ich, »ich danke Ihnen, aber ich möchte keine weitere Aufarbeitung: Ich bin kein altes Möbel. Im Grunde bin ich seit vielen Jahren wütend auf diesen Rowdy, und wenn Sie es mir erlauben, Lucianella, möchte ich mir endlich die Befriedigung verschaffen, ihm einen Tritt in die Hoden zu geben!«

»Natürlich! Sie wollen ihn treten, weil Sie, Ortensia, seine Hoden begehren. Sie begehren sie unmäßig!«

»Nein, tut mir leid, ich habe nicht so orthodoxe Motive. Mein Gefühl ist viel prosaischer. Ich bin wütend auf diesen Rowdy, weil er mir den Parkplatz weggenommen hat: Das ist alles. Wir wollen den Rest aus dem Weg räumen. Auf der Straße sind wir beide, ich und du. Punkt. Und du bist ein Hurensohn, denn du hast gesehen, daß ich schmächtig, borstig und introvertiert bin, und hast mir meinen Platz weggenommen. Punkt. Du symbolisierst nicht meinen Vater. Punkt. Mein Vater war ein braver Mann, er lebte im Swimmingpool und beherbergte in seiner Körperbehaarung eine Menge kleiner Viecher. Punkt. Er war nicht unterwegs und nahm den Leuten die Parkplätze weg. Punkt. Du symbolisierst für mich nur den Dreckskerl, der du bist. Doppelpunkt: Und jetzt schlage ich dir endlich ins Gesicht!«

Ich habe mir den Gurt mit den Gewichten von der Hüfte gerissen, habe ein paar entschlossene Schritte gemacht und ihn wie eine metropolitane Waffe geschwungen. Ich spürte, daß eine echte, wütende Kraft in mir hochkam, die nichts auf der Welt beugen konnte.

»Lucianella«, schrie ich, »Lucianella, Sie haben mich sozial erfolglos gemacht. Sie haben mich zur Verinnerlichung verdammt, und so haben Sie der Welt einen Menschen vorenthalten, der dieser Welt hätte nützlich sein können. Sie sind also eine Kriminelle!«

Der Zackenbarsch Lucianella schnappte nach Luft, drückte sich an den Felsen und appellierte in einem letzten Versuch an meine Eitelkeit: »Ganz ruhig, Ortensia, ganz ruhig … Sie sind ein kultiviertes Wesen. Sie können nicht in

Wettstreit mit einem armen Vorstadtmenschen treten, der Opfer seines Zwangs ist, die selbsterlittene Gewalt zu wiederholen!«

Ich konnte nicht glauben, daß sie sich in ihrer Kastrationslust so weit herablassen würde, nahm das Unterwassergewehr und lud die Harpune. Ich wollte sie niederstrecken. »Das ist mir vollkommen schnurz, ob der Vater des Rowdys ein durchgedrehter Alkoholiker ist, ob seine Mutter in der Unfallchirurgie liegt, ob seine Schwester eine heroinsüchtige Prostituierte ist und er sich im Fitneßcenter mit Anabolika die Leber ruiniert. Das ist wie die Geschichte von dem brutalen Vergewaltiger, der von Vater, Mutter, Onkeln, Großeltern, Urgroßeltern vergewaltigt worden ist, denen ihrerseits von ihren Vätern, Müttern, Onkeln, Großeltern, Urgroßeltern Gewalt angetan wurde, die alle von aufgegeilten Ururgroßeltern vergewaltigt worden sind, die alle von ihren Vorfahren vergewaltigt worden sind, die alle von den Hominiden des Pleistozäns vergewaltigt worden sind, die alle von den Affen vergewaltigt worden sind! Also wer ist verantwortlich? Diese erste Affenhorde? Es ist hinlänglich bekannt, daß die Affen sich ohne Gnade und ohne Umstände sodomisieren. Und jetzt? Handelt es sich nur um Familientraditionen, die weitergegeben werden? Nein, es reicht mit dem Placebo der Vergangenheit, und jetzt soll jeder für sich selbst verantwortlich sein!«

Ich habe gefeuert. Der Zackenbarsch Lucianella, am Kopf harpuniert, fiel auf die Knie. Nach Luft schnappend, stammelte sie: »Meine Liebe, was sagst du da?«

Manola, ich habe das, was von meiner Analytikerin übrig war, am Ohr hochgezogen, und in ihre todgeweihte freudsche Ohrmuschel habe ich gebrüllt: »Arsch! Arsch! Arsch!«

Anemone

Poldo hat mich verlassen, Manola. Heute morgen stand eine schöne Sonne am Himmel, und während ich mir diese Sonne ansah, hat er zu mir gesagt: »Ich gehe Zahnstocher holen.« Er ist nicht zurückgekommen. Ich bin naiv gewesen, ich hätte mißtrauisch werden müssen, weil er seine Zähne immer mit dem Hirsebesen geschrubbt hat. Doch diese leuchtende Kugel schien nur für mich am Himmel zu stehen. Ich habe wirklich nicht gedacht, daß mir unter dieser Sonne so etwas passieren könnte.

Wer soll jetzt die zwanzig Meter Bauernschmaus essen? Und was mache ich mit dem Container mit gedörrtem Bauchfleisch aus den Anden? Ich bin eine getrennt lebende Frau, eine amputierte Frau bin ich.

Ich bitte Sie, Manola, wecken Sie mich auf, sagen Sie mir, daß es nur ein Alptraum ist. Sagen Sie mir, daß Poldo ins Hotel zurückkommt, mich grün und blau schlägt und alles wie vorher ist. Das durfte nicht passieren. Nicht mir. Allein bin ich nichts. Mit Poldo war ich ein Paar, und ein Paar kann man wenigstens wiedererkennen. Jedenfalls immer besser als nichts. Ich muß mir eine Schaufensterpuppe kaufen, sie unterhaken und mit ihr spazierengehen.

Ich will nicht ohne Ehemann bleiben, das kann ich nicht. Ein Mann ist einer, der dich daheim quält, dich aber ganz bestimmt gegen Angriffe von außen beschützt. Mit ihm kannst du in Seelenruhe alt werden, kannst ganz still verblühen, kannst zulassen, daß deine Haut immer rauher wird. Er hütet liebevoll die Erinnerung daran, wie dein Körper jung war und nach Karamel duftete. Mit ihm zur Seite wird auch das Mädchen, das du einst warst, immer in Sicherheit sein. Doch wenn er dich verläßt, nimmt er alles von dir mit. Und dann bist du nur noch ein spätes Mädchen, gut für einen nächtlichen Beutezug.

Ich werde zum Niemandsland, jeder darf sich an mir vergreifen. Um ins Spiel zurückzukehren, muß ich mir den Busen korrigieren lassen und mit alten Frauen im Body und mit Stirnband ins Fitneßcenter gehen. Im Morgengrauen werde ich in einem x-beliebigen Bett wach, nur mit dem Geruch eines Fremden auf mir. In der Dusche rutsche ich dann auf der Seife aus und bleibe weinend auf dem Boden sitzen, weil ich zu fett bin, um mich wieder aufzurichten, und keiner kommt und hilft mir.

Ich bin erledigt. Warum habe ich mir nicht den Mantel über den Morgenrock gezogen, um hinter ihm herzurennen? Warum habe ich weiter hoffnungsvoll die Sonne angesehen? Ich habe nichts verstanden, bis Helmutta ins Motel gekommen ist, um ihr Hochzeitsgeschenk zurückzuholen und mir ins Gesicht zu spucken. Jetzt wird mir keiner mehr vertrauen. Alle Insekten im Tal werden ihre Bedürfnisse auf mir verrichten, wie sie es bei Papa getan haben. Und inzwischen scheint weiter diese grelle Sonne. Warum fällt sie nicht vom Himmel, Manola?

Was bleibt von mir? Wer bin ich? Sagen Sie es mir bitte. Mir sind die Grenzen abhanden gekommen. Die Ehe war das Gehege meines Körpers. Wenn ich jetzt eine Lammkeule ansehe, denke ich, daß ich diese Lammkeule bin. Und dann kann ich mich genausogut in den großen Topf legen und den Deckel zumachen. Manola, tun Sie Rosmarin an Psychowrack in Frikassee?

Es war falsch von mir, mich so aufzugeben, ich hätte mir ein bißchen Raum für meinen eigenen gesunden Menschenverstand bewahren müssen, eine kleine Freizone des Egoismus. Ich hätte vorausschauender sein müssen. Ich hätte ein bißchen Geld aus den Taschen meines Mannes nehmen sollen. Einen Schein am Tag, an jedem Tag unseres gemeinsamen Lebens, um ihn heimlich in den BH zu stecken. Doch ich schaffe es nie, an morgen zu denken. Am Himmel gibt es für mich nur eine einzige Sonne.

Was bleibt mir? Scheiße, nichts als Scheiße. Eine Speisekammer voller Einmachgläser. Haben Sie sich je einen Scheißhaufen aus der Nähe angesehen, Manola? So warm und fest, immer gleich und doch einzigartig. In einem Scheißhaufen steckt der ganze Sinn des Lebens.

Ich habe Lucianella angerufen, diese wahnsinnig nette Frau, die jahrelang Ortensias Psychoanalytikerin war, vielleicht habe ich Ihnen von ihr erzählt, Manola. Ich wollte mich lieber an eine Vertrauensperson wenden, die unsere Familie gut kennt, dann muß ich nicht allzu viele Erklärungen geben. Ich weiß, daß diese Therapien viele Jahre dauern, denn bevor man wieder aufgebaut werden kann, muß man ganz in Stücke gehen. Von daher gesehen bin ich schon ziemlich weit. Ich meine, ich fühle mich schon einigermaßen kaputt.

Ich hoffte auf nachhaltige Hilfe. Doch als ich in ihre Höhle kletterte, um ihr einen Besuch abzustatten, sah ich, daß sie sich verändert hatte, auch wenn sie sich als unerwartet umgänglich herausstellte. Die Wildsau Lucianella hatte den Kopf bandagiert, doch sie wirkte, als wäre sie in Hochform. Sie lackierte sich gerade die Nägel in einem schönen Kirschrot und fing gleich an zu reden, ohne die Maniküre zu unterbrechen.

»Freud hatte zu seiner Zeit leichtes Spiel. Damals gab es

eine ganze Menge anregendes Material. Es gab haufenweise Gehemmte, Hysterikerinnen, so viele schöne strenge Regeln, feste Konventionen, eine vielfältige Auswahl an Tabus, in Stein gehauene Ideale, unsensible Großfamilien, Damen, die es unter den langen Röcken juckte, und versteckte Homosexuelle … Doch heute spielt eine andere Musik. Heute lassen es sich alle freudig von hinten besorgen, liebe Anemone. Es gibt kein Schuldgefühl mehr, es gibt keine Familie mehr, es gibt nicht mal mehr eine Spuckevoll Glauben, einen Furzvoll Moral, um Obstruktionismus zu betreiben. Alles ist dem Erdboden gleichgemacht worden. Es gibt nur Dürre und Elend. Ortensia, ja, sie war wundervoll, so sehr neunzehntes Jahrhundert an der Schwelle zum zwanzigsten Jahrhundert, so herrlich Fin de siècle! Doch jetzt, da auch sie die Schuppen der alten Welt abgeworfen hat, um kühn ins neue Jahrtausend einzutauchen, ist alles verloren. Was raten Sie mir, Anemone, soll ich die Lippen wie die Nägel färben oder ein bißchen mehr Zwetschge?«

Sie war dazu übergegangen, ihr Gesicht zu schminken, und sie kam mir angespannt vor, ihre Unerfahrenheit auf diesem Gebiet schien es ihr schwerzumachen. Ich hätte ihr gern geholfen, doch ich hielt mich ein wenig zurück, weil ich nicht verstand, was genau sie wollte.

»Ich wüßte nicht, was ich Ihnen raten sollte. Das hängt von Ihnen ab …«, stammelte ich.

»Nein, es hängt nicht von mir ab, es hängt von der Botschaft ab«, sagte Lucianella mit Nachdruck. »Mit der Farbe der Lippen will ich eine Botschaft aussenden, natürlich sexueller Art, und ich weiß nicht, ob es die grelle Botschaft einer Gottesanbeterin sein soll oder ob ich besser die Metasprache eines zarteren Farbtons einsetze …«

Sie holte ein paarmal tief Luft und entschied sich dann, offensichtlich ohne noch einmal darüber nachzudenken, für die krasse Sprache der Gottesanbeterin.

»Mir geht es schlecht, können Sie mir helfen?« flüsterte ich.

»Ich fürchte nein, meine Liebe«, antwortete die Freudianerin. »Helfen Sie mir lieber, das hier festzumachen.«

Aus einer großen Schachtel, Made in Taiwan, holte sie ein männliches Glied von beachtlichen Proportionen und in bester Ausführung hervor.

»Wie finden Sie es?« fragte sie mich.

»Ein echtes Juwel«, antwortete ich traurig.

»Helfen Sie mir, es festzumachen. Ich bin zu ungeschickt.«

Ich dachte an einen Platz irgendwo unten, doch die Freudianerin bestand darauf, daß ich es oben festmachte. »Auf dem Kopf«, sagte sie. »Ich will es auf dem Kopf.«

Während ich die Riemen des sympathischen Kopfschmucks zusammenband, lächelte Lucianella mich freundlich an. »Meine Liebe«, sagte sie, »ich kann so nicht weitermachen, ich bin Idealistin. In unsere psychoanalytischen Praxen kommt nur eine formlose Masse von Dummköpfen, solche, die sich sagen: Irgendwas stimmt bei mir nicht, vielleicht ist es Sodbrennen, oder es liegt doch irgendwie weiter innen. Ich nehme lieber mal ein paar Stunden beim Analytiker. Ich habe ein Handy, einen Airbag, eine Klimaanlage, eine Satellitenschüssel, einen Transrapid-Anschluß gleich vor der Haustür, ich will auch ein Unbewußtes, Scheiße, das gibt's als Option, ich will es haben! Anemone, mein ganzes Gewerbe ist heutzutage deprimierend, nur Flachköpfe auf der verzweifelten Suche nach Tiefe. Und die kann ich nicht aufbauen. Im Sommer gehen sie auf Unterwasserjagd, machen das Meer leer und harpunieren Schleim, und im Winter wollen sie bei uns eintauchen. Sinnlos, ich finde nichts mehr, die Höhlen sind leer, die Meere sind tot ...«

»Aber mir geht es wirklich sehr schlecht ...«, flüsterte ich.

Lucianella streichelte zärtlich mein Gesicht. »Anemone«,

sagte sie, »werden Sie Mitglied der Initiative zur Rettung der Meeräsche. Da arbeitet man nämlich am Unbewußten. Ich grüße Sie.«

Es war spät geworden, meine Sonne versank jetzt senkrecht hinter dem Berg, verschwand zusammen mit einem Vogel, der dem Abendrot folgte. Die Psychoanalytikerin hatte es eilig, weil sie sonst zu spät zur Arbeit gekommen wäre. Ja, Manola, die arme Lucianella hat sich darauf eingerichtet, als Professionelle auf der Straße zu stehen. Es ist nicht schön, wenn man erlebt, daß eine ältere Frau nach Jahren des Studiums und der intellektuellen Arbeit so herunterkommt. Aber sie nimmt es nicht so schwer. Bevor sie sich keck auf den Weg machte, flüsterte sie mir zu: »Liebe Anemone, jede Hoffnung geht den Bach runter.«

Ortensia

Ich habe Poldo am Bahnhof getroffen. Er hat zu mir gesagt: »Ortensia, ich bin ein freier Mann. Ich bin endlich am richtigen Ufer angekommen, ich habe mich in einen wunderbaren Mann verliebt.«

Am Himmel hatten sich schüchtern ein paar Wolken zusammengezogen, die jedoch der Sonne noch Platz ließen. Poldo brachte sich vorausschauend unter dem Bahnsteigdach in Sicherheit. Er war sehr elegant: weißes Kostüm, fuméfarbene Nahtstrümpfe, hochhackige Schuhe, silberner Kosmetikkoffer aus Wasserschlangenleder, platinblonde Perücke, Zuchtperlenkette.

Schlank, vibrierend, beinahe ätherisch kam er mir vor. Wie er den Verlobungsring um seinen Finger drehte, war er ganz und gar eingehüllt in einen neuen, weichen Glanz, eine vollkommene Entrücktheit. Er biß sich schmerzhaft in die Lippe, auf der Suche nach einem noch frischen Geschmack, als fürchte er, ihn schon verloren zu haben. Er war in Eile, auf dem Weg zu einer weiteren Bestätigung. »Ortensia«, sagte er, »glaub mir, mein Doktor ist ein revolutionärer Forscher: Das ist keine Homosexualität bei mir, das ist Freiwilligendienst.«

Wir sahen uns an, und in seinem fiebrigen Blick lag etwas nur schwer Faßbares, der Stolz des Neophyten, gemischt mit dem des Soldaten.

Dann kam sein Zug. Die Leute um uns herum drängelten zum Einstieg, es blieb keine Zeit mehr. Poldo nahm meine Hand fest in seine Hände. Mit dünner Stimme sagte ich: »Warte, du kannst uns nicht verlassen, nicht jetzt ... Du weißt, daß Any Krebs hat ...«

»Den haben viele«, antwortete Poldy und gab mir meine Hand zurück.

Da mußte ich ihm recht geben, doch ich beschwor ihn: »Ich bitte dich, denk darüber nach, du kannst nicht mit einem Doktor davonlaufen ...«

»Warum nicht?«

»Das ist der erotische Traum deiner Frau ...«

»Orty, der Zug kommt nur einmal im Leben vorbei, tut mir leid.«

Hinter Poldo war inzwischen ein nach Luft ringender junger Mann in einem weißen Hemd angekommen, der eine Maske der Commedia dell'arte vor seinem von slawischen Zügen geprägten Gesicht trug.

»Da ist er«, sagte Poldo, als sein Freund ihn liebevoll umfaßte und umdrehte.

Der maskierte Doktor reichte mir die Hand und sagte: »Freut mich, Doktor Zinzar, Serbe von Geburt.«

Ich nahm Poldo zur Seite: »Du kannst doch nicht mit Anys Onkologen eine Familie gründen ...«, flüsterte ich ihm zu.

»Und ob ich das kann. Alles ist möglich«, antwortete er, streichelte zärtlich über seinen Bauch, der eine kleine Wölbung aufwies, und fügte hinzu: »Ich erwarte ein Kind.«

»Das ist ja schrecklich ...«, stammelte ich.

»Das ist nicht schrecklich, es ist großartig, daß wir euch Frauen nicht mehr brauchen. Ihr seid zu kompliziert für uns.«

Der maskierte Doktor mischte sich in unser Gespräch ein und zeigte beim Lächeln sein raubtierhaftes Gebiß: »Ihr redet, wir schaffen Tatsachen«, sagte er und zog Poldo mit sich in die Menge.

Das letzte, was ich von ihm sah, waren seine wunderbaren Pobacken unter dem zarten Crêpe de Chine, als er auf das Trittbrett stieg, und ein in seinem Schuh zauderndes Füßchen, wie das eines unsicheren Aschenputtels. Dann verschwand er für immer hinter den Rücken fremder Menschen. Mich nehmen Abschiede immer mit, wenn das Nichts, ein graues Stück Stadt und namenlose Gleise ein vertrautes Gesicht, den Duft eines geliebten Menschen verschlingen.

Ich war mit einer sonderbaren Melancholie zurückgeblieben. Ich fühlte mich ganz klein und wurde mit jedem Schritt trauriger. Ich kannte den Grund für diese Traurigkeit. Auch ich wollte Liebe, verstohlene Zärtlichkeiten, Verwirrung des Herzens. Inzwischen ging die Sonne unter. Die anderen Menschen hasteten voran. Viele von ihnen eilten vielleicht zu einem geliebten Menschen, in Arme, die sich in die Nacht hinein nach ihnen ausstreckten. Zwei Verliebte, aneinandergepreßt, gingen an mir vorbei, ohne mich zu sehen. Ich wäre ihnen am liebsten gefolgt, wie ich es als kleines Mädchen bei den Hotelgästen gemacht hatte, um sie zu bitten, mich unter dem Mantel ein bißchen bei sich zu behalten. Doch in ihrer Welt gab es keinen Platz für mich. Ich ballte meine Fäuste in der Tasche, um mir ein wenig Mut zu machen. Ich wollte nicht zurück ins Hotel und den Abend mit Any verbringen, versteinert vor dem Fernseher, um von der Zeit zu reden, als sie jung und schön war.

Ich ging weiter, und die Straßen wurden immer leerer. Die Scheinwerfer der Autos streiften mich, ließen leuchtende Spuren in meinen Gedanken zurück. Ein Bus fuhr zu nah an mir vorbei, ich zuckte zusammen. Erschrocken wandte ich den Blick auf das orangefarbene riesige Gefährt. Hinter den Fensterscheiben pulsierte das Leben. Dort drängten sich männliche Körper, dunkel nicht von der Sonne, sondern von

Geburt, dicht an dicht wie Störeier. Offensichtlich handelte es sich um einen gemeinen Trupp aus Nichtgemeinschaftsländern nach einem langen Arbeitstag auf dem Rückweg in ihre elenden Unterkünfte in der Vorstadt.

Der Fahrer öffnete die hintere Tür, exakt vor meiner zierlichen Gestalt. Eine warme, verwirrende Duftwolke hüllte mich ein. Ich hatte nicht die Absicht, einen Bus zu nehmen, ich hatte in meinem ganzen Leben noch nie einen genommen, und vor allem hatte ich keinerlei Grund, mich in die Vorstadt zu begeben. Doch ich wurde langsam müde, und ich fröstelte bereits. Ich warf verstohlen einen Blick in den Bus. Die Schwarzen schienen trotz ihrer Müdigkeit und der unbequemen Fahrt bester Dinge und sangen eine ihrer Volksweisen. Auf dem Entwerter saß ein Musikant und schlug auf ein Terrakottagefäß, das er mit einer Haut überspannt und dadurch in eine Trommel verwandelt hatte. Ich warf meinen Ballast an Zweifeln über Bord und stieg ein.

Als ich im Bus war, feierten mich die Schwarzen, indem sie mich wie eine kleine Göttin auf einem Thron aus Händen wiegten. Es blieb nicht ohne Wirkung auf mich, Manola, mich diesen muskulösen Körpern zu überlassen, in ihrer Festigkeit und ihrem Duft so anders als wir mit unserm bleichen, matten Fleisch. Natürlich sprachen wir nicht die gleiche Sprache, doch intuitiv entnahm ich ihren heftigen Gesten gleich, daß sie mich einluden, mit ihnen eine Sprache ohne Grenzen zu suchen, außerhalb des Ghettos.

Ich war wie betäubt. Der Bus fuhr in die Nacht hinein. Jenseits der Scheiben schien auch der Mond dort oben am Himmel zu tanzen, wie ein lockerer Perlmuttknopf auf einem dunklen Mantel. Inzwischen drängten sich die Gesichter mit ihren kraftvollen Zügen um mich herum zusammen. Ich sog die konzentrierten fleischlichen Gerüche von jenseits des Ozeans ein: urwüchsige Ausdünstungen von Atem, Achseln, Geschlecht. Ohne daß ich sie hätte zurückhalten können, wanderten meine Blicke an all den vielen ungeduldigen Gliedern entlang, über die Knopfleisten, prächtige Tore des Lebens, wo ein Schwarzarbeiter schmachtete, von Hunger und Trockenheit gebeutelt, der in dieser apokalyptischen Nacht nur auf einen liebevoll geblasenen Hauch wartete, um sich in all seinem Stolz zu erheben.

Manola, wie viele existentielle Gedanken können sich am Anblick dieser stoffüberspannten Beulen entzünden? Diese armen kaffeebohnenbraunen Menschen waren unter Lebensgefahr auf Schiffen gekommen, beladen mit Hoffnungen, auf unsicheren Kähnen, kriminellen Seeleuten ausgeliefert, angezogen von unseren Küsten des Wohlstands. Doch der Überfluß des Westens ist eine Lüge. Unsere Männer leiden an einer akuten Blockierung der Spermatogenese, sie haben unglaublich schlappe und lahme Spermatozoen, wegen der Östrogene, der Pestizide, der Psychoanalyse, den zu engen Bluejeans, den Müttern, der Onanie oder weiß der Kuckuck was.

Die Illegalen verstanden intuitiv die Gedanken, die mein blasses westliches Gesicht erröten ließen. Immer erregter preßten sie sich an mich. Ich mußte sie aufnehmen. Ich streckte den Körper vor und spürte, wie sich etwas Hartes gegen mich drückte. Ich weiß nicht genau, wie ich es Ihnen erklären soll, Manola, eine Kraft blutvollen Verlangens, klar und fest in ihrem Mangel an Erbarmen. Doch ich wollte mich opfern.

Ich machte eine letzte Geste des Widerstands. »Mein Großvater … Mein Großvater«, flüsterte ich, »er ist mit dem Philosophen Benedetto Croce zur Universität gegangen. Euer Großvater ist sehr wahrscheinlich nicht einmal in den Kindergarten gegangen. Zwischen uns ist eine tiefe kulturelle Kluft …« Doch ich pfeife darauf, liebe Manola, ich pfeife darauf! Es war keine Zeit zu verlieren. Ich habe zum letzten Mal den Himmel angeschaut: Der Mond war wer weiß wohin gerutscht. Ich dachte: »Dann laß es … laß es die Apokalypse sein!«

In dieser Nacht der Erhebung, als ich den Schwarzen das Tor zu meinen intimsten Territorien öffnete, erfüllte ich eine historische Aufgabe. Manola, im Sturm beweist sich der wahre Steuermann. Ich habe meine Brust dem Wind dargeboten, und ich habe gefühlt, daß das, was geschah, der Archetyp jedes weiblichen Begehrens war, mein jungscher Animus wurde verkörpert von jener besessenen Horde dunkler, fremder Männer. Ich warf den Trommler von seinem Platz, stellte mich auf den Entwerter und rief aus: »Wacht auf, geknechtete Rassen! Wacht auf! Schluß mit der Fremdenfeindlichkeit! Schluß mit dem Rassismus! Es lebe der Tribalismus! Es lebe die Affenfrau! Es lebe der öffentliche Dienst!«

Anemone

Heute nacht im Traum ist mir mein Schutzengel begegnet.

»Warum hast du mich in der letzten Zeit nicht ein bißchen besser beschützt?« fragte ich ihn.

Er hat mir gesagt, daß die Engel nicht in den freien Willen eingreifen könnten, das größte Geschenk, das Gott uns gemacht hat; und wie auch immer es gehen mag, einem geschenkten Gaul solle man nicht ins Maul schauen. Dann hat er mir dazu gratuliert, daß ich mir dieses Leben ausgesucht habe. »Ich habe es nicht ausgesucht, es ist mir zugestoßen …«, flüsterte ich. Mein Schutzengel hat mit dem Kopf geschüttelt und gesagt, daß der Herr nie eine Katze im Sack verschenkt und daß er jedem Menschen, bevor er geboren wird, einen vollkommenen Überblick gibt, wie sein Leben sein wird. Was meinen Sie, Manola: Hat mein Schutzengel recht? Habe ich mir mein Schicksal ausgesucht?

Jedenfalls darf ich nicht mehr hinaus ins Freie, ich werde mir ein Lager in Ortys Verschlag machen. Im Bett werden wir geboren, lieben wir, gebären wir, sterben wir. Ich bin so niedergeschlagen. Ich muß mein Selbstwertgefühl trainieren: Ich bin schön, ich bin sympathisch, ich bin intelligent, ich bin sexy … Nein, Manola, ich bin ein Monstrum. Ich bin eine fette Alkoholikerin. Ich habe ein nutzloses Leben in einer Gallertblase geführt, so glitschig wie die Hühnersülze, die meine Mama sonntags immer machte.

In mir ist nichts, ich schwebe in einer schwerelosen Leere, wie ein in den Weltraum geschleuderter Astronaut. Ich will fliegen. Doch ich kann nicht einmal ein Lid bewegen. Mir ist schwindlig, Manola. Daran ist das Ohrenschmalz schuld. Ich muß mir die Ohren durchspülen lassen. Nein, das stimmt nicht, ich muß sie mir abreißen lassen, die Ohren. Mir tut es da unten weh, innen drin.

Manola, im Bauch da unten, was ist da eigentlich? Benzoe mit Mandelgeschmack, Nitrate, die durch die Verdauung Nitrite werden. Wie soll man da nicht verrückt werden? Die Welt ist an allem schuld. Kunststoffwände, Möbel, aus denen Formaldehyd austritt, Gummisohlen unter den Schuhen, Sprühdosen mit FCKW, Kopfschmerzen, Schlaflosigkeit, manische Krisen, Leichen, die tödliches Gift ausströmen, brandige Haut, Seuchen, die einen auffressen, durchgedrehte Zellen, alle Schuld der Welt. Mir geht es gut. Mütter der Welt, ich flehe euch an, laßt eure Kinder nicht im Auto auf dem Parkplatz vom Supermarkt ersticken, um mit dem Kassierer zu vögeln!

Und diese Ölteppiche, die auf dem Meer schwimmen, Manola. All dieses Öl, das in den Flügeln der arktischen Seevögel endet. Dort sind sie, im Schnee, bewegungslos und schwarz. Ich will nach Alaska und ihre Federn mit dem Mund putzen, ich will sie ablutschen, eine nach der anderen. Nein, es nützt nichts. Sie kommen zu mir. Sie steigen aus dem Fernseher und gehen mit ihren roten Schwimmfüßen im Kreis in meiner Küche herum. Ich will auch auf allen vieren herumlaufen … Doch wer wird meine Flügel vom Öl säubern? Es gibt keinen Ausweg. All meine Farben laufen mir aus den Augen, wie Regen an einer Scheibe abläuft. Wo ist das Trompe-l'œil aus dem himmelblauen Zimmer? Um mich herum ist alles dunkel. Wo ist das kleine rote Exit-Licht? Wo ist die Toilette? Wer bewacht diesen Gestank? Ich bin eine Ameise. Das Leben zerbröselt. Wohin gehen wir? Wohin, verdammt noch mal, gehen wir?

Manola, ich möchte so gerne einen Schluck Fernet, aber ich kann nicht. In mir drin ist kein Platz mehr, es ist, als wäre der Mund direkt am Ar …, am A … – ich kann es nicht mehr aussprechen. Verzeihen Sie.

Alle Vögel sind schon da, alle Vögel alle.

Vielleicht sollte ich mich in einen Orden zurückziehen. Es muß schön sein, zu beten, in einem großen Refektorium zu essen, fünfhundert Teller zu spülen. Ich muß die Gratisnummer wählen. Manola, es heißt, man könne nicht begehren, was man nicht kennt, und doch spüre ich, daß ich irgend etwas begehre, was ich nicht kenne. Was?

Ortensia

An der Endstation bin ich wach geworden, mit dem Gesicht auf dem Vordersitz. Der Bus war leer, und draußen dämmerte der Morgen. Mir tat das Genick weh. Ich konnte mich nicht genau daran erinnern, was am Abend zuvor geschehen war. Ich wußte, daß ich meine Jungfräulichkeit verloren hatte, doch ich fühlte mich nicht traurig. Und übrigens ist es ja so, Manola, daß man jedesmal, wenn man wächst, etwas verliert.

Ich sah nach oben, der Himmel war blaßblau. Auf den Stromleitungen verabschiedeten sich die letzten Zugvögel von einer Schar trauriger, smoggrauer Stadttauben. Auch für mich war es Zeit abzureisen.

Ich ging zurück ins Hotel, um das Boot zu holen. Im Heizungskeller fand ich die Taube Any in meinem Verschlag. Ich wollte ihr ein paar Tips für den Gebrauch dieses bequemen Verstecks geben. Zum Beispiel, daß die Spülung der chemischen Toilette mit einem festen Ruck betätigt werden muß. Any erschien mir jedoch derart abwesend und teilnahmslos, daß ich darauf verzichtete. Sie war in eine verschlissene Decke gehüllt, das Lexikon Buggioni aufgeschlagen auf den Beinen, und wackelte mit dem Kopf wie eine dieser Sparbüchsen. Ich hatte das Gefühl, es wiederzuerkennen, dieses Stereotyp.

Ich strich mit einer Hand unter meinem Kinn entlang. Da war keine Spur mehr von dem unheilvollen Riesenkropf, der mich so lange gequält hatte. Langsam begann ich, die Ausrüstung für meine Seefahrt zu ordnen. Eine dünne, heisere Stimme aus dem Verschlag ließ mich innehalten: »Weißt du, daß Nessy, das Ungeheuer von Loch Ness, durch Umweltverschmutzung gestorben ist?«

Ich sah Any in die Augen, um ihr Vertrauen zu geben, und flüsterte: »Ich habe diese Gören immer verabscheut, die Brause in sich reinkippen und anschließend ihre kleinen Bäuche voller Kohlendioxyd in die Seen entleeren ...«

Any wollte dann mehr über die letzten siebenundzwanzig Riesengeier in Kalifornien wissen. »Schaffen sie es zu überleben?« fragte sie.

»Sicher schaffen sie es, sie werden sehr reich, sehr fett und sehr populär werden.«

Anys Augen verschleierten sich mit Tränen: »Und wir? Was wird aus uns?«

Ich hatte keine Lust zu lügen. »Wir sind keine geschützte Art ...«, antwortete ich.

Ich dachte an Mamas gesunden Menschenverstand: Wer Achtlinge bekommt, dem wird eine Menge Unterstützung zuteil, wer nur Zwillinge bekommt, der muß sehen, wie er allein zurechtkommt. Zwillinge sind die wahre Prüfung, sie sind nur ein bißchen mehr als das Normale, etwas Schlimmeres gibt es nicht.

»Weißt du, meine Liebe«, sagte ich, »es ist ein Balanceakt auf einer Hochspannungsleitung ... zwischen Würstchen und Animismus.«

Aus dem Park drangen Stimmen zu uns. Grogo und der Leguan spielten Fangen.

Any kam aus dem Verschlag. Sie lehnte sich an die kalten Rohre der ausgeschalteten Heizung, kreuzte die Arme und flüsterte: »Wenn sie Farbstoffe verbieten würden, müßte sich die Welt mit einem Mal entfärben. Glaubst du, daß der Himmel blau ist?«

Ich hatte den Kompaß in der Hand: Norden war hinter mir. »Ich weiß nicht«, sagte ich, »ich kann den Himmel nicht sehen.« Ich machte mit der Hand das staubbedeckte Oberlicht sauber. Draußen roch es nach Spätsommer, nach Abreise, nach in einer Ecke aufgestapelten Liegestühlen. Auf der Terrasse flatterte die Wäsche an der Leine.

»Sieh«, sagte ich, »so sind auch wir: Körper im Wind.«

Ich schlüpfte in meinen Badeanzug, und ein Schauder überlief mich.

»Das zwanzigste Jahrhundert geht zu Ende ...«, sagte Any und sah ebenfalls auf die Wäsche.

»Gewiß«, sagte ich, »es ist mit niemandem gnädig umgegangen, das Jahrhundert ... Datenautobahnen ... interaktives Nervensystem ...«

»Und aus unserem Nervensystem, Orty, was wird daraus?«

»Vielleicht werden wir uns eines Tages ganz einfach selbst nicht mehr brauchen.«

Mein Seesack war gepackt. Ich bückte mich, um das Grätenboot hochzuheben.

»Was für eine Art alte Frau willst du werden?« fragte Any.

»Eine alte Raucherin, glaube ich, und du?«

»Ich will nicht alt werden. Ich versuche, früh zu sterben.«

»Wen die Götter lieben, der stirbt jung, Schätzchen. Tröstet dich das?«

»Nein.«

Ich wollte nicht weinen. Auch Any versuchte, die Tränen zurückzuhalten. Sie kam mir vor wie ein gekränktes Kind. Da habe ich ihren Kopf genommen und ihn fest an meinen gedrückt. Ich atmete den Duft der Haare meiner Schwester ein, das brauchte ich, Manola, und dann bin ich gegangen.

Mit dem Boot auf dem Kopf ging ich die Allee im Park hinunter. Grogo und der Leguan folgten mir ein Stück weit. Irgendwann blieben sie stehen, um sich unter einer Eiche zu küssen. All ihre Chakras weit offen für die Liebe.

»Orty«, rief Any von der Terrasse, »was wird aus dem letzten Storch auf der Welt?«

»Er wird ein großes Ei auf die Erde legen.«

»Mit zwei Dottern?«

»Da kannst du sicher sein, Schätzchen.«

Der Himmel hing voller Wasser und verfinsterte sich immer mehr. Die Vögel flogen tief und suchten in den Baumkronen Zuflucht. Auf der Terrasse stand Any mit flatternden Kleidern im Wind und schwenkte etwas in einer Hand.

»Orty, deine Rakete!«

»Behalt du sie. Eines Nachts, wenn du Sehnsucht nach mir hast, laß sie hochgehen, Any. Ich werde sie sehen.«

Ich konnte den Ausdruck auf ihrem Gesicht nicht mehr erkennen, doch jetzt war ich sicher, daß sie lachte. Ich begann zu laufen.

»Orty! Orty!« schrie Any und rief mich noch einmal zurück. Ich ging durch das Gittertor und drehte mich ein letztes Mal zu ihr um: »Was gibt es?«

»Orty, glaubst du, daß wir zurückkehren können?«

»Ich weiß nicht, frag Manola …«

»Das hat keinen Sinn«, sagte meine Schwester, »sie hat uns ja doch nie geantwortet.«